大薩滿

郭雪波 著

大薩滿

Shaman

目錄

老薩滿接過男青年遞上的木劍握在右手，又接過外孫女遞給的「達木茹」牛骨鈴握在左手，順時針從左到右繞著「敖包」走三周，一邊嘴裏念動著什麼咒語。白書記帶領眾人也跟隨其後，繞「敖包」三周，有人這時往敖包上加放著帶上來的大小石塊，獻掛哈達。這是祭「敖包」的必行之禮。回到祭壇前重新站定，老薩滿右手舉劍左手搖牛骨鈴，一聲高亢洪亮的嗓音陡然而起。

老孛爺天風頓時失聲驚呼，老大姐，你會唱下半闕！你唱的正是《天風》的下半闕呀！

老孛爺情不自禁地抓住老大姐達日瑪的雙肩搖晃起來。他的眼角已忍不住流下兩行老淚，灑落在胸前白鬍子上。小時候只聽過一次師傅低哼，未及傳他便鋃鐺入獄，因涉嫌參與嘎達梅林造反事件被砍了頭。如今突然聆聽到這驚天古曲下半闕，他已是醍醐灌頂，如醉如癡，情不自禁了。

黃昏的青嵐紫霞撫慰著寧靜的草原，從遠處傳來遲歸的牧人在如火燃燒的晚霞中唱歌，蒼茫的黃昏草原在這長調歌聲中似乎變得感傷，空氣中也受傳染了般地瀰漫起惆悵和落寞的味道。不過，傻姑娘阿潤娜是歡樂的，如那些留戀黃昏美色在草尖上低飛歡叫的野燕子。她跑在落滿花雨般紅霞的草地上，一想起將偷聽那怪怪而微妙的發「鬼叫」聲，心裏就興奮，有一種按捺不住的莫名的衝動。

第四卷　成吉思汗劈刺／177

那龜土大佐來不及躲閃，那鍘刀刀光一閃，從一個匪夷所思的角度，如電光石火般劈刺下來，順著龜土那根被衣領裹緊的脖子旁斜砍而下，把他那健壯的身軀生生砍成兩截。如憤怒的火山爆發般的回擊中，孤狼的成吉思汗劈刺發揮到了極致。那離開下半截身軀的龜土上半身，臥在一灘血泊中，黑紅的血繼續從其斜切開的斷面汩汩冒流著，還尚存知覺的頭部上的那雙眼睛，因驚愕和恐懼瞪得鼓鼓的，似要冒出來，嘴唇可怕地歪扭著還在微微抽動，似在問，這、這……到底是什麼、什麼刀法？

第五卷　安代王／221

「列欽」荷葉嬸的舞姿突然一變，引領著白袍女人，二人隨著這激烈的音樂，雙肩搖擺，下身扭動，光腳踩著沙地，熱情奔放地狂舞起來。此時此刻，她完全不像一個年過五十的女人，那步態的輕盈，那身手的敏捷，那舞姿的優美、俐落，十八歲的少女也遠不及她。這嫺熟狂放的「安代」舞蹈，此刻全然象徵著熱情、歡樂、怒火和願望。迷人的黑色袍裙浮動著，旋轉起來，像一股黑色的浪潮、黑色的旋風，在場地內四處翻飛。而那白色的袍子緊隨著她，十分和諧默契地陪襯著她，相輔相成，看上去猶如海面上翻滾而來的雪浪花。於是這黑色的旋風，白色的雪流，相互咬噬，相互輝映，時而原地對跳，時而分開提著袍裙向兩翼奔舞，表演著一幕幕驚心動魄的「安代」舞。

Shaman

第六卷 霜天苦蕎紅／305

只見老「孛」一邊唱，一邊緩緩跳起安代舞，他的腿微跛，但他圍著那堆正熊熊燃起的七星篝火邊舞邊轉，不時把奶酒果品祭灑在火堆上，接著又把帶血的羊肉割下一塊一塊祭丟在火堆中。此時，黑夜中的蕎麥地周圍，那七七四十九座柴草堆都按七星方位燃燒起來，火光沖天，濃煙漫延，從高沙坨上望下去，甚是壯觀而神秘。

Shaman

第一卷　金羊車

老薩滿接過男青年遞上的木劍握在右手，又接過外孫女遞給的「達木茹」牛骨鈴握在左手，順時針從左到右繞著「敖包」走三周，一邊嘴裏念動著什麼咒語。白書記帶領眾人也跟隨其後，繞「敖包」三周，有人這時往敖包上加放著帶上來的大小石塊，獻掛哈達。這是祭「敖包」的必行之禮。回到祭壇前重新站定，老薩滿右手舉劍左手搖牛骨鈴，一聲高亢洪亮的嗓音陡然而起。

啊，鄂其克．騰格爾，
長生父天！
讓那天倉裏的福祿，
溢流到人間來吧！
呼咧！呼咧！
讓那九天寶庫的財富，
賜給百姓們吧！
呼咧！呼咧！
讓牛羊奶如泉水，
讓五穀堆如高山，
讓五畜滿山滿川，
讓幸福充滿人間！
呼咧！呼咧！
啊，鄂其克．騰格爾，
慈悲的長生父天！
——薩滿祈福歌詞

一　黑風咒

騎上馬離開鄉政府院時，夏爾鄉長的一雙目光燙著我的後背。

那老漢老糊塗了，辨不得狗三貓四了。他起初說。

那我也去看看。

那村子小車進不去，溝溝坎坎的。他接著說。

正好，你坐我的四輪下鄉，我騎你馬，咱倆換。你就別老那麼「防盜防火防老記」了，我不是老記，是個文化人。

他無法強攔，又被換走愛馬，感覺很吃虧。我笑著撫慰他那顆受傷的心靈說，支持我下去採訪，仁旗長會誇你的。

他聽後擼了一把肥碩的頭，尷尬笑一笑。

文化學者們對「安代」歌舞起源問題一直有爭議，上世紀風靡蒙古草原的民族歌舞「安代」，最早由庫倫旗鄉下幾名老翁爲「古爲今用」而酒後議論出來，後來我調查時發現，「安代」其實是一種「薩滿」巫師的歌舞。德國著名蒙古史學者海西希在他《蒙古人的宗教》一書中解釋，「薩滿」詞意便是「瘋狂的舞者」。這就不難理解，「安代」動作爲何與「薩滿巫師」主神附體的形體表達基本相似了。當初那幾位老翁中，爲首的就是一名「薩滿巫師」。

我此次，正是要前去尋訪那位尙活在人間的老「薩滿」吉木彥。

騎馬緩行在秋日草地上，神清氣爽。一時忘了提提馬韁繩，從夏鄉長屁股下換來的這匹駿馬，還是一腳踩進野鼠洞去了。越是旱年，沙化的草原遍地野鼠，見馬蹄下有隻肥碩的豆鼠子在掙扎，我啞然失笑。「馬踏肥鼠」，可與古人的「馬踏飛燕」相媲美了。

陪同的鄉秘書呼群被嚇住了，趕緊下馬看馬腿，還好無礙。要是弄傷了鄉長大人坐騎他得挨罵，其實他是來陪同這匹鐵青子的，不是我。

緊了緊馬肚帶，繼續向位於翁格都山北麓的下楊—錫伯村進發。前方的翁格都山靜靜屹立，似是在默默地恭候來者。

「翁格都」這詞是「薩滿—巫師」的法器——「小鬼人」的名稱，用生鐵或紫銅鑄造，兩三寸長，形象猙獰詭異，美國影視中，外星人造形與此很相近，也許山姆大叔又「借用」了我們的文化。

呼秘書，你知道「翁格都」的意思嗎？

都這麼叫慣了，還眞沒想過啥意思。呼秘書的眼睛不時瞟一瞟「鐵青子」腿，心不在話上，還隨口問我，郭先生，你不坐旗裏派給的小車，騎馬受罪，圖啥呀？

圖——當然是想找到那位老薩滿了，呵呵。另外，當年我在北邊沙坨子裏放過三年馬，見到好馬心就癢癢。你就別心疼你們鄉長的愛馬了，他敢罵你，我就在仁旗長那兒說他壞話！

別別別，那更要我命了。小秘書告饒。

我的「狐假虎威」其實不虛，我是被庫倫旗政府邀請來做「安代」文章的。旗政府向國家申報「安代」為「非物質文化遺產」已獲批准，籌劃進一步開發，要辦「安代」藝術節，創作一部有關「安代」的舞臺劇。我當年寫過有關安代小說《大漠魂》，再豐富點內容便可改編成劇。

這時，有一個騎紅馬的瘦漢子，從我們後邊趕過來。牛仔帽子壓得很低，鬍子拉碴，匆匆而過時，瞟一下我和我騎的鐵青子，帽檐下的那雙眼睛如刀子般閃出一束寒光來。呼秘書不禁「哦」了一聲，低聲說一句，好像是他——

他是誰？有什麼不對嗎？我小聲問。

也許——我看錯了——呼秘書欲言又止。

我看了看他，轉過頭又仔細注視前邊那個可疑騎手，心中陡然升起一個念頭：有故事！對寫作者來說，故事的誘惑絕不亞於烈酒和美女。記得有句明星廣告詞：「我們都是有故事的人」。可他們的「故事」無非是「緋聞」罷了，而騎馬走在這片粗獷的荒野上，這裏若有「故事」，那肯定驚心動魄，絕非輕淺而卿卿我我桃紅李豔。

路過一片小樹林時，發現那個黑瘦漢子正坐在路邊抽菸。我和鄉秘書愕然。見我們到來，他招呼說，過路的朋友，下來抽根菸，歇會兒吧。

呼秘書向我使眼色，皺皺眉頭。

好哇，正想歇歇屁股呢。我裝作沒看見呼的示意，大大咧咧下了馬，一邊從兜裏掏出一盒「大中華」，扔給那漢子說，抽我的吧。

好菸，一包就值幾十塊，看來你還挺有來頭的，難怪屁股下騎著這匹鐵青子呢！他上下打量著我。

你認識這匹馬？

這一帶沙地草原最著名的走馬，誰不認識！聽說人騎在上邊又平又穩，連端在手上的奶茶都不濺出一滴來，還拿過旗賽馬會的頭獎哩！

黑漢子深深吸了一口已點著的中華菸，兩道白霧從他鼻孔裏如兩條龍般噴游出來，然後又說，當初，夏大鄉長是從人家老馴馬手巴圖手上，生生搶過來的呢。

什麼叫搶？這位朋友，你的話變味了，人家巴圖大叔是主動送給夏鄉長的。呼秘書看我一眼，趕緊駁斥。

能不主動嗎？卡著人家脖子，還要收回人家馴馬場。別替你的夏「大摟」開脫了，他什麼不搶不摟啊？駿馬，美女，草場，好酒好菸都是小意思了，聽說現在惦記上前邊這座大山了！

黑漢子那堅挺的下巴，向前邊被小樹林掩映的翁格都山處一揚，口無遮攔如放連珠炮。我兀自低笑，現在這種平頭百姓議論起當地領導「功績」如數家珍的現象，倒成爲全國一道風景，走到哪兒都能聽到諸如此類的數落評點。

聽到最後一句，呼秘書本已不好看的臉上，立刻露出警惕之色正告道，朋友，你的胡說可是越來越過界了。

胡說？嘿嘿嘿，黑漢子冷笑兩聲，不屑再跟呼秘書嚼舌，見我把一支中華菸只放在鼻孔下邊聞著玩弄，並不點吸，就說，原來你是花架子，只聞不吸的？

還真叫你說對了，是個花架子，呵呵呵，當年插隊放馬時捲蛤蟆菸「大炮」，都抽吐血了，肺差點爛掉，唉，現在只能這樣聞著過癮了。我爽笑著解釋。

哈哈哈，有意思！敢情你這好菸，專門是準備給別人抽的，真大方，還從沒見過像你這樣有趣的大人物咧。他露出兩排被菸茶熏成黃黑的牙齒，咧嘴笑。

我也不是什麼大人物，只是一個做考察的老文化人。

文化人？做考察？啊，那我明白了，你們也叫采風，是不是？意思是在城裏待膩了，到下邊來走一走。

也對，也對，呵呵，我苦笑，隱隱感到此人並非他表現得那般簡單，多年走南闖北的經驗告訴我，他的刀子般的眼神和話語間透出的那股氣概都證明，他還真是一個有「故事」的人。

我把手上的一盒中華菸全扔給他，笑說，喜歡這牌子菸，就送給你抽著玩吧，我包裏還帶著幾盒呢，其實也都是朋友送的，現在正好交你這位朋友。

呵呵，那我可發了，你這文化人可交！黑漢子高興地叫，一雙銳利的目光也溫和了許多，匆匆往懷裏揣上菸，騎上馬就走人，好像怕我後悔收回了菸。

朋友，你叫什麼名字？我從他後邊喊。

黑風口的「黑狼」，叫黑古勒！城門口貼著我的大名片呢！

隨風丟下的這句話，如砸下了一塊大石頭，旁邊的鄉秘書呼群一腳跳起來，失聲叫道，果然是他！大盜牛賊「黑狼」，通緝犯！旗裏貼著他的告示呢！

我驚愕，心裏又笑了，哈哈，果然！真是個有大「故事」的人！

見呼秘書拿出手機正要撥，肯定是「一一〇」，我猶豫一下還是阻止他說，小呼，多一事不如少一事，有人會抓他歸案的，憑我的經驗，他這會兒正盯著你呢。

果然，一陣馬蹄聲後，那黑漢子如一道黑旋風般又出現在小呼前邊，一個馬鞭打掉了他的手機，微笑著對他說，真不夠意思，跟你的主子沒學著啥好！交代你兩件事，一，等我騎出二十里後才可打「一一〇」，以表示你「知情舉報」了；二，回去告訴你的主子夏「大摟」，這翁格都山是不能動的，小心他的胃被撐破！要知道，那是一座「敖包祭山」，上邊鑄嵌著一道「哈爾—騰格爾」的「黑風咒」，讓他當心！

黑漢子拍了拍壓在腿下的用帆布裹著的條狀東西，我猜測可能是短銃獵槍之類，他再次和藹地笑兩聲，衝我點點頭後走掉了。樹林小路上揚起一溜煙塵。

呼秘書如顆釘子釘在那裏，呆呆的，再也沒敢碰掉在地上的那部手機。

「黑狼」最後一句對夏爾鄉長的警告，在我心裏也如一道雷電轟過，震撼不已。

「哈爾—騰格爾」的「黑風咒」——意思爲「黑命天」的黑符咒，這可是「薩滿巫師」最神秘最凶狠的一道符咒！

二 黑狼

呼秘書，這個「黑狼」黑古勒，犯了什麼案子被通緝的？

我向驚魂未定的呼秘書打聽，一邊騎上馬，繼續趕路。

盜牛啊！呼秘書也匆匆上馬跟上我。

知道是盜牛，盜了誰的牛？具體什麼案情啊？

先生對這些事也感興趣呀？嘿嘿。他打哈哈，在我緊盯的目光中不得不接著說道，是這樣的，我們鄉有個名牌企業，叫「科爾沁黃牛公司」，包攬庫倫旗北部沙地草原及鄰近奈曼等兩旗黃牛生意，「黑狼」盜了他們公司一百頭準備出欄的黃牛，價值估約一百萬左右。

呵，案子可不小，難怪被通緝呢。現在肉牛生意紅火，尤其科爾沁沙地黃牛，內地十分搶手。現在的人啊，因豬流感不敢吃豬肉了，因禽流感不吃雞鴨了，據說西方又冒出了羊流感，我這愛涮羊肉的正在考慮吃不吃羊肉。現在還好，還沒聽說有牛流感。

可也有瘋牛病呢。呼秘書逗著說。

那是西方人給牛餵「骨粉」餵出來的，咱這公司還沒那麼學壞吧？

嘿嘿嘿，呼秘書的笑聽著幾分曖昧，隨後堅決搖頭，當然，還沒學壞，還沒學壞。

那個「黑狼」是怎麼得手的？

內外勾結，打著轉場旗號大白天趕走的。後來旗裏出動大批幹警追捕堵截，卡死可能出逃的東、西、南方向，還是沒逮到他。

北邊沒設防？

北邊是死路，是百里「塔敏查干」大沙漠，趕著一百頭黃牛進大漠，那是死路一條。沒想到，他還真的趕著牛群進了那個大漠。

乖乖，後來呢？

數月後，在死漠深處一個大沙窩子裏，發現了那一百頭牛的風乾的屍骸，人不見蹤影。

怎麼會是這樣呢？我大爲驚奇，難道他盜牛不是爲了去倒賣發橫財嗎？

誰說不是啊，大家都十分不解。連他的同夥也因這發生分歧，去自首了，帶人去找到的那個現場，誰也不知道他爲啥這麼幹，都說他是個瘋子。

我想了一下，又問呼，你們那個黃牛公司老總叫什麼？

努克。

是他呀？

郭先生認識努總？

聽說過，旗裏搞「安代」劇，據說他要贊助多少多少萬的，誇他是一位義商慈善家。

是啊是啊，他是咱們夏鄉長的親侄子，一手培養起來的青年企業家。

原來如此。我忍不住感嘆，更是隱隱意識到這事情絕非那麼簡單。

我一挾馬肚子，鐵青子箭一般射出去，呼秘書從後邊有些奇怪地看著我。

太陽西斜時，我們趕到了下養—錫伯屯。沿著一條小河溝，稀稀落落座落著幾百戶人家，似乎一頭懶牛一邊走路一邊排泄的糞便一樣，這兒一塊那兒一塊稀稀落落的。

小錫伯河多年來沖刷出一條深溝，百姓家都住在高低不同的溝坡上，抬眼望去那些個房屋猶如拿出來晾曬的片片抹布或鞋殼一樣，一目瞭然。

這裏的蒙古人，雖然早被開墾浪潮裹挾著學會了種地也已有幾代，但無法割裂和放棄祖先的畜牧傳統，家家戶戶都養放著些不多的牲畜，號稱半農半牧。由於是溝溝坎坎丘陵地貌，狼狐野獸好藏匿築巢，這裏總能編排出諸多「鬼狐鬼狼」魑魅魍魎的離奇故事來，多年便形成一種神秘氛圍。這正好給以祭拜某一飛禽走獸爲主神的「薩滿巫師」們提供了生存土壤，構建了傳奇色彩較爲濃厚的民俗宗教和歷史文化基礎。

有一玩「沙格」——羊拐骨的村童，給我們領路，找到了老薩滿吉木彥家。

土屋裏，一個五十多的老女人告訴我，老爺子不在家。她是老薩滿的養女，老薩滿膝下無子，和養女一起生活。

我嘆惜，詢問老爺子去了哪裡。老女人看一眼在門口磨刀的丈夫，又看一眼陪同我來的呼秘書，支支吾吾，不肯說出具體去向。

我告訴她，拜訪老爺子是爲「安代」之事，說著，我拿出帶來的菸酒茶等見面禮擺在桌子上，並用蒙古話跟她們攀談。

如果說眼睛是心靈的窗戶，那麼，一個民族的語言就是打開心靈之門的金鑰匙。她的疑慮在消失，磨刀老漢拿眼角瞥一眼桌上那晃眼的四瓶燒酒，眼神也明顯被點燃，只見他拿拇指硬甲試一下刀鋒，那粗指甲在刀鋒上滑過時彈跳起來，之後說，老頭子串門去了，過兩天才可能回來。

還是無果的結局。仍不告訴你去哪裡串門。

這時，屋裏進來一位三十來歲年輕人，自稱是村長，說剛接到鄉裏電話，來安排接待事宜。

一聽接待就頭疼，不過意識到在這老薩滿養女家討口水喝都困難，天色將晚，倒不如讓這位村長先安排吃住，進而再協調採訪之事更實際些。於是留下話後，我就牽上馬，隨那位叫包順的村長去了村部。

呼秘書跟村長熟識，說他來得正好。晚飯按我的要求，高粱米水飯大蔥蘿蔔蘸醬，堅決地放生了一隻牽來準備宰殺的山羊。天熱上了兩瓶啤酒解渴，不過熱心的村長還是變戲法似的端出了一盆燉土雞。

郭老師，薩滿老爺子的去處，我幫你打聽到了，他是去道爾—錫伯屯了。村長跟我碰著酒杯說。

那屯子有親戚？

倒沒、沒有——村長撓了一下平頭，笑一笑，放低聲音說，先生別見笑，鄉下人愚昧，聽說是請老人家過去做法事。

法事？什麼法事？

當然是薩滿法事，近些年我們這兒又興開老傳統了，祭敖包祭天地什麼的。過去人都願意往喇嘛廟上跑，燒香拜佛，現在倒好，改口味了，願意往野地山頂上跑，此一時彼一時啊。高中畢業的村長包順這樣感慨起來。

他這樣的九十高齡，還能做得動法事嗎？我很驚訝，嘖嘖稱奇，據我瞭解，薩滿巫師請神附體做一場法事，那可是一件非常耗費體力和精氣神的事情。

那老爺子，嘿，神著呢！跳「博」的傢伙什也全乎，連蹦帶唱的，主神附體時，口吐白沫都能昏過去，有一次我見到過，嚇死我了，半個時辰之後才蘇醒過來，開口就要酒喝！

哈哈哈，是夠神的，法力無邊啊！我忍不住笑，嘴裏的啤酒差點噴出來。

接著閒聊起有關「薩滿」的話題。資料記載，「薩滿巫師」準確稱謂叫「博」，也寫「孛」，在成吉思汗時代享有國師地位，主持最重要的祭天、出征、凱旋、婚慶等儀式。那會兒，北方游牧民族大都信奉以崇尚天地自然爲宗旨的薩滿教，不像現在，有人信喇嘛教、有人信基督、有人信伊斯蘭、有人什麼都不信只信錢。

如果薩滿教的尊崇大自然的宗教文化，現在真的重新受奉，我個人覺得倒不失爲一件好事。不過，閒談中我總有一種感覺，從老薩滿家人到眼前這位年輕村長，在他們的話語間，總透出那麼一點閃爍其詞的意味，好像提防或隱瞞著什麼。

我從包村長不時掃一眼呼秘書的目光裏，意識到他們或許是在提防著這位鄉秘書，對他有顧忌。不把此人打發走，我就別想聽到底層百姓掏心窩子的話，更別想摸到民間流傳的各種秘聞及暗湧的潛流。畢竟像那位「盜牛賊」那般敢說實話的人不多。

呼秘書，鄉裏的事挺多的，吃完飯，你就牽著鐵青子回去吧，也省得老夏不放心他的愛馬。我呢，恐怕得在這兒多住兩天了。

不，不，我還是陪郭先生吧，這是夏鄉長交代下來的任務。您不用擔心鐵青子的事，再說天也晚了。呼秘書幾乎是急赤白臉地堅決表示。這出乎我意料，本以爲他樂不得回去呢。

外邊黃昏的天還很亮，憑他小夥子身板兒，騎馬趕三十里路頂多抽兩袋菸功夫而已。顯然，他還想繼續纏著我，完成頭兒交代的「三防」任務。我看著他一臉真誠又惶急的樣子，忍不住笑了。那好吧，我再想其他的轍。

見啤酒已喝光，我借機動員包順村長陪呼秘書喝點白酒痛快痛快。包村長聽話，當即拿出兩瓶六十五度老白乾，兩人痛飲開來，沒多久，那呼秘書便被灌醉，歪倒在一邊呼呼大睡了。我拽上包順就往外走。

小包，快領我到老薩滿家喝茶去。

他家窮得叮噹響，還是去我家吧。包順不知是有意無意，仍舊擋我。那我自己去吧，我就去喝自己送的茶，再窮，白開水總是有的吧。說著我抬腿就往外走。我、我也——陪你、去——郭、郭先生——昏睡中的呼秘書一根神經竟然還醒著，可兩腿不聽使喚，一抬腿就跌摔在地上了。包順趕緊扶他上炕躺下，笑說先睡一覺醒醒酒吧。

老薩滿家人見到我又來了，頗意外，只包順一人陪著，態度上好了許多。沏茶倒水，一個勁兒說剛才對不住，還張羅著做飯，不顧我一再表示已吃過，最後還是擺上了一桌乳製品就茶。家長裡短、年景好壞地閒聊，可是一談到薩滿老爺子時，家人登時緘默，依舊不透露一絲真實情況，口風緊得都擰了鐵條子。我不由得納悶，這裏發生了什麼事，或將要發生什麼事？如此隱瞞老爺子行蹤，究竟是爲了什麼呢？

這時跑進來那個玩羊拐骨的村童，在包村長耳邊嘀咕幾句什麼。包順站起來對我歉意地說一聲，外邊有點村裏事，就搖搖晃晃出去了。半天沒回來。

我出去上廁所，到院角用草欄圍出的便泄處。

聽到牆外有說話聲，像是兩個人似乎在爭論著什麼，聲音不高。仔細一聽，一個是包村長聲音，另一個聲音也似曾相識，一時想不起來。

我好奇，踮起腳尖從牆頭往外窺望，只見外邊牆角的黑暗中杵著一個威猛身影，帽檐壓在眉頭上看不清臉，兩個人點上香菸同時吸著。一縷「大中華」淡淡香氣從牆頭飄過來，我太熟悉了，同時猛然一驚，啊？難道是那個「盜牛賊」？乖乖，他原來躲在這村裏，可小包村長怎麼也跟他攪到一塊兒去了？

我愈發地感到事情變得有趣了。甚至覺得，自己正在接近一個什麼隱秘事件中。

這時傳出「黑狼」頗為急促的聲音。

包順，我的包村長哎，你倒是趕快放個屁啊，後天就是七月十五了，這會兒了你還在磨蹭！這叫啥事嘛！

姐夫，你先別急，我不是磨蹭，你得讓我考慮周全也安排周全嘛，這事可絕非兒戲，鬧不好會跳進火坑裏去的。包順倒比較冷靜，不急不慌的。

我暗暗心驚，天啊，他們還有親戚關係！而且，似乎是在一起策劃著一個什麼「陰謀」！難道又打著那個「黃牛公司」的主意嗎？這還真不是兒戲了，包順作為村級幹部摻乎這種事，這更是非同小可。

哼，你就慢慢周全吧！反正我已聯絡了道爾－錫伯、額爾－錫伯等那幾個村了，今夜我還要趕到翁格都山北哈爾林場。這樣吧，明天中午你一定給我個準話！「黑狼」黑古勒最後下了通牒，定了期限。

好吧好吧，其實我們村也沒啥問題，我再找幾個幹部和老人合計一下就是。你弟妹正在家裏給你烙餅呢，吃了再走，我就不過去了，路上小心點。

顧不上吃了，在這兒耽擱別又撞見了「夏大摟」的那條狗！屋裏那個「老秀才」啥來頭？

呼秘書呀，被我灌醉在村部趴著呢，不用擔心他。這個郭老師，看樣子還真是個文化人，沒啥球事，挺和善的。

我心中暗暗說，阿彌陀佛，沒啥球事就好，就怕你們把我當成找球事的「潛伏者」。

嗯，我也感覺那老秀才人還不錯，給你抽的「大中華」就是他送的。

噢？你們見過面了？包村長大為驚詫。

可不是嘛。「黑狼」哧哧笑起來，就把巧遇之事說給他聽。

太懸了，你媽的狗膽子也太大了，大白天拋頭露面的！包順忍不住罵起來。

這些鳥人奈何我黑大爺！我自個兒不害怕，你瞎擔心什麼？不跟你閒扯了，明天等你話。家裏有客人，我就不進去了，你就向老頭兒老太太報個平安吧，我走啦！說完，「黑狼」轉身消失在徐徐降臨的夜幕中，猶如一隻幽靈，更像隻潛行的野狼。

聽了「黑狼」最後的話，我心裏極為疑惑，難道他是老薩滿養女家的兒子或女婿不成？頓時，我更加感覺到自己無意中面對了一個非常複雜的局面，並觸摸到了含滿社會問題的人際關係網。

這時，回院子來的包順東張西望地找我。

我提著褲子，假模假樣地磨蹭著，走出了那個快熏倒我的便溺處。

包順看見我，疑惑地問，郭老師，你……是一直在那個廁所來的嗎？

是啊，你以為我待在哪兒？呵呵呵，人老了耳朵背，胃腸也不給勁了，剛才多吃了幾口高粱米水飯，這不，肚子又鬧不舒服了，唉。我誇張地嘆氣。

包順聽後釋然了些，但並沒有完全打消顧慮。

回屋裏，重新坐定，繼續喝茶說話，我不露聲色地悄悄觀察著包順。這位聰明、熱情、看著很能幹的年輕村長，將要捲入一場什麼事呢？還聯絡了五六個村，規模還不小，不像是去「盜牛」，這麼多人，不會是去幹什麼糊塗事吧？

想到此，我心裏「咯登」一下。前些日子去某市辦事，有上百號下崗工人上訪團圍著政府門口靜坐，打出橫幅標語：還我飯碗，勞動無罪！都靜靜坐在冰冷的水泥地板上，有一當地派來的「截訪」者想勸阻，卻被人們一把推了出去。

不行，我得想辦法搞清楚他們密謀的事，千萬不能讓他們幹出出格的勾當。

土牆上掛著不少相框，照片有彩色有黑白，我裝作欣賞依次細看，想找到黑古勒的照片或其他蛛絲馬跡。結果發現沒有一張是他的，不過，有一張漂亮女孩子的大彩照引起了我的注意，穿著鮮豔的蒙古袍演出服，黑亮的大眼睛，清秀臉龐，整個形象熠熠生輝。她的照片很多，相框中基本以她爲中心。但有一張很正規的她與人合照，卻被剪掉了一半。我登時想，被剪掉的那人是誰？或許是那個「黑狼」黑古勒吧？

郭老師，這女孩兒漂亮吧？包順湊過來搭訕。

漂亮，是個大美人。

她就是這家的女兒，老薩滿爺爺的外孫女。

噢，她在外邊工作吧？

是的，在咱旗文工團——烏蘭牧騎當演員，算是咱旗裏的大明星呢，號稱「格格」。

難怪光彩照人，包村長，這張照片被剪掉了一半，你知道被剪掉的那人是誰嗎？

包順這下愣住了，沒想到我會提出這樣的問題，支吾了一下說，這個嘛，我也記不大清楚了，人家這麼多照片，我上哪兒記得誰跟誰呀。

倒也是，呵呵呵。我笑起來，有一件事忘了跟你說了，小包村長，來這兒的路上，我遇到過那個大盜牛賊「黑狼」黑古勒，他好像也進這屯子了。

是嗎？還有這事哪？包順故作震驚狀，又說，他來咱村幹啥，不怕被認出來舉報呀？

我想也是呢，哎，小包村長，你給我講講這個人唄？

講他什麼？

比如，他是哪裡人啊，爲什麼把價值百萬的一百頭牛風乾在大漠裏呀，等等。

這些，呼秘書路上沒給你說明嗎？

我搖搖頭說，他只是簡單講了講盜牛過程。

包順村長一時沉吟，片刻後說，其實告訴郭老師也無妨，據說，那黑古勒盜牛之前，告發過「科爾沁黃牛公司」強行廉價收購小牛犢，餵吃對人體有害的「骨粉」等激素飼料！

原來是這樣，結果呢？

沒結果。沒人聽他的，還被人找麻煩整了，丟掉工作——

我明白了，他對「黃牛公司」內部情況那麼熟悉，原先是不是就是那兒的職工？

正是，原是那兒的一個小業務經理。

果然不出我所料，這還真不是個簡單的盜牛刑事案件，背後隱藏著很複雜的社會問題。我這麼想著，本打算再問點有關「黃牛公司」的事，卻見小呼秘書搖搖晃晃地走進屋裏來，就把話打住了。

郭先生，茶、茶喝得怎麼樣？我也口渴了——

那你也趕緊喝點吧。

呼秘書接過包順倒給他的一杯茶，啜著，又說，郭先生，我已向夏鄉長做了彙報，他正組織鄉派出所的警力，準備在這一帶搜索設伏。您說得對，是有人抓他歸案呢，嘿嘿嘿。

我脫口而說，你小子還是告發了！

一旁的包順立刻失聲「哦」了一下。

這時，走過來那位這家主人冷面磨刀漢，一把潑了呼秘書正在喝的茶，沉下臉說一句，給我滾出去，我家茶水不餵走狗！

他又收走了我的茶杯，冷冷地說，你也請回吧，咱們這窮人家招待不起大人物。

我怔在那裏，屋裏的氣氛一下子凝固了。

沒想到事情會變成這個樣子，這呼秘書可真是把我連累苦了。那個磨刀漢橫眉怒臉地攥著雙拳，恨不得要吃了告密者小呼秘書。

我趕緊拉著呼秘書，離開他們家。

三　金羊車

夜裏睡在村部，聽見幾次疾馳的馬蹄聲，幾次村狗狂吠不已。

呼秘書仍不安分，想跑出去探看，我笑說，你還挺好事的啊，不怕黑燈瞎火有人下傢伙？

幹嘛對我下傢伙？

你忘了自己做了什麼嗎？那個磨刀老漢怎麼對你的？其實「黑狼」自個兒也奔這方向來的哩，這你知道的。

聽我這麼一說，他頓時嚇得縮回脖子，不過嘴裏還硬，那死老漢，我早晚跟他算賬！

得得，跟一個老農民計較什麼勁？我還要接著採訪他家老爺子呢，你就別再添亂了。

見我口氣變硬，他才收斂了些。

我心裏想定，天一亮非把你打發走不可，現在你已不是監視哨，而是顆小炸彈。

囫圇睡到天亮。早上一起，我對他說，呼秘書，你先回鄉上去吧，替我把鐵青子還給夏鄉長。

見他還要糾纏，我加了一句，其實呢，你待在這裏已經不安全了，老農民不懂法，誰知他們會幹出什麼來，我也沒法保證你的安全。這兩天，我會讓包順村長陪著我的，如果用交通工具，我從旗裏直接要，我也騎馬騎累了，你就回去吧，向夏鄉長轉達一下我的謝意。

呼秘書看我態度堅決，又感到這裏的確存在安全隱患，他就慌了神，當即騎上馬又牽上鐵青子一溜煙跑走了。我從他後邊直搖頭樂。

這情形，叫過來喊我吃早飯的包順看見了，「咦」了一聲問，呼秘書怎麼不吃早飯就跑了？

擔心唄。

擔心什麼？

這裏有安全隱患喲！

包順會意，哈哈笑起來說，光天化日，朗朗乾坤，誰敢碰我們的呼大秘書一根毫髮呀！也太惜命了吧？不過，我倒是服了郭老師了——

我明白他的話意，笑一笑，不作答。

吃完小米粥加鹹菜等鄉村早飯，我對包順說，請村上安排一輛小膠輪車吧，你陪我去道爾—錫伯屯。

哦？包順愕然，去那兒幹什麼呀？

你不是說老「薩滿」爺被請到那兒作法事了嘛。

這——包順想起昨晚說過的話，一時語塞。

可今天，他在不在那個屯子，不好說呢——

怎麼？他跟我玩捉迷藏啊？

不，不是那個意思——

那什麼意思？要不你們有什麼事在瞞著我，不想讓我知道。

沒、沒有啊，郭老師，請別誤會。包順說著趕緊擺擺手，好吧，好吧，我帶您去道爾—錫伯屯找找看就是。

這還差不多。我心裏笑，今天我一定要找到老「薩滿」不可，同時也一定要盯住你，看你到中午時怎麼答覆那個「黑狼」，也看看你們這些表面安分、實際十分「狡猾」的農民們，究竟在玩什麼花樣，想搞什麼。

套一匹馬的小膠輪車，號稱草原沙地小「吉普」，沿著錫伯河岸奔馳起來。相比套老牛的勒勒車，小膠輪可是快捷多了，比騎在馬背上也舒服多了。趕車的包順，心事重重的樣子，默默注視著前路。我凝望右側那座巍聳的翁格都山，突然想起「黑狼」對夏鄉長發出的警告語，以及有關這座山的種種傳說。

翁格都山又叫哈得太山，意即圓石山，三百年前，從西邊黃教界來了一位老喇嘛，法號迪安禪，宣稱這座山下藏有一個大惡魔「莽古斯」，要幫助此地驅魔鎮邪，普度眾生，爲此住進山前邊大溝念經作法，一居三年。

在《庫倫史志》以及一些野史記載，當年被蒙古人稱為「罕王」的努爾哈赤被敵人追捕，逃進翁格都山前的這條大溝藏匿，得到正在此修煉的迪安禪喇嘛救助後脫險，離去時許下大願：將來在此大溝修廟建寺，弘揚喇嘛黃教。

清初開始在翁格都山前邊的這條大溝興建興源寺、福源寺、象教寺等三大寺，冊封那位迪安禪喇嘛為「涅濟．脫因．額爾敦尼大喇嘛」，賜予一座御椅，史稱「席熱吐．庫日延溝」，意即「御賜金椅之溝」，並規定每屆住持大喇嘛圓寂後，必由青海塔爾寺——喇嘛教聖地尋覓出一藏人轉世靈童，派來這裏繼承衣鉢。同時，在這裏設置旗制，敕封為「席熱吐．庫倫喇嘛旗」，旗王爺由住持大喇嘛兼任，成為清政府惟一「政教合一」旗。

從此，庫倫旗漸成東蒙黃教聖地，史稱「小庫倫」，與北邊另一聖地「大庫倫」（即烏蘭巴托）遙相呼應，經二三百年朝廷扶持，終於取代蒙古人（也包括滿族人自己）原先信奉的薩滿教，讓黃教成為國教。這個原本荒無人煙的蠻荒之地「庫日延溝」，也以奇特的方式繁榮起來，每年舉行盛大廟會，雲集八方香客，同時形成一個遠近聞名的大「馬市」，引來關裏關外商賈交易，熱鬧非凡。

世間萬物，有一興即有一衰。日偽時，庫倫旗喇嘛教開始衰落，一九四八年，這裏搞「土改」更遭滅頂之災，當時的反動喇嘛王爺羅布桑．仁欽被拉出去槍斃，所有喇嘛遣返還俗，空下的大廟被新成立的政府佔用，囤積的財富被充公或分給無產貧民，那座高聳威嚴的正宗大廟興源寺的八十一間廟堂，統統駐進旗政府各機關。一車車堆如山高的經卷、法器、袈裟帳幔付之一炬，法力無邊、盛榮幾百載的庫倫旗喇嘛教，一夜間灰飛煙滅，風清雲散。

到了「文革」時期，「紅衛兵」們乾脆以「封、資、修」殘渣餘孽之名，拆掉了所有大廟，連大門口的石獅子也未能逃脫大劫，被砸得稀爛，所有遺返還俗還活著的喇嘛們，統統被批鬥遊街，幾乎扒了幾層皮，受到了一場脫胎換骨的徹底改造。

想著這些，面對庫倫大地，面對翁格都山，我不禁喟然長嘆。

那麼，第一個來東蒙宣揚黃教的那位迪安禪喇嘛，爲何偏偏選擇了這座翁格都山開啓教義呢？顯然，他是有著良苦用心。

說開來，這也是一種宗教理念的碰撞。蒙古人信奉薩滿教，信仰天地自然萬物均有神靈，不可踐踏，是個「多神教」；而西天喇嘛黃教，信奉唯一主佛，它主宰萬物生靈。恰恰翁格都山頂有一座古老的圓石「敖包」堆，何年何月何人立，誰也不知，也無文字記載，只傳說自古那裏是一位乘「金羊車」的薩滿大「巫師」的祭天場所。

迪安禪喇嘛抱著「我不入地獄誰入地獄」精神，直陳這座圓石敖包山有惡魔，足見其決心多大。也是機緣巧合，與努爾哈赤結緣的東蒙大興黃教，「薩滿教」從此漸漸退出歷史舞臺。而翁格都山頂那座古圓石「敖包」堆，也被後來繼任的庫倫喇嘛王爺下令剷除，只是由於「敖包」的底座磐石與山體連接而未能根除。這也算是天意吧。

有一隻蒼鷹，在翁格都山頂的高空盤旋，牠才是這裏亙古的主宰者。一側的錫伯河，曲曲彎彎向東南伸展流去，也是亙古不變的樣子。人世萬物都可更替，唯有大自然永恆。

這時我突然發現，在我們前方有一輛奇怪的小車在行駛。

細一打量，竟是一輛羊拉的車！晃晃的秋日陽光下，六隻公羊拉著一輛車篷鑲金邊的矮矮棚車，在沙石路上緩緩行駛。更令人奇怪的是，那羊車好像無人駕馭，車篷掛著黑紅帙幔看不清裏邊，任由羊拉著行走。

金羊車！我和包順不約而同脫口喊出，同時愕然地相視。

這一傳說中的「薩滿巫師」專車——「金羊車」，突然真實地在出現在這裏，著實讓我們嚇了一跳。傳說和現實交錯，亦真亦幻，尤其長這麼大，頭一次見到羊拉的車，我心中的驚異無法形容，甚至以爲自己眼花了。有一種神秘而怪怪的感覺，同時疑竇叢生，這傳說中的「金羊車」在此突現意味著什麼？無人駕馭荒野上行駛，是鬧鬼還是薩滿大巫師顯靈？

快，小包，跟上金羊車！我喊起來。

那輛羊車這時拐上另一小岔路，直奔翁格都山而去。包順結巴著問，那咱、咱不去道爾錫伯屯了？

先追上金羊車再說！

聽說，誰碰、碰見金羊車，誰就倒楣，要發生不祥的事——咱們就別追了吧？

聽了他這話，我一時也猶豫。

這是後來演變出來的一個傳說，而且跟「黑狼」說的那道「黑命天」的「黑風咒」有關。

早年，大約是在那位迪安禪喇嘛第五代繼任者，名叫「道格信」喇嘛王執政時代，每年農曆七月十五日，帶領眾喇嘛按規定在翁格都山作「驅邪鎮魔」法事，這一年，他下狠手拆除了山頂的那座神秘的圓石古「敖包」堆。

七天法事結束，這位喇嘛王爺乘坐從本旗一位老「薩滿巫師」叫包莫・博的那兒沒收來的一輛「金羊車」，洋洋自得地回廟中府邸。半路上，突然從翁格都山頂刮來一股黑黑的旋風，遮天蔽日，正好裹捲過他乘坐的金羊車，眾喇嘛風後發現，他們的喇嘛王爺已經口吐黑沫咽氣在羊車裏，懷裏還落有一隻黑鐵鑄的小鬼人——「黑風咒」！

由此，有關「金羊車」和「黑風咒」不祥之說，在庫倫旗盛傳開來。

我一直認爲，神神鬼鬼的事可信，可不信。今日，既然親見古老的「金羊車」再現，這也許是緣分，管它不祥還是倒楣，先追上它一睹個究竟再說。

聽我的，小包，跟上金羊車！它出現在這裏，你不覺得蹊蹺嗎？我幾乎是命令般說。

好吧，好吧，我跟上就是。包順見我態度堅決，不再遲疑，吆喝上馬加快了速度。

金羊車，在我們前方顛顛蕩蕩，如夢如幻，拉車的六隻公山羊一個個高揚著染成紅尖金邊的長犄角，奮力向前，似乎感覺到了我們在後邊追趕，更加飛速奔馳。

車幔的條條金穗隨風飄飛起來，而山羊脖套上的金鈴鐺則發出陣陣悅耳的清脆叮噹聲，傳蕩在這金秋的原野上，更讓人覺得此一景似是一個什麼神秘的童話世界。

很快，金羊車馳進翁格都山北麓一片林子裏。當我們趕到林子邊上時，已然不見它的蹤影。林子茂密，金羊車消失的那條羊腸小路太窄，我們的馬車進不去。包順「唷！唷！」吆喝著馬，停下車猶豫，我著急地跳下車，抬步就往林子裏追。

郭先生，等等我！包順從身後喊，他把馬韁繩拴在路邊樹上，匆匆跟來。

我停住腳步，回過頭打量著包村長，你是想前邊帶路嗎？

郭先生真的還要繼續追趕那輛金羊車？

我從不開玩笑。

嘿嘿嘿，那您還想不想去道爾－錫伯屯了？

不去了。我要尋訪的人，可能就坐在那輛金羊車上。

噢？這麼肯定？包順細長的眼睛猶疑地看著我。

小夥子，我吃的鹽可能比你吃的飯還多！你車載著我，滿世界轉悠，跟我玩捉迷藏，就是不打算讓我見到老薩滿是吧？哈哈，人算不如天算，今天半路上遇到金羊車了！

郭先生說到哪裡去了？金羊車跟薩滿老爺子有啥關係嘛！包順尷尬地撓撓頭，辯解。

你不必再繞圈子了，也許我來的不是時候，正碰上你們和薩滿老爺子有什麼事要忙活，金羊車出動，證明此事也許還不小。傳說中的「金羊車」，除了他這老「薩滿博師」，誰還有資格乘坐呢，我敢斷定，我苦苦尋訪的老薩滿吉木彥，就坐在那輛金羊車上！你可別對我說那輛羊車無人駕馭，自己在滿世界亂跑，更別說那是在鬧鬼！哈哈哈——

我大笑著，不再理會包順，大步奔向那條林中小路。

這時，從一棵大樹後慢慢閃出一個人來，拍掌笑道，哈哈！真不愧是老文化人！對薩滿文化對金羊車還這樣瞭解，對事情的判斷也這樣精確！

黑古勒！你怎麼在這裏？我愣住了，脫口而喊。

嘿嘿，這有什麼不可？世上事兒，皆有可能！你這大北京人，不也出現在這翁格都山腳下嗎？我這土生土長翁格都山人，爲什麼不能出現在這裏？

其實，我身旁的包順的驚訝一點不亞於我，他看看我又看看「黑狼」，裝不認識不是，打招呼也不是，吭哧吭哧半天說不出話來。

好哇，包村長，我正要去找你呢，你倒自個兒送上門來了，這可省去了我大白天摸你們屯子的麻煩，我可不想當年鬼子進村那般偷偷摸摸了！哈哈。「黑狼」打破包順的尷尬狀，主動打招呼。

是嗎？我們之間能有什麼說的呢？包順瞟我一眼，悄悄給「黑狼」使眼色。

我假裝沒看見，扭過頭去暗笑。

那好吧，我先不跟你扯。「黑狼」又轉向我，擠擠眼，老文化人朋友，你想見薩滿老爺子，恐怕還得搭一盒「大中華」了，昨天那半盒都被人搶光了！反正你也不抽，正好賄賂我，當作買路錢吧！

好說！我還真願意送給你抽！接著！我拿出一盒「大中華」，立馬扔過去。

「黑狼」一伸手「啪」地接過菸，同時手往林子深處一擺，爽快地發出邀請。

請！

四 老薩滿

這是一所護林人木屋。

沿著一條喬灌叢中若有若無的小路，步行了足有一個來小時才到達這裏。這片翁格都山北麓的森林，面積不小，歸錫伯河上游的哈爾林場管轄。我心想，這「黑狼」真是神出鬼沒神通廣大，找了這麼一個隱秘之處，難怪夏鄉長他們連他的影子都摸不著。

從那位矮敦粗黑的中年護林人眼神，可以看出他也是「黑狼」的死黨。

木屋裏有十來個老中青年齡男女，正圍著一大木桌吃喝，一旁放著幾箱啤酒和幾瓶老白乾。有一人在爐子上烤著野兔，汗流浹背的。

呵，包順，你這狗日的終於駕到了！離不開老婆熱被窩是吧？有人朝剛進屋的包順笑罵。

高村長，達副村長，嚇，還有老白支書，你們都在這兒啊！包順也笑呵呵地一一寒暄。

有人還想說點什麼，見多了我這位不速之客，就打住了話頭。

這些人中不見老薩滿吉木彥的身影。

「黑狼」在我耳旁小聲說，老爺子可能在另一間小屋，我領你過去吧。

他們這些人是在這兒過什麼節嗎？往外走時，我忍不住問一句。

啊不是，是看林人巴爾老婆給他生了一個大胖小子，大家來給他過滿月呢。好大的陣勢，全是村長書記頭頭腦腦的啊。

嗨，這些附近村官們，誰還不需要點從這片林子裏間伐的木材呢，嘿嘿嘿。

我一聽言不由衷，堵他說，薩滿老爺子也需要木材是吧？

不不，老爺子是被請來給娃兒起名字的，起名字的，呵呵呵。

「黑狼」夠滑頭，總能把話說圓了。我搖搖頭，心想已經摸到你們這秘密聚會之地，我就不信探聽不出一絲真實內幕。

木屋附近不見那輛神秘的「金羊車」，我心裏不免產生一絲疑惑，薩滿老爺子是不是又金蟬脫殼逃逸而去了？不過，我的疑慮很快就被打消了。

在木屋的另一間房子裏，我終於見到了這位神秘的老薩滿吉木彥。穿一身紫黑長袍盤腿坐在小炕上，屁股下墊著厚厚的方氈毯，胸前飄著灰白色長鬚，顴骨鼓突而紅潤，凹陷的眼窩深處有一雙並不渾濁的雙眸，時而閃出火一樣的光束。九十歲高齡，如此精神矍鑠，我不由得暗暗驚奇，心生敬意。我用蒙古語向他請安寒暄，他面無表情地指了指前邊方桌上豐盛的食物，對我說，上來坐，一塊吃吧，到中午了。

我沒有矯情客套，客隨主便，的確也有點餓了，就上炕坐在老爺子對面拿起筷子。老爺子還小酌兩杯，我給他斟酒。「黑狼」先是坐在炕下邊陪我們，後出去了一會兒。

「聽說你是打老遠來找我的，有啥事這麼猴兒急啊？這兩天我也正忙著呢。」

「知道您老忙，都動用金羊車了嘛。我笑著試探一句，可老爺子並不接話兒，無動於衷。我只好把拜訪他的來意說明一番，說自己對薩滿教文化十分著迷，通過這次寫「安代」舞臺劇，進一步宣揚「薩滿」文化有益精神，等等。當然最想瞭解的是，上世紀五十年代末他們幾個老翁們怎麼想到「舊瓶裝新酒」，讓「安代」復活的？是一時酒後狂熱，還是「薩滿」文化壓不住的魅力使它「借屍還魂」？那麼，自遠古流傳至今的「安代」藝術魅力究竟是什麼？甚至後來闖關東過來的漢民都習仿「薩滿」巫師「念咒作法」，自名為「跳大神」而跳之，其中有何更深層次的文化內涵？

老爺子漠然地看我一眼，說出一句我壓根兒沒想到的話來。

「我不是薩滿教，我是「博額」，按百姓說法，是個「跳博的人」。」

我一怔，想了一下也對。「薩滿」這說法是書面語，主要出現在漢文字記載的史料中（也寫「珊滿」、「薩蠻」等），蒙古人和蒙古文字史料中一般均稱「博額BOO」（後簡稱「博」，也寫「孛」），還有其他幾種稱呼，如「幻頓」、「列欽」等，但泛稱「博」為比較普遍。

其實「薩滿」這詞也源於蒙古語，是蒙古語「薩班」「薩本」的變化音，詞意為「手腳亂揮亂摔打」，這與德國學者海西希說法「瘋狂的舞者」基本相同。

有趣的是，「博額BOO」這詞，蒙古文寫法與摔跤手「博客」的寫法一個樣，在蒙古族歷史中，摔跤手享有很高的榮譽和地位，是勇士的象徵，值得一提的是，摔跤手上場比賽前，也有一段炫耀自己威勇而跳起來的模仿雄鷹的舞蹈，正好與「跳博的人」舞姿頗為相近。由此可見，蒙古族原始宗教「博額BOO」和其原始體育活動「摔跤」有著很深淵源，把薩滿「跳博的人」和「摔跤手」寫為同一詞「博額BOO」就不足為奇了。

老爺子，您說得有道理，「薩滿」只是個文本說法，按民間說法叫「博額」是比較合適的。我趕緊給老人家斟酒。

老薩滿點點頭，一口喝下我敬的酒，隨後慢慢聊起來。

談起師承，他不無自豪地說，我老師是咱庫倫旗名「博師」包莫·博後人，法號「黑鷂——哈爾·伊烈」，當年在哲里木盟十旗王爺聚會上，被授過「金柄鞭」。那根「金柄鞭」可厲害了，能「趕山趕神」，趕小咒人「翁格都」四處飛！我是個孤兒，九歲給富人放羊時，衝一股黑旋風啐吐沫被放倒，正好被路過的老師救起，說我跟「黑風咒」有緣，從此收我為徒弟，跟隨了他老人家一輩子。

噢，又是「黑風咒」！我心裏說，這老爺子師承看來還真不簡單，淵源頗深。他祖師爺包莫·博何等人物，當年曾用「黑風咒」放倒過剷除翁格都山「敖包」堆的喇嘛王爺！而他的授業恩師「黑鷂——哈爾·伊烈」，則是當年「火燒千名薩滿巫師」事件中，憑功力倖存逃脫的「十三神博」之一！史料中有如此記載：「黑鷂——哈爾·伊烈·博，遁入庫倫溝壑而無蹤。」

我今日得遇「黑鵠——哈爾・伊烈」在世弟子，緣分不淺。

我謹慎詢問他師傅「黑鵠——哈爾・伊烈」後來的境遇時，老人不願多談，只是嘆口氣說了一句，「土改」時爲避災，就躲進翁格都山這片老林子，再沒見蹤影。老人家讓我還俗當平民爲生，也不許尋找他屍骨安葬。好在我們跳「博」之人，均視死亡爲皈入天地自然，化入塵土爲再生之路，也就無所謂了。這是長生天的旨意。

哦，長生天！我忍不住感嘆。

是啊，長生天，一句成箴言。唯有「天」可長生，融入天地才可長生。我想，他老人家就長生在這座翁格都山中，守護著它吧。老「薩滿博師」吉木彥如此而說。

屋裏一時靜默。我不敢再打破這肅穆氣氛，多說什麼。

翁格都山在薩滿文化中，尤其在這些「博師」眼裏，早已被認爲是發源聖地。近百年黃教失勢後，附近百姓每年秋季自願攜石上山祭拜，已在山頂重新堆出了一座大「敖包」。由此，我也理解了這位在世老薩滿爲何此時坐在這裏，也理解了神秘的「金羊車」爲何出現在這裏。

你是遠道來的客人，本應該請你多待些時間的，可對不住了，這兩天我要作一場大法事，需要休養精神。等過了這陣子，你再去家裏坐坐吧。老爺子委婉地下了逐客令。

我有些遺憾，沒辦法，只好告辭離開。

「黑狼」送我出來，微笑著閃動兩隻狡黠的狼眼，警告般地對我說了一句，我相信你這位老文化人是個可交的朋友，不會像呼秘書那樣去告密吧。

那可備不住喲，除非你告訴我，你逼包順村長今中午表態，又聚集這麼多村長書記在這裏，你們想搞什麼，密謀著什麼活動？我索性直接逼問「黑狼」，已經到了這份上，不問清就來不及了。

「黑狼」的臉色「刷」地變了，眼睛頓時刀子般盯住我，口氣冷峻地質問，你都聽到了什麼？誰告訴你的？是包順那小子嗎？

誰也沒告訴我，昨晚在薩滿老爺子家上廁所時我偶爾聽到的，是我送給你的「大中華」菸味暴露了你的行蹤！哈哈哈，沒想到吧？「黑狼」！我爽朗地笑著奚落他。

原來是這樣——「黑狼」一時無語。

放心吧，我不會隨便洩露或告密的，除非你們要殺人放火，幹違法亂紀的事。

這你說哪兒去了，我們能幹那種事嗎？「黑狼」沉吟片刻後，又說，好吧，你再等一天，到時候我把一切都告訴你，這行了吧？

是事前告訴我？

對，事前。

一言爲定？

屁！還不相信？我「黑狼」說話不是一言九鼎也是一言八鼎半，誰跟你酸個沒完？他扭頭而去，把我曬在原地，消失在木屋後邊的林子裏。

我啞然失笑，搖搖頭，去找包順。

隔壁的「滿月酒聚」，也早已散席，村長書記們，包括那位護林人均鳥獸散，不見人影。唯有包順一人，站在那裏等著我，笑咪咪地問我，郭老師，這回咱們去哪裡？

回旗裏。

好，我送你去，正好我也有事去旗裏辦。還得委屈你步行一段路，徒步走到馬車那兒，要不我從旗裏要一輛小車，來接你吧。

你還挺有能力的。

哪兒啊，當然得打你旗號嘍，嘿嘿嘿。

算了吧，還是坐你的「草原吉普」舒服。另外，我還想跟你說說話呢。

跟我一個鄉下小村幹部能說啥呀？不是有那話嘛，豆包不是乾糧，村長不是幹部。

你別跟我扯，我當然有話跟你說，比如現在已到中午，你是怎麼答覆「黑狼」的？

包順一愣，頓時站住了，眼睛瞬間火辣辣地看著我，不過很快又恢復了鎮定，露出一貫的微笑裝傻說道，郭老師真會開玩笑，我聽不懂。

我心裏還真暗暗佩服他的定力和隨機應變的能力，還有他這種超乎歲數的一股老練勁兒。

我還真不是開玩笑，不過，現在不難爲你了，咱們走著瞧吧。

我邁開大步往林子外走去。包順一臉複雜地看著我，很快又跟上來。

五 索倫格格

通往庫倫鎮的那條公路，正好從翁格都山東側經過。我本想下車登山，去祭拜一下山頂那座敖包，可感覺身體有些疲憊，就作罷，改日再說了。

東側山腳下的公路邊，搭著一些帳篷，聚集了很多台工地車輛。傳出一陣陣口哨聲，吆喝聲，還夾雜著高音喇叭放出的歌：《陪你一起看草原》。

這些人在這兒忙活啥呢？我問包順。

開山。包順冷冷回一句。

開山？開山是什麼意思？我沒大聽懂。

意思就是炸山取石，這幫狗日的！包順終於罵出一句。

啊？誰這麼幹呢？

還能是誰，我們的鄉長大人唄！他的模範企業家侄子努克，準備在這兒要開一家石料場。

夏「大摟」？他真的要碰這座山呀？真是昏了頭啦？這山怎能炸?!

我忍不住大叫，難怪「黑狼」警告他！不行，我得跟夏爾鄉長談一談。

你跟他談？包順回頭看我一眼，鼻子裏哼了一聲，只差沒說你當自己是誰呀。少頃，才說，歇歇吧郭老師，你是個被請來的客人，又不是他的頂頭上司，誰聽你的話？據說人家上上下下已經花了很多銀子，都打點好了。

那也得找他說道說道，這事非同小可。我已經預感到此事的潛在危機。

包順有什麼話欲言又止。吹起了口哨，和著喇叭哼起「陪你一起看草原」。

我的心漸漸變得沉重。

無語中，我們的馬車駛離翁格都山東側，下了一道坡，走上一片平闊的壩原地帶，大約有七八里長。走過翁格都山前邊這片小坪原，眼前陡然顯現出一條長溝壑，南北寬兩三千米，東西最長則有百八十里遠，上邊飄浮著白霧青煙，走不到跟前，無法發現腳底下還藏有這麼一條深溝大壑。

更為神奇的是，在這深溝裏，坐落著數萬人眾的大鎮——庫倫旗政府所在地庫倫鎮。這裏就是當年那位迪安禪喇嘛第一次踏進後念經作法的地方，開創東蒙地帶喇嘛教先風的風水源頭。包順駕馭馬車，小心翼翼地順一條陡坡路下到溝底，好多車輛從這進進出出。

我住進先期安排的旗賓館，歇一會兒就撥了兩個電話。第一個打給邀請我來的任達來旗長，結果他在通遼開會不在旗裏，第二個找夏爾鄉長，可電話死活不通。我把手機扔在床上，拿出筆記本開始做這兩天行程記錄，寫些點滴感受。一陣睏意襲來，不覺在沙發上睡著了。

不知過了多久，一陣門鈴聲把我吵醒。一看外邊天已漆黑。

來的是誰呢，我也沒有約人，我趿拉著拖鞋去開門。

門口，站著笑咪咪的包順。

咦，你還沒回村裏呀？外邊都黑夜了！我驚訝地問。

想郭老師捨不得走啊，嘿嘿嘿。包順走進房間來，四處打量著，還是間套房呢，不愧是任旗長的客人。

你小子想我是假，又打著什麼鬼主意是真，說吧，想幹什麼？我戳穿他直問。

天地良心，真的想你了。我請你吃宵夜去，估計你連晚飯都沒吃呢吧？包順收起嬉皮笑臉，一本正經地說。

呵，不是乾糧的豆包，還挺有錢的嘛，時間還掐得真準。

可不，不掐得準，就被別的妹妹搶先了，嘿嘿嘿。他壞壞地陰笑。

拿我老頭子尋開心是吧，看來，你是不是真的約來了一個什麼「妹妹」？

果然是高人！今晚請你吃宵夜的，還真不是我這「豆包」，是一位「格格」妹妹。

噢？有意思！說說看，哪位「格格」妹妹？

是薩滿老爺子的外孫女，索倫「格格」。

是她？在烏蘭牧騎當演員的大「明星」？她爲啥請我？也不認識。我吃驚不小。

郭老師不是一直想深入瞭解薩滿老爺子嗎，找她瞭解就全齊了。不瞞你說，是我幫助你張羅的，替郭老師排憂解難嘛，功勞要記在我身上喲。

包順顯出一臉熱情真誠的樣子，可是我知道，他那張幾分木訥的笑臉後邊，肯定隱藏著另一我暫時還猜不透的什麼用心。這些「狡猾」的農民，低估了他們，大則丟江山，小則丟人丟東西、吃虧上當，我太瞭解他們了，因爲我也是農民的兒子。

我當然不能拒絕這位「格格」的邀請，尤其她是薩滿老爺子的外孫女，欣然應允。我倒要看看他們要演哪齣？有什麼事想讓我知道？另外，肚子也餓了，他們不請，我自己也得去餐廳填飽胃腸。

賓館門口停的不是馬車，而是一輛黑色「桑塔納」，有一小夥子很客氣地爲我開車門。包順介紹說，是他的弟弟，在旗裏上班，嘿嘿，郭老師又奇怪我這「豆包」了吧？

不奇怪，不奇怪，小包村長這會兒就是趕著那輛「金羊車」來接我，也不奇怪！

那可不敢，「金羊車」可是「薩滿博」最高級別「大巫師」才能坐，等於國家領導人乘坐的那輛「紅旗轎子」，我可不敢動用它！

哈哈哈，好大一個比喻！「金羊車」還真不一般呢！

在我倆說笑聲中，小車駛上庫倫溝底的那條小河邊路，直奔溝東頭而去。鎮街上，已燈火闌珊，依溝兩邊大斜坡修建的樓房或平房亮起燈火後，顯得鱗次櫛比，有一種層巒疊嶂般奇特，給人一種走進山城重慶般的錯覺。

儘管當年迷漫庫倫溝的晨鐘暮鼓、香火繚繞的宗教氛圍，現已蕩然無存，可小城依然處處顯現某種神秘味道，令人隱隱咂摸。

有人曾玩笑說過，庫倫有九千九百九十九條溝，每條溝都藏有一個鬼怪神奇傳說。我當年讀的中學就是一座三百年老廟，爲鎮什麼「女魔莽古斯」而修建，一到夜深時，老廟木梁就發出「嘎嘎吱吱」似軋鋼般聲響，嚇得我們都不敢大聲出氣，有個女同學都嚇出毛病退學了。現在想起來都寒毛直豎。

小車開上東大溝那條聞名的大土坡「查干．達巴」——白色慢坡，在一座兩層小樓門前停下。霓虹燈打出店名：查干．達巴——「白色魔女歌舞酒廊」。

呵，好嚇人的名字！我笑說。

瞎亂打廣告唄。包順引領著，我們走進大廳裏去。

菸氣，酒氣，熱氣，汗氣，一下子撲面而來，嗆得我一踉頭如被擊了一拳一樣。

一樓大廳中間是個小舞臺，花枝招展、半裸不裸的舞女從二樓順著一根亮金屬柱子滑下來，出場伴舞，有一公雞頭紅綠髮型男歌手，晃蕩著掛滿身上的薩滿巫師般零碎銅片，公羊發情般來回串走在四周酒桌間，嚎著一首嗚哩哇啦說話的歌，騷擾著同樣發狂的酒客賓友們，不是要掌聲就是送飛吻，抽空還往嘴裏灌一杯誰獻上去的老酒。大廳內座無虛席，人滿爲患，口哨聲和喊叫聲此起彼伏，火爆得一場糊塗，誤以爲自己是走進了西班牙鬥牛場。

我可以說是被嚇了一跳，小小的庫倫鎮裏居然還有這麼熱鬧的場面！

我遲疑著大聲問包順，咱沒走錯地方嗎？他微笑著搖搖頭，肯定說就這裏。

我正思考著是否建議換個場地時，聽到那位男歌手一句大喊，立馬打消了這一念頭。

下邊，把這首《月亮之上》，獻給樓上「王爺廳」包廂我們尊敬的夏爾鄉長，還有著名企業家慈善家，旗政協委員努克總經理！

一陣掌聲過後，男歌手接著情緒高昂地說道，現在請女主唱，我的搭檔、咱的著名歌手索倫「格格」，閃亮登場！

我差點驚訝得叫起來。自己一直在找的夏鄉長居然在這裏，更令我心驚的是，請我吃宵夜的索倫「格格」原來也在這裏「走穴」。

人們的掌聲放鞭炮般熱烈起來，如等一位大明星出場般有節奏地拍掌，然而，索倫並不在一樓的小舞臺上。我心裏捉摸，這位「格格」會從哪裡如何的「閃亮登場」呢？難道也跟舞女們一樣抱著那根金柱子從樓上滑下來不成？

一切出乎我的意料。

二樓那間「王爺廳」包廂門，緩緩啓開了，從裏邊走出來華妝靚麗的索倫，穿一身低領半身金紅色蒙古袍，高統紅靴上露著半裸雪白大腿，像公主般朝樓下瀟灑地揮揮手。此時，從樓頂懸下來一個大花籃，她就坐進那個美麗花籃裏，徐徐而下，開口一首《月亮之上》，立馬引得滿堂喝彩，一片尖叫。

我目瞪口呆。

天父天母喲！

尤其令我瞠目的是，她是從夏「大摟」的包廂裏走出來的！這到底是怎麼回事？她和他怎麼會搞到一起了？那麼，我的位子難道也被安排在那個包廂裏嗎？一想，這倒是不錯的遭遇，四處找他正「逮」不著呢。

我們上去吧。郭老師，不是那間包廂，我們是在這邊隔壁的「金羊車」包廂，那是索倫「格格」的專廂。包順在我耳邊大聲說。

我又是一頭霧水，不免有些遺憾。她的「專廂」又是指什麼？聽聽這些包廂名頭都覺得十分有趣，夠「雷人」的。

我跟著包順，從邊上的樓梯上了二樓。一樓和二樓的中部，上下是空的，形成大而圓的走道，從二樓環形而座的各包廂都可俯瞰到一樓小舞臺表演，設計十分合理。包順在「王爺廳」這邊的「金羊車」包廂門口站住，衝我神秘一笑說，郭老師，裏邊請。此時此刻，從包廂裏就是跑出一個大駱駝來，我也不會感到奇怪了。

走進包廂，從沙發上站起兩個人迎接我，一個是護林人巴爾，另一個是被包順稱之爲白書記的黑紅臉中年人。我還是吃了一驚。

呵，你們兩位也在這兒？林子裏小木屋聚會，是否移到這裏繼續進行了？我打趣。

郭老師果真厲害，見一面都記住了。包順一邊打哈哈，一邊介紹二人。

看來項莊舞劍意不在酒，今晚這頓宵夜飯還不那麼容易吃到嘴裏呢。我跟他們握著手，看一眼擺滿桌上的冷熱大菜和酒水飲料，笑了笑。

沒別的意思，郭老師別誤會。跟您接觸後，深感郭老師是個正直又正義之人，跟其他上邊來的人不同，所以在此聚一聚，順便讓郭老師瞭解一下你一直想知道的事情。包順等我坐定後，斟上啤酒這樣說。來，先吃點菜，喝口酒潤潤嗓子，夜長著呢，不著急說事。

你不著急，我著急！你們擺的這是什麼龍門陣，一齣又一齣的，讓我摸不著頭腦！看來這又是「黑狼」設計安排的吧？

包順和那二人都嘿嘿笑，不作答。

顯然就是他，你不是說今晚索倫「格格」請宵夜的嗎？怎麼成了他？我問包順。

她請和他請，沒有啥區別，過一會兒，一切都清楚了，郭老師何不耐下心來先吃著，喝著呢？包順安撫我，依舊笑咪咪的。

我又被這人物關係給弄糊塗了，不過一想馬上就揭謎底，就隨他們往下唱好了。於是我也耐下性子來，拿起桌上小刀往噴香的烤羊排扎下去，中午陪薩滿老爺子光顧說話沒吃啥東西，肚子還真有點餓了。

包廂門關上後，還很隔音，外邊如火如荼進行的《月亮之上》只是隱約相聞。

吃喝了一陣，我擦擦手說，中午「黑狼」跟我約定，等一天以後，也就是明天才告訴我你們的事，怎麼提前到今晚了？

事情有些變化。包順說。

他人呢？

這個場合，他不好露面啊。

那麼，是由你來負責說明嘍？

還輪不到我，是資格老的哈爾村老白書記主事。他去辦，你來看。

他去辦，我來看？看什麼？越來越像一齣懸念劇了，你們還真是一群又刁又猾的農民！好吧，我就坐在這兒，看你們辦什麼？我開著玩笑，穩住神。

這時，包廂門輕輕推開，走進來的是剛演唱完的索倫「格格」，臉額上浸著細汗。我一見，發現她本人比照片上還漂亮，儘管濃妝重顏，可身材苗條、胸豐臀秀，一雙黑亮大眼珠勾人魂魄。經包順介紹後，她閃動著會說話的雙眸，熱情地握住我的手使勁搖，身子每個部位都在顫動。

久聞郭老師大名，今日一見果然名不虛傳，大鬍子長頭髮，不像文人，更像是派頭十足的大藝術家大導演呢！說完，露出皓齒爽朗地笑。

嗨，一個老瘋子形象而已。我自嘲說。心想，她倒快人快語，口無遮攔。

還沒說上兩句話，從外邊傳出夏「大摟」的喊叫聲，格格呢？索倫格格！你又竄到哪裡去啦？快過來呀，祝你演唱成功，乾兩杯！

媽的老色鬼，纏上姑奶奶還沒個完了呢！索倫罵出粗口，又衝我嫣然一笑，沒事一樣，說一句，我去應付一下，再過來陪郭老師，今天老娘非把他灌趴下鑽桌子底下不可！

她扭動著雙胯，晃著耀眼的白大腿走出去了。簡直猶如一位交際花，或更像一個招人魂魄的尤物。我愕然不已。

嚇著郭老師了吧，索倫妲就這德性，別看她嘴巴如刀子，罵人像潑婦，可是個內心清高的好姑娘。包順趕緊從一旁解釋。

是嗎？還真夠野性的，不愧是老薩滿家的後人。我搖搖頭，想到一件事，就問包順，她跟「黑狼」到底是什麼關係？

嘿嘿嘿。只見包順抿嘴一樂說，她是「黑狼」的前妻。

乖乖！我拍額頭，原來是這樣！真是天生的一對兒，怎麼又分手了？

還不是因為夏「大摟」！

那位一直話很少的白書記，這會兒微笑著跟我說一句，郭老師，慢慢你都會明白的。他又衝那兩個人打招呼說，這回我可以過去「王爺廳」了，要不老夏被格格灌醉後就不好說話了，你們倆先陪著郭老師。

白書記站起來，從手邊黑皮包裏拿出一疊資料，腳步匆匆地走出去了。

我又是一陣驚愕，心裏感慨，他們這戲可真是一環套一環的，還會發生什麼呢？

果不其然，一直坐在靠近隔壁「王爺廳」牆角的護林人巴爾，這會兒迅速揭開身後小桌上一塊遮布。於是，從下邊露出了一台小型掌上攝影機，小型攝影鏡頭已經很巧妙地塞進泡沫軟塑隔牆中，巴爾就開始操作起來。

你們在幹什麼？在偷拍隔壁情況？我的嗓子都緊了，立即質問。

郭老師別生氣，我們只拍白書記做的事，是正當的，因爲擔心夏鄉長不同意，才採用了這一方法，請郭老師做個見證。包順趕緊解釋。

好嘛，我終於明白自己的角色了。不過，你們不應該用這種辦法把我扯進來的。我無法掩飾內心不快，生氣地說。

對不起，郭老師，因爲見你十分關心這件事，所以才請你過來的。如果實在不願意，我馬上叫車來送你回賓館，沒關係的。

狡黠的包順，又拿話逼住我了。正在退也不是、不退也不是，進退兩難之際，錄影機裏傳出隔壁包廂的對話聲音和一些動靜。

那個護林人巴爾衝我招招手說，走什麼呀郭老師，快過來看看，好戲剛開始咧！

我一想，既然都這樣了，那就把戲看到底，看看這些農民們到底怎麼鬥法他們的鄉長大人吧。於是，我就走過去，湊在攝影鏡頭前看了看。

呵，隔壁包廂裏還真熱鬧。場子也大，符合「王爺廳」名號，有KTV，有麻將桌，有鮮花水果，還有單獨洗手間。包廂裏除了夏「大摟」叔侄倆、鄉秘書小呼，另外還有兩位衣冠楚楚的老闆模樣的男人，當然還有三四位漂亮女孩陪在每個人身旁，嘰嘰喳喳，打情罵俏。當索倫「格格」笑容滿面出現在門口時，屋裏立刻捲起一陣熱潮。

索倫姐，你可回來了，我叔身邊少了你，快沒魂了！一個油頭粉面的肥碩小夥迎向她，顯然是那位模範企業家大善人努克了。

我不是讓小妹子蘭蘭侍候鄉長嘛！怎麼回事？索倫朝著夏「大摟」身旁的一位也相當漂亮的女孩子，笑問。

那女孩嗲聲嗲氣地訴苦道，人家夏鄉長就要你這紅牌姐姐陪嘛，嫌我們俗——！

哪裡哪裡，我的「格格」，你唱得那麼好，還沒來得及給你慶賀碰杯呢，我怕別人把你給搶跑啦！夏「大摟」站起來，舉著酒杯獻殷勤，張開雙臂向索倫走兩步，如一粗壯的大狗熊。

索倫口說著謝謝，咯咯歡笑著，像條泥鰍般滑過夏「大摟」的熊抱，但同時把貼了貼自己嘴唇的食指中指又貼了貼夏的臉頰，以示送去個吻，免得他掃興。然後一屁股坐在沙發上，嘰嘰喳喳說道，你個鄉長大人，人家叫你「大摟」一點不冤，本大姐還沒喘口氣哩，還帶著妝呢你就要摟抱，蹭你個一臉紅色兒怎說呀，夏嫂子不扒你一層皮才怪呢！哈哈哈！

她？敢放個屁，我就休了她，再娶你！夏爾倒一點不在意索倫的連真帶假嘲罵，一臉垂涎欲滴的色樣兒。

你就吹吧！你明天上午休，下午我嫁你！反正本大姐是光棍，怕啥呀！索倫叫勁。

喲喲，這話可是你說的，啊！夏「大摟」腦袋大、肚子大、臀部大，口氣更大，有股子天下事難不倒他的氣勢，大聲接話兒。

正這時，傳出咚咚敲門聲。走進來的是老白書記。

是你？老白，你老小子怎麼找到這兒來了？夏「大摟」十分吃驚，馬上瞪大了眼珠。

鄉長，對不住，有點急事，沒辦法——白書記一副唯唯諾諾的樣子，謙恭地擠著笑容，我這是打聽了一晚上，才知道鄉長在這兒接待客人談公事呢，就匆匆忙忙趕過來了，對不住，對不住，打擾了。

有事明天到辦公室說吧！夏鄉長立馬板起面孔，感到很掃興。

好幾天在鄉政府沒堵到你，鄉長，這事還不能等到明天了呢——

火上房啦？啊？我這兒不是也忙著接待客人，談業務呢嗎？

就是火上房了，我的鄉長大人！這事兒，也跟你接待的客人有關係呢，這兩位肯定是遼瀋路橋公司老總吧？

噢？你還摸得挺清楚的啊，有意思，那說說看吧！

我們哈爾村大多數百姓，聯名反對開翁格都山，炸山取石，說這是破壞了風水，破壞了環境，大家鬧得亂哄哄的，還吵吵著要去旗政府上訪靜坐。唉，鄉上不是有話讓村裏「截訪」嘛，我們是好說歹說先給攔住了，這是有關資料，我代表村裏呈給夏鄉長。

白書記一本正經做著彙報，也鄭重其事地遞上那疊資料。

啊？怎麼會出這事？你們村怎麼搞的嘛，攔得好，攔得好！夏鄉長接過資料翻閱，很快「叭」的拍在桌上，發怒道，這哪兒是什麼有關資料？這分明是百姓請願書嘛！

鄉長要是這麼認爲也行。白書記依然不慍不火。

什麼這樣認爲？你們書記村長跟村民一樣，都帶頭在上邊簽了字蓋了章！你們是這麼個

「截訪」啊？啊?!夏鄉長氣得嘴唇哆嗦七竅生煙。

我們不簽字畫押，下屆他們就不會選我們了，我們也是沒辦法呀鄉長。白書記撓撓頭，在那裏裝苦相。我在這邊差點笑出來。

你別他媽在這兒給我裝熊了！當初鄉裏開會研究開山的事，明確說明，是咱鄉裏自己企業「黃牛公司」聯合遼瀋路橋公司，打造翁格都山石料場合資企業，石頭都賣給西邊「瀋赤高速路」，支持國家建設。這是個一舉兩得雙贏事業，而且已經報批旗裏，開聯席會時，你們各村書記村長都參加了嘛！

參加是參加了，可並沒有說同意啊，老百姓說，這「一舉」，是夏鄉長一舉「政績」高了，「兩得」，是你侄子努克和路橋公司兩得大利了，沒有老百姓什麼事，反而有害，山在我們地界內，村裏喝著山上流出的錫伯河水，將來連水都沒了，喝什麼？這關係到附近幾個喝錫伯河水的村莊都受害，山北林場也將要遭殃，環境將遭到連根破壞，這可是百姓生命攸關的大事啊，我的夏鄉長！

白書記不緊不慢說出這些話來，面對夏鄉長那威風八面的架勢顯得毫無懼色，絲毫沒有慌亂之態。

索倫從一旁拍手笑著打諢，哎喲，我的「大摟」哥哥哎，這次你可「摟」大發了吧，連老實巴拉的老白書記都上陣了呢，差不多就收手得了！

「格格」你別瞎摻乎亂說話，還嫌這兒不夠亂啊！夏爾手一揮，衝白書記威嚇著訓斥道，老白，你們編排得還挺熱鬧，可我告訴你，辦石料場的事，旗裏已批准，這事你們誰也別想擋住！石料場，明天就開工！

屋子裏，一下子變得安靜。氣氛顯得很緊張，一時僵持住了。

我們這邊廂裏，只聽包順這時說了一句，該輪到我們上場了。

然後他走出包廂，朝樓下一層某一角揮一下手，登時走上來六七個人，我一看，全是中午在護林人木屋吃飯的各村幹部門。他們噔噔上樓來，由包順打頭，魚貫而入旁邊的「王爺廳」包廂。

我心說，好嘛，這幫不是「乾糧」的「豆包」們，今天可真是有計劃有步驟地採取行動，步步緊逼，直搗黃龍啊！

顯然，這是個精心策劃的行動，我登時想起那個四處奔走的幕後推手「黑狼」黑古勒。此刻，他是否也躲在這裏哪個隱秘角落，正在靜靜觀察著事態的發展？我能感覺得到他就在附近。突然，我還挺想念起他來。

隔壁的動靜馬上傳進來了，我又緊張地觀看鏡頭。

夏鄉長呀，原來你老大在這兒辦公哪？我們哥兒幾個找你找得好苦喲，一聽說就趕過來了！包順一把撥拉開想攔住他們的鄉秘書呼群，直接走到夏「大摟」前邊，把一疊資料遞放到桌上，跟在後邊的那幾位也如此。他接著說道，這是我們這幾個村的有關「截訪」資料，請鄉長老大批閱！

好傢伙！你們還都成幫結夥的了啊！看樣子，你們這些所謂的「截訪」資料，也跟白書記的差不多吧，我猜著肯定也是請願書嘍？

差不離，差不離，嘿嘿嘿。包順等人都笑咪咪地點頭稱是，畢恭畢敬。

我在這邊廂終於忍不住笑出聲來，趕緊捂嘴。這些「刁鑽」的農民幹部，個個裝得孫子似的老實巴拉，真能整，把一個飛揚跋扈的鄉長父母官幾乎逼到角落裏，這頓豐盛流涎的夜宴，還怎麼進行下去？全鄉多一半的村組，由幹部帶頭，送來這麼一堆每位農民都簽字畫押的請願書，這豈是兒戲？如果不鄭重對待，不及時處理，他這鄉長寶座還怎麼坐得下去？

反了反了，今天你們是聯合起來「造反」！我夏某人當了這多年鄉頭兒，還頭一次遇到！你們還選擇了這麼一個場合，當著我們的合作夥伴，還真叫我下不來台呢！沒關係，我老夏什麼風浪沒經歷過？接招就是！來，我先敬你們一杯！

夏爾拿起桌上的一大杯酒，一口乾了下去，凸顯出一個鄉間梟雄的氣魄，哈哈大笑一聲。接著，他一沉下臉，雙眼閃出陰冷之光，口氣嚴肅地對那些手下村幹部說道，那這樣吧，把資料留在我這裏，你們先回去，鄉裏研究一下再答覆你們。但有一點你們可要記住，要是哪個村的民眾上旗政府上訪，我就拿你們村幹部是問！按破壞安定團結論處！現在，請你們出去吧，該幹嘛幹嘛去，我還要接著招待客人，這是公務，我就不留你們上席了。小呼，送送這幾位村領導！

夏爾揮蒼蠅般下了逐客令。

白書記、包順等人相互看了看，有些尷尬。

好，好，我們走，鄉長擺夜宴招來歌女舞女侍候客人也是爲黨的工作，這些我們農民都理解。不過，我們也提醒領導一句，請慎重考慮我們反映的意見，不要把我們這些農牧民百姓逼進死胡同，逼得無路可走！你可千萬別學小瀋陽說的「走別人的路，讓別人無路可走」，真那樣，到頭來，你的路也會被別人擠掉斷掉，讓你無路可走的！

說這番話的，還是那位始終不急不躁、慢聲細語的老白書記。

狂傲的夏鄉長一時愣住了，張了張嘴，望著走出房間去的老白背影，終是無話。

我在這邊也感覺到這番話的分量，如一塊山石砸下來。

對白書記這人，我突然刮目相看了。

六 劫數

操弄攝影機的巴爾，並沒有撤機器走人的樣子，依舊盯著鏡頭。

我奇怪，戲已經唱完，鬧龍宮鬧天庭的「孫猴子」們也已撤走，他還等什麼呢？難道還有「且聽下回分解」？還有人登臺表演？

我登時想到始終沒露面的「黑狼」，可一想不太可能，他那麼精明，不會笨到羊入虎口送貨上門，這地方又不好逃離。那麼還會發生什麼熱鬧戲呢？

正當我疑惑之際，白書記和包順還都悄悄溜回了我們的包廂裏，並把門關死。

郭老師，怎麼樣，讓你開眼了吧？包順笑嘻嘻地問我。

可不，你們這些農民幹部可不得了，誰小看你們誰就吃大虧，整個「策劃於密室」，運籌帷幄，給人以致命一擊！

離「致命一擊」還早，夏爾這個人是不見棺材不落淚，鹿死誰手還不清楚呢，這才剛剛拉開序幕！老白書記喝一口水潤了潤嗓子，十分冷靜地說。

白書記，你這村幹部可不一般呢。我盯著看他。

不等老白回話，包順從旁介紹說，你算說對了郭老師，別看白書記這人溫吞水，可一吐出來就驚世駭俗！你知道嗎，他原來是教書匠，而且是教歷史的！我讀鄉中學時，都聽過他的課！

是嗎，難怪你們辦事挺老道的，場合地點、方式分寸都拿捏得十分恰當，雖然「陰損」了點，呵呵呵。我撫鬚而樂。

無奈之舉，無奈之舉啊。不過，今天我們六七個村的幹部能一起共同聯動，有一個人功不可沒，要不是他，談何容易！白書記這麼一說，包順和巴爾都點頭。

當然我心裏清楚他指的是誰。

隔壁又有動靜了！巴爾盯著鏡頭提醒道。

「王爺廳」包廂裏，此時氣氛完全變了。好好的一場酒宴被攪亂，惱羞成怒的夏「大摟」罵罵咧咧，大發雷霆，訓斥秘書和侄子事先沒掌握到一絲資訊。被請來的那兩位老總，此時也有些尷尬，從一旁笑臉寬慰他，連連稱說可以理解可以理解，哪兒都有矛盾，沒關係等等。

對，還是你關總說的對！不去管他們，這些個刁民給鼻子上臉，早晚老子一個一個收拾他們！夏「大摟」發狠地揮一下手，重新提起精神，招呼著客人說，來，來，咱們接著喝，接著玩！關總，方總，你們放心，石料場這項目絕不會停下！我們手裏有旗裏的批示文件，怕什麼，諒這些農民也折騰不出什麼大鳥屁來！

隔壁包廂又傳出一片歡聲笑語，重新開始了熱鬧的飲酒縱情的場面。

我們這邊，白書記、包順他們卻心情變得沉重，一時顯得很壓抑。

真他媽的流氓，把我們這些農民當螞蟻來踩！有權有勢有錢啊！那個巴爾忍不住罵。

他這一點，其實也想到了，我們太瞭解夏爾這個人了。白書記衝我說道，沒關係，祖上有箴言：「吃肉的牙長在嘴裏，吃人的牙長在心裏」；那咱們就鬥鬥看吧，反正箭在弦上，不得不發，郭老師講話了，誰小看咱們，誰就吃大虧！

我不由得替他們擔心起來，勸解著說，你們一定要做到有理有節，正當管道往上反映，千萬不要採取過激行動，避免出現不可收拾的後果。

放心吧，郭先生，我們也不是當年那類揭竿而起的血性農民了，時代已經不同，我們其實也已經學會了體制內合法維權，也正在這麼做。老白反倒這樣安慰我。

那就好，那就好，只要合理合法維權，我支持你們保護翁格都山保護自然環境。我點點頭，稍鬆了一口氣，也頗感欣慰，心裏十分讚賞這些新時期農民幹部們有勇有謀的時代特性。

這時攝影鏡頭中顯示出，隔壁的飯局已進入尾聲。

喝紅了臉的夏「大摟」，咬著舌頭吩咐侄子說，努克，小呼，你們兩個陪著關總方總，到後院按摩保健房做保健，蘭蘭，還有你們幾個小妹都過去，要陪好二位老總啊！

他喊住見機閃身的索倫，喂，「格格」你別走，你留在這裏陪我！我還有話跟你說呢！

索倫遲疑一下，還是留下了，那一干人很快嬉笑俏罵著相擁離去。

屋裏，就剩下了夏「大摟」和索倫二人。

又有好戲上演了。巴爾哧哧樂。

我奇怪地問，這家酒廊還配備有按摩房？

你以爲呢？知道這裏是誰開的嗎？

誰？

夏「大摟」的侄子努克！告訴你吧郭老師，可以說後院保健房是他們的「淫窟」！巴爾乾脆說。我聽後目瞪口呆。

鏡頭裏，只見夏「大摟」一把拉過索倫，坐在自己身旁，手腳開始不老實。

別這樣嘛，你這老色鬼，還沒到冬天呢，怎麼老是凍（動）手凍（動）腳的呀？別人看見多不好！索倫哧哧笑著，又閃開身去。這似乎更激發了夏爾的鬥志，點燃了欲望之火，走過去「喀嚓」一下鎖上房門，瞅著四周呵呵笑道，這回誰也瞧不見，誰也進不來了，你可以放心地陪我玩玩了吧！

玩玩？咯咯咯，你這個夏「大摟」啊，見人就想「摟」！誰說過要陪你玩了？你不是說有話跟我說嗎？咯咯咯——索倫嫵媚地笑著，像一隻美麗的蝴蝶逗得夏「大摟」欲火上竄，如一隻吃不著葡萄的狐狸。

好好，你跟我裝正經是吧，我問你，我老夏對你「格格」怎麼樣？

算是「不賴」吧。

算是「不賴」？說話沒良心了不是，光是把隔壁「金羊車」包廂白白租給你，一年你從那兒能掙多少錢？外加出場演出費，你從我酒廊淨掙二三十萬是有的吧？啊？

那又怎麼樣？是你願意嘛！我在這兒唱歌，帶火了你的生意怎不說了？

好好，不說這些，省得傷了和氣。我再問你，你爲什麼離的婚？

你說爲什麼？索倫忍住笑，歪著頭問。

還不是爲我？爲了有一天能嫁給我？

哈哈哈——索倫突然爆發出大笑，前仰後合，笑出眼淚死死盯住他問，你真的這麼想的？

哈哈哈——你個夏「大摟」！哈哈哈——！

你傻笑個什麼，你還能有別的啥想法？前夫是個通緝犯，早晚會緝拿歸案坐大牢，你格格嗎，遲早是我的人！呵呵呵，咱們倆今晚就提前入洞房吧！

以爲自己無所不能的夏「大摟」，就這麼自以爲是地說著，猶如一頭餓虎般撲上來，一把抱住了光顧大笑的索倫「格格」。

你要幹嘛？放開我！快放開我！你這大流氓——

夏「大摟」一下子摁滅了屋燈開關，鏡頭裏頓時一片漆黑，只傳出索倫的掙扎聲，還有夏「大摟」氣喘吁吁的浪笑聲，斷斷續續說，我的「格格」，你就別撒嬌了，到這會兒了還裝啥呀，早晚的事嗎，今天你是插翅也飛不出去了！嘿嘿嘿——

在這邊我忍不住著急說，不好，這老夏瘋了！你們還不快去救人？

老白書記和包順也面面相覷，出現這一幕似乎沒在他們計畫之中。

你們先別著急，會有人救她的，呵呵呵。還是那個巴爾似乎胸有成竹。

果然，只聽「砰」的一聲響，隔壁的包廂門被人撞開了，同時開亮了屋燈。

鏡頭裏出現了一位蒙面人，兩步躥到夏「大摟」跟前，「啪」的一個耳光扇下去。登時，那個已脫了上邊襯衫、褲子也吐擼掉一半的夏「大摟」，半裸著身子如一只大肉球滾倒一邊，捂著流血絲的嘴角回頭罵，媽的你是誰？敢打老子，這是私人包房！誰讓你闖進來的？來人啊！

蒙面漢子「叭」的把一把亮晶晶匕首扎在桌上，冷笑著說，你再喊，爺就割你耳朵，讓你這強姦犯老流氓變成一頭禿驢！接著再割你那惹事的命根子，讓你成太監，也讓全鄉的媳婦姑娘們從此有安全感！

這一下，夏「大摟」頓時沒了聲，洩了氣，也閉了嘴。

蒙面漢子回過頭來，衝那個被撕破了衣服半裸了胸部的索倫罵道，發賤玩火玩大了吧！還不給我快滾?還想接著在這兒丟人現眼啊?!

索倫「格格」這回沒了剛才瀟灑放浪的樣子，遮著胸捂著臉，抽泣著跑出屋去。蒙面漢子見夏「大摟」摸手機，一把搶過來摔在地上，這時聽到外邊有動靜，他立刻拿起扎在桌上的匕首比劃著說道，姓夏的，給爺記著今晚這筆債，到時候徹底跟你算總賬的！

說完，他像一隻狸貓般輕捷地閃身離去，走時「啪」地關掉了屋燈。

隔壁又陷入一片黑暗中。也不見嚇丟了魂的夏「大摟」大叫大嚷，屋裏一片死靜。

真可惜，「黑狼」老弟怎麼這樣輕易放過了那王八蛋?那個巴爾惋惜著，開始收拾機器。

你還希望他殺出個人命來?這樣做挺好，有頭腦。白書記讚揚道。

是啊，這樣很好。包順也說，這老夏，唉，酒多亂性啊！

是人狂亂性。白書記幽幽地糾正。

我在一旁半晌無語。

爲這一晚的經歷，爲目睹的這一幕這一切，心裏感到一陣陣的震驚、悲涼、不可理解，覺得這世道怎會變得如此醜陋和罪惡，甚至瘋狂得都已經不認識它了。

簡單塡飽了肚子，知道那位玩火過頭的索倫「格格」也不可能再過來陪我們吃宵夜，於是我們幾個也匆匆離開了「金羊車」包廂。

回到賓館，我終於喘口氣，跟送我回來的包順沒聊上幾句話，就聽見有人敲門。我詫異。剛開門，有一人風一樣閃進屋裏來，嚇了我一跳。是我，郭老師，別害怕。來人擼下遮臉的黑色蒙巾，是「黑狼」。

啊？你可越來越膽大包天了！都敢到這裏來！我驚呼。

放心吧，郭老師，就是有人認出來也未必去舉報！庫倫老百姓都知道我在幹著什麼事，嘿嘿嘿。「黑狼」咧開大嘴樂，一屁股坐進沙發，還大大方方地拿起茶桌上的蘋果「喀哧喀哧」就啃，嘴裏連稱，餓死我了，到現在還沒吃上一口飯呢。

那你先在這兒等一會兒，我到下邊給你買點吃的去。包順匆匆走出房間去。我心想，他們倒不把自個兒當外人，把我這兒當成自己窩了。

屋裏就剩下我和「黑狼」，面對面坐著，氣氛有些怪怪的。

郭老師，你先別硌蠅（**編按：噁心**）我，在你這兒吃點東西說完話，我就走人。「黑狼」看出我心裏有些不自在，笑著這樣說。

沒事，看來你是有話跟我說，要不你也不會深更半夜闖這裏。其實，我也有不少事想跟你聊一聊呢。此時我已拿定主意，既來之則安之，趁此機會就從他那兒多瞭解點情況也好。

好哇，那我跟郭老師想到一塊兒了。不過先等一等，我得填飽肚子才有力氣說話。

包順很快回來了，買來了肉包子香腸之類，還外帶著兩瓶啤酒。

「黑狼」狼吞虎嚥，啤酒當飲料，還笑咪咪地邀我喝點。

我擺擺手回絕說，先餵飽你自個兒再說吧，東奔西忙的，看來把你這頭「狼」餓壞了！

這是我常態，也習慣了，一個「逃犯」嘛，還想享受什麼腐敗待遇？

我被他的話逗笑了，接著打趣說，我倒是看著你像一位「游擊戰士」哩，四處點火，八方出擊的。

您這是抬舉我，其實更像個幽靈吧，嘿嘿嘿。照歷史術語，也叫做「逼上梁山」，或叫「官逼民反」，有些事，想躲也躲不開，沒辦法。「黑狼」的臉色沉重下來，神情變得嚴肅。

比如哪些事？我見他吃的差不多了，也想說話了，就問，你能不能詳細談談？

就說我老婆的事吧——

前老婆。

對對，前老婆，他自個兒也樂了，接著說道，她吧，長得有點姿色，你也看見了，可人家就惦記上了，就想方設法下足了本錢想「泡」！人一有錢有權，都以爲上天可摘星星月亮，入海可捉蛟龍神龜呢，奶奶的。

他抓起啤酒咕嘟咕嘟往嘴裏灌了幾大口，用衣袖狠狠擦一下嘴巴。

不過好像還沒「泡」成呢嘛，倒是讓你們先離婚了。

那是老子玩的「將計就計」！

「將計就計」？原來你們是假離婚？難怪你還這樣暗中保護著她！我驚嘆。

嘿嘿嘿，姓夏的承諾捧紅她，還讓她掙錢，又用優厚條件把我支走——

把你支走？什麼意思？

郭老師可能不知道吧，我原來也是旗烏蘭牧騎文工團演員，是能歌善舞的臺柱子，夏「大摟」用高工資高待遇做誘惑，把我調到他侄子的「黃牛公司」當部門經理，我也是一時糊塗，貪財「將計就計」就去了。到那兒才發現，他們那「黃牛公司」幹的那些缺德黑心事！

他說著說著就憤怒了，聲音變高，我趕緊示意，又從包裏拿出一盒「大中華」扔給他說，別著急，先抽支菸，慢慢說。

「黑狼」這才嘿嘿樂著，點上菸悠悠地抽著，平息了激憤情緒。多天沒刮臉，絡腮鬍子黑麻拉碴地遍佈多半臉，從嘴巴裏冒出的煙，就像是點著了一片亂草冒出來的，十分可怖。過去把他這種人叫做「鬍子」，倒也十分恰當。

他接下來講開夏「大摟」叔侄如何利用權力威逼利誘百姓，如孩子升學、土地草場承包、「低保」福利待遇、看病、打井、賣糧等眾多手段，讓農牧民把小牛犢低價賣給他們，二三百元廉價進後，經三個月催肥，就賣八九千元高價，獲二三百倍的暴利；尤其是，催肥的「骨粉」等激素飼料，全都是全世界禁用的黑市走私貨，換貼上新安檢標籤使用，對人體極有害。他先是正當地提意見後遭到報復，給扣上「賬目不清」「經濟問題」等罪名將其開除，無奈之下，他才幹出「盜牛」事件。

我打量著他那張瘦削的黑呼呼的臉，笑著問他，有個事我始終不明白，你爲什麼把那一百頭牛趕進大漠裏，活活曬成了臭牛乾？

呵呵，很多人問過我這事，是這樣的，我原打算避開東西南三個方向的堵截，從他們想不到的北邊大沙帶方向突圍，事前我探過路，然後再穿過沙漠，把牛趕到二百里外的通遼市去。

趕到通遼市？我一聽更驚訝了，你是想趕到通遼市屠宰場？

不，不，「黑狼」揮揮手堅決否定，準備趕到通遼市公安局門口，去自首！去揭發夏「大摟」和「黃牛公司」黑幕，讓他們給這些被我趕去的黃牛做司法檢疫取證！那一百頭牛，是他們的鐵的罪證！

哈哈，你的想法還真夠大膽，也就像你這樣的狂人才能想得出來！其實，叫我說呀，你這是簡單的一廂情願的舉動！我毫不客氣地指出來。

是，郭老師說得對，我真是一廂情願了，甚至是幼稚可笑，唉。把牛群趕到沙帶裏之後，走得可比想像的慢多了，第三天在沙漠中又突遭一場沙塵暴，迷了路，人都差點活埋在那裏。沒辦法，我讓同伴回去自首，假稱受我脅迫，把事全推給我，並讓他帶人找到現場立功贖罪。

「黑狼」嘆口氣，抬頭看看我，又有些不無得意地說，不過，我把一頭牛深埋在另一處沙坑裏，還帶走三十斤生牛肉送到一個朋友那兒，儲存在醫用冷凍櫃裏了！

呵！你還留了一手！是不是將來給自己上法庭準備了一條出路？還行，有點頭腦。我忍不住笑了。又問他，那麼，你剛才說的「將計就計」假離婚，是怎麼回事？

這個嘛，有點隱私了——「黑狼」撓撓頭。

呵，鬧成這樣了，還隱私哪？我更樂了。

是老婆不讓說，「黑狼」露出黑黃牙，挺單純地笑了笑，沒想到他還有這層挺可愛的樸實一面，不過很快就接著說道，其實也沒啥，我就全告訴你得了，我沒能按照原計劃辦成事，反而把自個兒搞成了「罪犯」，老婆跟我鬥嘴，嘰嘰喳喳吵起來了，我就賭氣說，那咱離婚算了，我也不給你戴「盜牛賊」老婆「罪犯家屬」這惡名了，反正夏「大摟」那邊追你追得七魂出竅，緊咬著不放，不耽誤你們了！老婆一聽我這話，更是跳起來說，離就離，怕啥呀，離完我就嫁給夏「大摟」！就這麼著，一氣之下我簽了字，她跑去辦了手續！

哈哈哈，真簡單，真痛快！我拍掌樂。

一旁的包順這時說話了，郭老師，你聽他瞎扯呢，吵歸吵，可兩口子早有默契！我這位叔伯姐夫呀，也是個「色鬼」，他哪裡捨得離開我那漂亮的大美人姐姐呀，他是爲了保護她，爲了她名聲，爲了掩人耳目才暫時辦的手續。其實呢，也是爲了給姓夏的老色鬼繼續下套，玩「美人計」咧！兩口子鬼著呢，今天你沒看見嗎，一紅一白，唱得多熱鬧！嘎嘎嘎——

包順壞壞地陷在沙發裏拍掌樂。手舞足蹈的。

我也忍不住搖頭笑說，真有你們的，假戲唱得真的似的。

包順接著揭老底兒說，郭老師，別看他倆「離婚」了，可什麼也沒耽誤，嘎嘎嘎——什麼意思？我沒聽懂。

意思就是說，我姐現在肚裏有了他撒的種——包順還沒講完就「哎喲」一聲，「黑狼」的大拳頭砸在他身上。

這時有個人沒敲門就推門進來。門口登時亮堂了。亭亭玉立，麗容亮眸，是索倫「格格」。已卸去一臉濃重演出妝，皮膚顯得紅潤白皙，在苗條頎長的身上穿著牛仔衣褲，整個人樸素大方溫文爾雅，完全沒有了「王爺廳」包廂中那般「風塵浪女」的樣子。

我一時怔愣。旁邊的兩個人，都「騰」地站起來迎接她。

只聽索倫衝「黑狼」奚落道，你那點臭事，還沒跟郭老師嘮叨完哪？真夠囉嗦的。

然後，她轉過臉來衝我嫣然一笑，郭老師，你別以爲他多能個兒，他剛才衝進那包廂去，哪兒是爲保護我呀，是爲了保護他的兒子！這麼多年爲了事業沒要孩子，結果無意中在這節骨眼上卻懷上了這「江洋大盜」的野種！咯咯咯，快三個月了才知道呢，真逗，不知哪兒出了問題，反正現在什麼都不安全了，咯咯咯。

索倫「格格」還是那副口無遮攔、直人直性的樣子。

姑奶奶，你留著點行不行，什麼都往外倒！這麼黑燈瞎火的，不在家待著，還跑這兒來幹什麼？快坐這兒歇一歇。「黑狼」扶著老婆坐沙發，沒想到他五大三粗的野樣子，對老婆還那麼細心體貼入微。

看見沒，他這是擔心肚裏的小人呢，哪兒是關心我呀。才三個月，我手腳利索著呢，照樣能蹦能唱，你瞎操心什麼呀。我這不是不放心你嘛，讓夏「大摟」出了醜，萬一他找人布下網，把你這大盜賊抓進去怎麼辦？讓你見笑了，郭老師，我們都跑您這裏來聚會了。

我笑一笑說，沒關係，你一來，我這兒更熱鬧了。

我心裏倒挺讚賞這小倆口子嘴上罵著心裏疼著的恩愛樣子。可惜，這麼好一對佳人卻遇上這麼大的麻煩，捅出這麼大的亂子，真是造化弄人。倆人可怎麼蹚過這道人生大坎兒，命運劫數呢？

索倫進屋還沒坐上幾分鐘，沒來得及跟丈夫說上幾句話，從外邊窗戶下傳出一陣夜鳥啼叫聲。「黑狼」登時「噌」地站起來，變了臉說，外邊有情況，還有很多事兒要辦呢，我得走了，不能再待在這兒了。郭老師，該說的我都跟你說了。我們和夏「大摟」一夥兒的鬥爭，現在都集中在保護和開炸翁格都山這件事上了，今晚你也看見了，這幫人爲了一小撮集團的私利，爲了賺黑心錢，不顧一切地要開山炸石，破壞祖先留下的薩滿文化遺跡，破壞優美環境和生態，這是我們絕不能答應的！我今晚冒險來您這裏，主要是爲了邀請您明天去參加一個祭祀活動。

噢？祭祀活動？我驚奇地問。

明天上午，翁格都山四周六村一林場百姓都要自發地登翁格都山頂，舉行一次祭天祭敖包的祭祀活動，由我們的老薩滿爺爺主持儀式。郭老師不是很想瞭解薩滿的「安代」文化嗎，告訴你，明天也有一場薩滿爺爺領舞領唱的群眾跳「安代」舞場面，歡迎郭老師光臨指導！

「黑狼」說著，從懷裏拿出一張自製的樺樹皮請柬，上邊燙著烙畫，有九足雄鷹，有一老翁舉著哈達跳薩滿舞，上邊刻著蒙古文字：安代。

是這樣啊，這太有意思了，我一定去，這麼難得的場面，我一定要好好領略好好欣賞老薩滿大師的風采！難怪今天他老人家出動了金羊車，我現在終於明白了！

捧著那張別致樸素的請柬，我心裏忍不住激動。

那好，咱們一言爲定。我先撤了。

這麼晚了，你去哪兒過夜？是去「格格」家嗎？我關心地問他。

郭老師說錯了，那也是我的家，不過不能去了，今夜肯定會有人在那裏蹲守的。辦完事，我可能還是上翁格都山，去山林裏過夜。「黑狼」剛毅的臉上露出一絲苦笑，一口乾了桌上剩下的半瓶啤酒，看一眼老婆轉身就要走。

等一等，索倫喊住他，把帶來的一個包裹遞給他說，這是換洗的衣服，別弄得自己髒兮兮的像個野豬，真成了土匪模樣，抽空再刮刮鬍子啥的。另外，山林裏冷，包裹放了件厚毛衣，別忘了穿上，我可不想跟一個凍僵了身子的盜賊重婚！

索倫說這話時，嗓音在顫抖，強忍著自己的眼淚不掉出來。

放心吧老婆，野外住慣了，沒關係，我先走了。包順，一會兒把你姐送回家，從前門走，我走後邊小門。

「黑狼」的眼裏也閃過一絲淚光，叮囑包順，再硬的漢子也有兒女情長的一面。我從一旁靜靜目睹著這一幕，心裏發酸，心也變得無比沉重。

多年來，我這是實實在在的頭一次感覺到底層民眾的生活，遠比想像的嚴酷和多難，更不是晚會或電視螢幕上那般成天的歌舞昇平。

七　安代之舞

翁格都山被一層淡淡的青嵐紫霧纏繞著，如一位陰沉著臉的老翁。

山東側的原先登山路已被採石場封鎖，不讓閒雜人等上山，我們是從山的南麓沿一條溝往上爬的。十分難行，估計除了獵人無人走過，好在山不高，只有一千來米。

山頂處，有一小片平地，中間矗立著那座碩大的「敖包」堆。

「敖包」是立在原先那一古老的底盤石上面。底盤石離地面兩三尺高，有兩間房基那麼寬圓，據說在底盤石上，早先天然坐落著一塊橢圓型大石球如房大，一傳說是天庭隕石，又說是成吉思汗的箭靶子，是他的胞弟力大無窮的勇士哈薩爾扛上去的，這顯然是一種演繹了。

古時，以此大橢圓石爲中心壘有一座大「敖包」，「薩滿巫師」代代在此祭天地，後來被那個庫倫旗第五任喇嘛王爺不知用什麼辦法拆除了古「敖包」，有人說是請來工匠炸掉了橢圓石，又有人說是動用千名大力士硬給推下了山。當然，這些都是秘密進行的，無從查證，後傳出那些工匠或力工們都神秘消失，包括那位喇嘛王爺自己也最後中「黑風咒」而亡。

據說，當時那塊大橢圓石被清除後，在底盤石上裸露出兩個神秘符號，像是古文字，可誰也不認識，被稱之爲「薩滿天書」。那位喇嘛王爺當時就是因爲看了這兩個神秘符號，還用黃袈裟和經符將其封蓋作法之後，才半路中邪的。從「薩滿巫師」那兒傳出，那兩個神秘符號就是薩滿「黑風咒」文，而「黑風咒」文則不能暴露，一旦暴露，人間就降災禍，出事情。

後來重新堆起的這座敖包，也有百年歷史了。都是些虔誠的百姓每年扛石上山，在原先橢圓底盤舊址上一點點堆壘出來的，並徹底蓋住了那兩個已暴露的神秘「薩滿天書」。此時，我靜靜端詳著這座具有遠古歷史的敖包，心中除了升滿一種敬意，更深深感覺到含在其中的宗教文化內蘊和一個民族的靈魂，以及它代代傳承的脈搏的跳動。

東方初露的朝霞正映照著「敖包」，豎立在敖包上的三杆青藍色「蘇力德」——纛旌，肅穆而莊嚴，很多條藍色和白色哈達繫掛在「蘇力德」杆杆上和「敖包」壘石上，隨晨風微微飄動，偶爾發出嘩啦嘩啦的聲響。這時，山頂上已經聚集了百十號人，都穿著節日新袍，另外，更多的百姓正三五成群源源不斷地往山頂上湧來。顯然，山的面積大，從四面八方都可攀登，石料場只可封鎖東側正路，其他方向想封也難。

祭祀儀式看樣子還待一會兒才開始。「敖包」的四周，已經插滿五色旌幡，每個方位擺一張供桌，正南方是一張很大的主祭壇，上邊左側供放裝滿五穀、插著藍色小旗的木斗，右側捆放有一隻準備血祭的活羊，周圍擺滿鮮果、白食（乳製品）、茶酒等供品。祭壇前點燃著一堆牛糞火，周圍點著九九八十一根香炷，煙氣繚繞。

我看見老白書記和另幾位村頭，正在祭壇前組織百姓按各村排序站隊，每村由一位年輕後生舉著寫有該村名號的紅旗，站在隊伍前頭，我數了數，共有六七面紅旗在迎風飄揚。白書記看見了我，就過來打招呼，邀請我在儀式上給大家講幾句話。我趕緊擺擺手說，你們做你們的，自己只是個旁觀者，學習參觀做做記錄。

陪同我登山的包順也回到自己村子隊伍那兒，組織百姓。沒看見「黑狼」黑古勒，不知這會兒躲在哪裡。

我拿手機給在通遼開會的仁旗長撥電話，問他哪天回來，他告知大概今天中午。我對他說，如果能提前一兩個小時最好，自己在翁格都山上等他。電話裏不便細說什麼，打了個馬虎眼。

此時，山頂上漸漸聚集了上千號群眾。人們手裏捧著哈達、鮮果、乳製品等祭品，上山後首先做的事，就是把自己從山下攜帶上來的大小石塊都壘放在「敖包」上，再把祭品獻奉在供桌前，然後才各自歸各村旗下，井然有序，毫不混亂。

時針正指上午九時。

白書記手持小擴音器，站在祭壇前高臺上開始講話，他是被推舉出來的儀式主席。

老少爺們、父老鄉親們！大家安靜了！現在，我宣布：翁格都山四周六村一林場，聯合舉辦祭天祭「敖包」祭祀活動，正式開始！

頓時，一陣鼓樂齊鳴，掌聲雷動。

奏國歌！白書記宣布。我先是一愣，後撲哧樂了，這些農民真能整。

現在，我請本次祭祀活動大司儀、我們最尊敬的老薩滿博師——吉木彥老人出場！

奏完國歌，白書記再次這樣宣布。

一聲牛角號破空而起。喧鬧的人群頓時鴉雀無聲，四下張望，等候那位神秘的老薩滿出場。可半天沒有動靜，正當人們疑惑之際，不知誰悄悄喊了一句：來了，來了。

只見沿著山北側一條小徑，那輛套著六隻公山羊的「金羊車」，正奮力奔上山頂來。

人們不約而同地紛紛驚喊：金羊車！金羊車！

有一年輕人牽著金羊車，在前邊跑著領路。他身上穿著藍色蒙古袍，腳上褐色長統布靴，額頭上紮著紅綢帶，臉上化了妝塗滿油彩，認不清是誰。當他引領著金羊車，從人們前邊走過時，虔誠的百姓們紛紛拿出哈達獻掛在金羊車上。

年輕人把車穩穩停在祭壇前，恭敬地站在車門前撩開金穗門簾，這時，九十高齡的吉木彥老「薩滿」便從車裏慢慢下來，由一穿紅色蒙古袍、頭戴秀冠的年輕女子攙扶著。

我一眼認出她是索倫「格格」，老薩滿的外孫女。老薩滿則身穿五色法衣，頭戴插滿羽翎的黑色法帽，胸前掛滿大小銅鏡，腰以下的法衣襟裾上飄蕩著五彩條帶，每個條帶上都拴繫著一銅鑄小人「翁格都」。他身後由外孫女索倫和那位趕車青年護衛著，緩緩走向祭壇。

這時，長管號、牛皮鼓、白螺號、銅鑼等聲音渾厚的祭祀樂器再次響起。

老薩滿站在「敖包」祭壇前，行三跪九叩大禮。

白書記帶領一千多名群眾代表，也隨老「博師」黑壓壓跪在「敖包」前磕頭行禮。

然後，老薩滿接過男青年遞上的木劍握在右手，又接過外孫女遞給的「達木茹」牛骨鈴握在左手，順時針從左到右繞著「敖包」走三周，一邊嘴裏念動著什麼咒語。白書記帶領眾人也跟隨其後，繞「敖包」三周，有人這時往敖包上加放著帶上來的大小石塊，獻掛哈達。這是祭「敖包」的必行之禮。

回到祭壇前重新站定，老薩滿右手舉劍、左手搖牛骨鈴，一聲高亢洪亮的嗓音陡然而起。

他唱頌曰：

當森布林大山還是泥丸的時候，
當蘇恩尼大海還是池塘的古世，
我們祖先就開始祭天祭地祭敖包，
祈福驅邪行「博」法！
OMSAIN！賽音召！

白書記帶領大家重複高呼最後的吉祥語：賽音召！賽音召！

老薩滿接著高聲唱頌：

從祖宗那兒傳來的「博」法喲，
天地山河、日月星辰，自然萬物，
都是我們代代祭拜的附體主神！
威嚴吉祥的翁格都山喲，
是「騰格爾・海爾拉結」之地——「長生天賜愛於該地」！
今天虔誠的子民聚集在這裏，
請接受我們莊重的拜祭！
OMSAIN！賽音召！
OMSAIN！賽音召！

老薩滿一邊唱頌著，一邊揮木劍指劃著周圍「長生天賜愛之地」——翁格都山，又開始默默念起薩滿咒語，這叫「清潔祭祀之聖地」。他向兩個「護法」青年男女揮手示意，那兩人就從一旁的金羊車裏請出一塊紫色木牌，恭恭敬敬地安放在主供桌中央，上邊寫有：「鄂其克・騰格爾」——「長生父天之位」。

我看著老薩滿一舉一動，心裏想起德國學者海西希所說的話：蒙古人崇拜的最高境界，就是長生天；「薩滿博師」作為神界、自然界的化身，是兩者間具象化的中間過渡者，一個由於興奮而起的狂舞者。現在，這位老薩滿吉木彥，正應證著海西希的這句話。

老薩滿洪亮的嗓音再次響起：

啊，鄂其克．騰格爾，
長生父天！
在那太陽升起的地方，
有一座至高無上的九重寶塔，
在那寶塔頂上，
就是我們的父親般的九重天！
在那白雲飄浮的地方，
有一個金色的九層階梯，
在那金色階梯上邊，
就是我們的父親般的鄂其克．騰格爾！
啊，鄂其克．騰格爾，
長生父天！
我們真誠地祭奠你！

把豐碩的「壽色」獻給你！

隨後，老薩滿向那位男護法揮手示意。男青年領命，走到供桌前拿起一旁的祭刀，開始宰殺那隻供放的活羊。血祭的羊被稱爲「壽色」，按蒙古式掏心殺法屠宰。很快，男青年伸手掏出那顆血淋淋顫抖抖的羊心，供放在一個金邊木碗裏，再把它遞給大祭司吉木彥大「博師」手上。老薩滿一邊用木劍在羊心上比劃，一邊開始呼叫父天，然後把羊心供奉在祭壇上「長生父天之位」前，接著，他就緩緩舞動起老身軀，唱頌起來：

盛在金盅裏的是美酒喲，
主宰萬物的長生父天——
請盡情享用這酒中精華！
供在祭桌上的是「壽色」喲，
主宰萬物的慈祥父天——
請蒞臨享用這草地物華！
OMSAIN！賽音召！
OMSAIN！賽音召！

眾人隨呼：賽音召！賽音召！

老薩滿接著情緒愉悅地祝贊祈福：

啊，鄂其克．騰格爾，
長生父天！
讓那天倉裏的福祿，
溢流到人間來吧！
呼咧！呼咧！
讓那九天寶庫的財富，
賜給百姓們吧！
呼咧！呼咧！
讓牛羊奶如泉水，
讓五穀堆如高山，
讓五畜滿山滿川，
讓幸福充滿人間！
呼咧！呼咧！
啊，鄂其克．騰格爾，

白書記這時拿一根藍色小旗一揮，六村一千多名群眾都圍攏過來，在緩緩舞動的老薩滿周圍形成幾層大圈，跟隨他的緩慢節奏踏腳呼喝。

老薩滿跳的是「博」舞「安代」，揮動寶劍骨鈴，嘴裏不停地念叨咒語，臉上呈出一種神秘之色。而圍在周圍的民眾，不斷齊聲高呼：呼咧！呼咧！

這個上千人一起踏舞的「安代」，漸漸變得氣勢雄壯，歌聲迴蕩天空。

老薩滿先做的是「祈禱請神」序曲，薩滿語稱「希特根．扎拉乎」，意思是「請自己信仰的主神」附體。他一邊舞躍著向四方八面神靈施禮，一邊嘴裏唱「安代」，往地上拋撒五穀和香灰，那意思是請這方山水的保護神「那木達格—沙木達格」們下來。

他的情緒高漲起來，舞姿也變得狂烈了些，旋轉騰挪，身上的銅鏡銅鈴撞擊有聲。一個九十高齡老人，還能這樣身手敏捷而硬朗矯健，真令人驚嘆。接著是「呼日特那」一節，意即主神已附體，老薩滿突然口吐白沫，雙眼只見白眼圈，時而暴烈狂躁，時而悲愴淒涼，這便是「敖日希乎」，就是神靈附體作法了。

在這個階段，由於每位「博」師拜祭的主神不同，舞蹈姿勢也不同，有的是伊恒．翁格都（少女神靈），有的是少布．翁格都（禽鳥神靈），還有巴日．翁格都（虎豹神靈）等等，「博」師們依據不同的神靈，模仿牠們的動作舞躍。

吉木彥老「博師」祭拜的是九天神鷹，這時已經下神附體，轉瞬間，他猶如一隻拍翅飛騰的猛鷹，從供桌前熊熊燃燒的火堆上躍過，從圍觀的人群前邊躍過，然後由兩個男女護法扶著坐在神壇前，雙眼變得迷離，全神貫注在自己精神世界中。

他把一根烙鐵放進祭壇前的牛糞火堆裏燒紅，然後伸出舌頭從紅烙鐵上舔過，人們能聽見吱吱聲響，冒出青煙，嚇得人們大氣不敢出。我也被老人家這一神功震懾住了。之後，他再拿出事先紮好的「卓力格」鬼（用草、紙、秫秸做成的小鬼人），嘴裏念著咒語，伸出舔過烙鐵的舌尖舔一遍那「卓力格」鬼，一邊大聲念叨著咒語，然後把那「卓力格」鬼一揚手扔進了前邊的烈火中。人們聽見「卓力格」鬼在火堆裏吱吱直叫，在場人無不毛骨悚然。到了這裏，就意味著最重要一環「驅鬼鎮邪」結束。

接下來便是行「博」最後階段，叫「呼日格胡」——送主神了。送主神時，老薩滿繼續邊舞邊誦，將請來的精靈們一一送走。拜神送走後，老薩滿便開始蘇醒，恢復正常，這叫「色日格那」——醒神。他一邊脫下法衣，摘下法冠，唱道：

把五色彩衣脫下來，
把神鷹法冠摘下來，
把靈性法器收起來，
神奇的「博師」要休息啦！

老薩滿由兩位護法攙扶著，盤腿坐在供桌前鋪好的紅氈墊上，入靜歇息。此時，老人家臉色和身軀方顯出疲倦之態，昏昏欲睡。
白書記用擴音器宣布：下邊開始集體唱跳祭祀「安代」歌舞，以表示我們的歡慶！
他走向那兩個男女護法前，邀請說，二位領舞請！
猛然，那兩個年輕人雙肩一抖，從袖子裏抽出紅綢舞巾，揮甩著，舞進場子中央裏去。
男領舞唱：

把你的長髮舒放開來吧，啊，安代！
不要在那裏站著發呆啦，啊，安代！

女領舞唱：

像百靈鳥般的唱起來吧！啊，安代！
像山獅子樣的跳起來吧！啊，安代！

眾人和唱：

啊，安代！

啊，安代！

這時，一旁陣勢奇特的由牛角號、大四胡、三弦、木笛等組成的樂隊，驟然奏響了「安代」舞曲《蹦波來》，頓時民眾們一起隨唱，氣勢磅礴。

只見男女護法雙肩一甩，做出著名的蒙古舞姿「碎肩」，猶如兩片風中飄動的紅綠花朵，舒緩地翩翩起舞，在他們手中揮動的紅綢巾如四隻上下飄飛的美麗蝴蝶。

男領唱：

虔誠的百姓們都到齊啦，啊，安代！

翁格都山的神靈恩准啦，啊，安代！

女領唱：

「安代」之意是把頭抬起來呀，

把綳緊受縛的身子釋放開呀！

眾人和唱：

把低下的頭顱抬起來呀！啊，安代！
把緊繃的身軀釋放開呀！啊，安代！

場子中央，兩個年輕男女訓練有素地舞著，唱著，男的如一隻藍蝴蝶，輕捷矯健，女的如一隻紅蝴蝶，靈巧秀美，時而交叉奔舞，時而相互對舞，或急或緩，或上或下，舞姿動人而嫻雅；而一旁伴奏的雄渾激越的安代曲，時如風穿山谷，時如溪流林間，使得激情舞蹈的人們更加沉迷於那醉人的旋律中不能自已。

這是個海潮般的，風似的，火似的，充滿鼓動力的歌和舞。

圍起幾層圈的上千民眾，現在已經完全被兩個年輕舞者帶動起來，隨著二人簡單樸實的舞蹈動作，也都全身心放鬆地跳唱起來。

「安代」一曲，切換到「傑呵嗚」「呵吉耶」等幾部，根據每部不同曲調，兩個領舞者不斷改變著舞蹈動作，帶領大家跳唱。

他們的嫻熟而狂放的舞姿，此時此刻似乎象徵著一種願望，一種不屈不撓的熱火般的願望。那迷人的藍色袍裙不停地旋轉奔舞，猶如一股藍色的浪潮、藍色的狂風，而緊隨其後的紅色袍裙，如一鮮豔的花朵在藍海上飄飛，他們交相輝映，珠聯璧合，演繹一幕幕動人心魄的新型「安代」歌舞經典。

這已不是那種純粹意義上的民間歌舞了，更不是姿態婀娜的男女輕歌曼舞了，這是被壓抑者的呼號、鼓動、追求、祈願！似是一股不可遏止的怒火在燃燒！是人們對蒼天、對環境、對人生，以及對不可知命運發出的莊嚴而哀怨的訴告！那響亮的拍手，那急促的跺腳，那扭擺的腰身，那嘩嘩響動的袍裙，都無不表達著這種訴告。

尤其，當那些上千個勞動者的低微頭顱勇敢而堅定地抬昂起來時，更爲充分地表達出「安代——抬頭起身」這一層深刻內涵。

這是在人類眾多藝術中，不多見的，只有「安代」才具有的獨特歌舞形式，充分而鮮明地表達出勞動者——即人的驕傲，人的尊嚴，人的不屈服，人的對人世權威及人之命運的控訴和抗議！

我在一旁目睹著這一幕空前絕後的「安代」歌舞，完全被震撼了。

長生天啊，人世間居然還有這等驚心動魄感人肺腑的民間藝術！

八　警鐘

從東側山腳下，突然傳來高音喇叭吼叫聲：

山上聚集的民眾聽著，今天是「翁格都山石料場」剪綵開工的日子，馬上要點燃第一撥連環炸藥！你們馬上撤出山頂，我們早就貼出告示，從今天起，閒雜人等不得上山，也在各村組做過廣泛宣傳！你們現在這是非法聚眾，馬上離開山上！我是鄉長夏爾，我命令你們立刻離開山頂！立刻離開山頂！現在我派保安人員上山清場，你們要積極配合，不得違抗！若有違者，出事概由自己負責！

唱跳正如醉如癡的百姓們，聽到這個全愣住了。

白書記、包順等跟那兩個男女領舞者交換了一下眼色，立刻聚攏一起商量，只聽那位男領舞冷冷地說道，該來的終於來了！好，按原計劃幹，看那幫鳥人怎麼收場！

我這時才心裏一驚，原來是他！

白書記附和道，對！咱們等的就是這樣的結果，開弓沒有回頭箭，咱們接著來！

於是，那老白拿起小喇叭回頭向民眾高喊，大家繼續唱，繼續跳，繼續我們的祭祀活動，不要停下！又向一旁暫停下來的樂隊一揮手，命令道，繼續奏樂！

頓時，山頂上的鼓樂重新響起來，只見兩個男女領舞一提袍裙，嘴裏高唱著安代曲，以騎戰馬姿勢舞進人群中去。民眾在他倆帶領下，重新開始了歡樂熱烈的安代歌舞。

這時，山下的高音喇叭再次吼叫，重複著剛才的宣令。

人們不予理睬，依舊跳著唱著。

不一會兒，從東側那條山路上爬上來一夥人，爲首的就是努克大經理。十幾人全都是一襲黑服，手持保安警棍，氣勢洶洶，像是要吃人的樣子。

努克直衝白書記包順等人走過去，怒斥道，你們想幹什麼？爲什麼不撤離山頂？沒聽見高音喇叭的宣告令嗎？啊?!

你嚷嚷什麼，沒看見嗎？我們是這座翁格都山四周的六七村百姓，正在這裏聯合舉行祭天祭「敖包」活動！白書記冷冷地回答。

你們這是非法聚眾鬧事！我們早就發出戒嚴令，從今天起封山，從今天起開山炸山，你們不知道嗎？

你們是誰？這山是你們家炕頭嗎？一聽老白這話，眾人都樂了。

我們是翁格都山石料場聯合開發公司，我們有旗政府批示文件，你們馬上離開，山下就要炸山了！

好一個聯合開發，一群貪得無厭的狼狽！那好了，你們炸你們的，我們祭我們的！出了事違者自負，難道你們不怕死嗎？

怕死有啥辦法?反正現在民不畏死，你們也用不著拿這唬人了!你們快走開，別影響我們祭祀!

呵，你還想讓我們離開!保安們，給我上，先趕走這幾個爲首的!努克向身後揮一下手。那十幾名打手就如虎狼般逼向白書記包順等幾個村頭。

一見這情況，那位矯健的男領舞也把手一揮，從上千名人群中，立刻跑出來四五十名壯小夥子，威風凜凜地站在白書記他們前邊，擋住那十幾名保安。頓時雙方形成對峙，摩拳擦掌，勢態一觸即發。

努克見狀心虛了，自己帶來的這十幾人哪裡是那麼多人的對手，肯定一交手就潰不成軍。他惡狠狠地盯著那個化了妝的爲首青年，似曾相識，心中頓時生出幾分疑惑，走到一邊用無線電向山下彙報情況：向總指揮報告，山頂聚集著上千名群眾，我們無法清場，我們人力有限，無法清場，請求領導帶領執法警力上山清場!

我一聽，壞了，這努克想把事弄大。不過，面對這麼多民眾，誰上來也不好辦，清場談何容易。於是我繼續站在一旁靜觀其變。

又過了一會兒，我們的老朋友夏爾鄉長親自爬上山頂來了，氣喘吁吁的，身邊還有一位領導模樣的中年男人。倆人身後，哇，竟然真帶來了二三十名執法警察，各個手持警棍面色嚴峻。努克顛兒顛兒地跑過去，向那個中年男人畢恭畢敬地說，郎副旗長，您親自上來了?對不起，都是我們的工作不得力，本來請您來剪綵指導工作的，沒想到山上出現了這麼多刁民搗亂，沒辦法——

不能這麼說，努克同志，不能把不明真相的群眾說成是刁民，他們認識錯誤後都是好群眾嘛！他們都是我們的衣食父母，我們都是他們的公僕嘛！那個姓郎的副旗長笑呵呵地說起來，一副天官賜福的樣子。

在這樣場合聽他如此說，我感覺不倫不類，太假模假樣。把虛話套話說得如此自然，如真的一樣，此君也頗令人刮目相看。

老夏，你去問問他們，那不是哈爾高村的老白書記他們嗎？怎回事？村長書記都帶頭上來了？這是幹什麼嘛！郎副旗長依舊微笑著吩咐。

夏爾大搖大擺地走上前來，拿出鄉長的那股架勢，冷笑著說，老白、包順，你們幾個真行啊，覺得昨晚沒搗亂夠，今天又上山接著鬧，是吧？還發動了這麼多的老百姓！

夏鄉長，你可說差了，老百姓不是我們發動的，都是自願上山來的，不信你問問——白書記回過頭大聲問，你們是不是自願上山的？

是！我們都是自願的！自願的！上千名群眾齊聲高呼。

夏爾一時怔住了，很快變了臉，提高嗓門喝問，你們想幹什麼？啊？這麼多人在山頂非法聚集，還選擇了山下石料場剪綵開工的日子，你們想幹什麼？你們這是非法聚眾鬧事，知道嗎，是破壞生產，是搞破壞！

夏鄉長，你先別忙著扣帽子，今天是農曆七月十五日，是傳統的祭天祭敖包的日子！這翁古都山頂的「敖包」，是我們周圍六七個村百姓歷年來祭天祭祀的場所，你憑什麼說我們是非法聚集？還說鬧事，我們鬧什麼事了？偷摸了？打砸搶了？告訴你老夏，尊重民俗和傳統文化，上邊早有規定，這「安代」歌舞都列入了國家非物質文化遺產保護項目，今天我們集體跳「安代」犯什麼法了？這個法，難道是你夏大鄉長制定的嗎？

白書記不慌不忙地這樣反駁，話說得很有分量也滴水不漏。

什麼？你們在山頂跳「安代」祭「敖包」？夏爾倒是似乎沒想到這一點，沒想到這些農民會玩出這種花樣，一時語塞，回過頭看看那位郎副旗長。那個副旗長也皺起了眉頭。

這還有假？我們都請來九十歲高齡的老薩滿「博師」吉木彥老爺爺，在這裏主持祭祀呢，他還是旗裏上報國家入冊記名的「安代」藝術正宗「傳人」，還有證書呢，不信，請領導們往這邊看看！大家讓開點！

白書記向後邊群眾揮了揮手。於是，擁擠的人群閃出他身後的空地。在那裏，排場莊重的祭壇前，出現了正襟危坐的老薩滿吉木彥老翁。只見他閉目壓手盤腿打坐，雪白長髯隨風飄動，嘴唇微啓，輕輕叨念著不知什麼咒語，毫不理會眼前發生的事情。

呵呵，好嗎，還真擺開了陣勢，像那麼回事啊！還真會選日子，就趕我們這石料場剪綵開工的日子，是不是？

這叫擇日不如撞日！哈哈，沒辦法，撞上了，其實是你們選擇了七月十五這祭祀日呀！

我聽了白書記這麼說，心裏忍不住笑。不得不佩服他們鬥智鬥勇的高明。

夏爾有些無奈，想發火可找不到著力點，陰冷著臉問，那能否告訴我，你們這祭祀活動還有多長時間結束？我們可以等一等。

沒想到他後退了一步，這倒出乎我的意料。

多長時間？哈哈哈，這可以告訴你，按照傳統，小祭三七二十一天，中祭七七四十九天，大祭一年三百六十五天！我們六個村百姓商量了一下，這次要搞一場大大祭，舉辦三年一千零九十五天的大祭祀，也就是說，這三年中，天天有各村十名代表上山祭祀，每天二十四小時不離人，香火不斷，祭祀不斷！

白書記這樣緩緩地高聲宣布。頓時從周圍群眾中，爆發出雷鳴般的掌聲。

夏爾一下子跳將起來。我笑出了聲。

你、你們——你們，在成心搗亂！你們搞這種把戲，想阻止我們開工，簡直是開玩笑！開辦翁格都山石料場，這是鄉政府和旗政府兩級政府批准通過的項目，你們誰也別想阻攔！

那請問夏鄉長，這翁格都山是你鄉政府財產還是旗政府財產？

是國家的財產，國家的資源！

那還請問，你們鄉政府旗政府是國家嗎？能代表國家嗎？我們居住在翁格都山周圍的六七個村三萬多名人民群眾，按中華人民共和國條令，算不算是國家的主人？你們打著國家的旗號進行掠奪性開發，爲中飽私囊，爲你們利益集團，不顧我們這麼多國家主人的切身利益，破壞翁格都山，這算是怎麼回事？國家哪個領導批准的？現在，我還要問一問夏大鄉長，昨晚我們六七個村全體幹部群眾上報給你的資料，你們鄉領導進行研究了嗎？上報旗領導看了嗎？今天正好主管副旗長郎布同志也在這裏，我們就說道說道吧。你光讓我們村幹部「截訪」，不讓群眾去旗裏上訪，可群眾反對你們開辦石料場，反對你們破壞翁格都山，你爲什麼不往上反映？爲什麼把這麼多百姓意見當耳旁風，不當個屁？今天你們一意孤行，還要硬行開山炸山，我倒要問問，你們想幹什麼？

白書記這回直接切入主題，毫不退讓地正面交鋒。

那位郎布副旗長聽了這話，立刻把夏爾招呼過去詢問。夏爾在他耳旁嘀嘀咕咕說了半天，他頻頻點著頭。一看便知，此人可能就是百姓說的夏鄉長旗裏靠山。

這期間，夏爾的侄子努克，一雙眼睛始終盯著站在老薩滿身後的那位化妝男領舞。

這時他一攥拳頭，立刻走過去跟夏爾嘀咕了幾句，並抬手指了指那個男領舞。夏爾臉上頓時呈現出驚愕，當即向一旁的郎姓副旗長小聲做彙報。

你們能確定他就是那個通緝犯嗎？那你們還等什麼？還不快去實行抓捕？現在看來，這些群眾顯然是受了壞人的蠱惑挑動，難怪嘛，有壞人在搞陰謀，搞破壞，這天下還能太平穩定嗎？

那位郎副旗長還真不愧是領導，立刻抓住了這一扭轉局面的戰機，及時定性，定了調子。剛才被白書記一陣嗆白，一時無言以對，現在終於找到了可以反擊的突破點。

夏爾轉身走到後邊那幫警察那兒，跟一個帶隊的領導進行溝通佈置。

那邊的男領舞，一直機警地觀察著這邊動靜，嗅覺靈敏的他已聞出了什麼，旋即，悄悄一轉身，就往後山閃去。

快抓住他！他是通緝犯盜牛賊黑古勒！王所長，快上！別讓他跑了！夏爾見狀急喊，聲嘶力竭。

那個王所長也揮手一喊，大家跟我上！

二三十名警察立即如一群惡虎撲過去。

沒想到會出現這一意外情況，白書記包順等人愣了一下，見狀不妙，立刻率身後幾十名青年擋住了警察的去路，一邊嘴裏叫嚷，我們這裏沒有通緝犯！你們不能在這兒隨便抓人！

王所長一見急了，喝令道，你們快閃開！別妨礙我們執行公務！快閃開！

我們這兒都是合法老百姓，沒有你說的那個通緝犯！警察不能亂抓人！亂冤枉人！

白書記他們毫不退讓。

那個王所長把手裏警棍一揮，命令手下說，衝開他們，快去抓犯人！這些老百姓誰阻攔，全部抓走，以妨礙執行公務罪進行拘留處罰！大家快上！

警察亂打人亂抓人啦！大家快上啊，快保護白書記他們啊！

站在老薩滿身旁的女領舞索倫「格格」，這會兒大聲疾呼，自己也如一頭母豹般衝了上去。一聽她呼喚，上千名本來憤怒不已的百姓都呼啦一下圍上來，把那些警察、還有夏爾、郎布等人全圍堵在裏邊，水泄不通。

我一看真要出大事了，趕緊擠進中間的場子裏，走到那位姓郎的副旗長跟前，對他說，郎副旗長，我是你們仁旗長請來寫「安代」的作家，老夏他認識我。今天一個上午，我都在這山上進行採訪，觀看老薩滿帶領群眾跳「安代」，在這兒，我並沒有發現群眾有什麼越軌違法行爲。我希望，大家不要把事情鬧大了，上邊要求安定團結，出了大亂子對誰都不好。至於你們辦石料場的事，我現在不便說什麼，但有一點很重要，什麼事都要商量著解決爲好，不要激化矛盾，現在這麼鬧，結局不可想像，影響不太好吧？

噢，您就是那位郭作家呀，我聽說過您大名。唉，今天發生的事，讓您見笑了。郎布開始一臉詫異，隨即馬上換了一副笑容，但還是軟中帶硬地說，郭先生也看見了，警察在執行公務，在抓逃犯，這些群眾不明真相，鬧得也太過分了，尤其這幾個村幹部帶頭保護壞人，這是法律所不允許的。

誰是逃犯，有沒有逃犯，我是外來人，就不清楚了。不過嘛，這麼多群眾，這麼多村幹部，都一起來保護你說的那個「逃犯」或「壞人」，公開地來妨礙你們「執行公務」，這也說明個問題呀。你能一概說這上千人都不明真相或上當受騙嗎？反正我覺得事情不那麼簡單。這樣好不好，郎副旗長，我已約了你們仁旗長在這裏見面，估計他馬上就到了，我們等他來處理好不好？

一聽這話，郎十分意外，「哦」了一聲。

你是說，仁旗長馬上到這山頂見你？

如果不信，你給他打個電話問一問。我把手機遞給他。

他擺了擺手，笑說，能不相信嘛，呵呵。

他又看了看夏爾說，老夏，那咱們就不要在這兒妨礙郭先生和仁旗長見面談話了，依我看啊，你們今天這剪綵開工儀式，也得往後拖一拖了。

郎副旗長的態度，開始發生了變化。顯然，他心裏已掂量出眼下事態的輕重，不敢再貿然行事強行抓人和炸山了。只見他走到白書記他們跟前，用商量的口吻這樣說道，老白，小包，看得出你們對鄉裏辦這石料場有不同意見，而且，意見還不小嘛。這樣好不好，你們不是一直想向旗裏反映情況嗎，那我現在就請你們到旗裏去，咱們一起坐下來談一談好不好？夏鄉長他們也一塊去，怎麼樣？

這個建議，出乎白書記他們意料。相互看一看，小聲議了議，最後統一了想法，同意現在就隨郎副旗長去座談，反映自己意見，他們要的就是這樣的結果。

郎副旗長又向那個王所長說，老王，我看你們也先撤了吧，抓捕逃犯的事往後放一放，從長計議，反正現在人也已經逃走了，沒必要跟這麼多群眾發生衝突。

王所長見領導發話，何樂而不爲，一揮手，就帶著一干警察立刻就走下山去。人群讓出一條道，還給他們鼓掌歡送，高喊人民警察愛人民，人民更愛好警察。警察們都笑著揮揮手。

老白、小包，你們的祭祀活動是不是也可以告一段落了？這麼多群眾聚在這裏，不太好，祭祀也該結束了，該回家歇一歇吃吃飯，去幹正事，這麼多人全耗在這裏不是個事啊！我已經告訴夏鄉長，今天不剪綵不開工，這你們都聽見了！都散了吧！郎副旗長開始全面平息事態，表現出一副領導幹部的模樣，做出指示。

白書記、小包他們又商量了一陣。見主管郎副旗長已如此表態，說明事情有了商量餘地，也許會出現轉機，的確沒必要繼續讓這麼多人耽誤家裏生計耗在這裏了。另外，王所長帶警察下去後，那個飛揚跋扈的夏鄉長也帶著自己一干人馬悄悄撤下山去了。於是，幾位村頭最後做出決定，先讓各村百姓暫時離開山頂回家，有事再說。

剛才還風聲鶴唳電閃雷鳴的山頂，轉眼間風消雲散，浪去潮平。把這場衝突消彌於無形的那位郎副旗長，的確有一手，辦事靈活，知道進退。我暗暗打量著他。

始終在祭壇前打坐，一句話未說的老薩滿吉木彥，這時突然開口了。

孩兒們，我作法時辰還未到，我還要繼續在這裏打坐祭祀，你們留下個兩三人陪陪我好了。

行，行，聽您老的吩咐。白書記一聽就明白了老人用意，滿口應允。旁邊的包順馬上喊住自己村裏的五名青年留在山上。老薩滿外孫女索倫「格格」自然也留下來，寸步不離地護衛侍候在外公身旁。

很快，山頂的其他百姓全部撤離，散去了。沒有多大功夫，山頂上人去山空，變得清清蕩蕩，呈現出難得的一片寂靜。緘默一上午的小鳥啊蟈蟈啊，這時又開始鳴唱起來了，白雲青嵐也隨著飄來，在山頭上盤繞縹緲，孕育著新的風雨。

我嘛，當然繼續留在山頂上。一邊欣賞山頂風景，享受這難得的山野寥闊和寧寂，一邊等候我那位旗長朋友仁達來的到來。

佇立在經歷過無數風波的古老「敖包」堆前邊，我默默瞻仰，心中一時無限感慨。一旁祭壇前，正在打坐的老薩滿處於入靜狀態，索倫格格等人在一旁護衛著老人家。我沒去打攪他們。

時間在慢慢地流逝，仍不見仁旗長的人影。我一時感覺有些寂寥，不想再空耗下去，又撥打了一次電話詢問。結果，人家回話說他還在通遼，臨時跟一位市領導談事，下午才能回到旗裏來。我苦笑，搖搖頭，只好獨自沿東側山路緩緩下山而去。

走到山腳下，經過那個引發事端的石料場工地時，發現那裏也變得靜悄悄的。喧鬧的大喇叭不響了，請來出席剪綵儀式的男男女女嘉賓們也都散去了，唯有橫掛豎立的紅綠條幅和彩旗，依舊在那裏插著懸掛著，隨秋日的風嘩啦嘩啦地響動。還有兩個碩大的圓圓紅氣球，仍然懸在高空中，拖著兩條長長標語，飄過來飄過去的，兩根拴住它們的尼龍繩被繫在下邊的兩棵小樹上，似乎快要被抻斷了，可憐的小樹搖曳著，吱吱嘎嘎地發響。

我停下腳步，悄悄往石料場小院內窺視了一下。

那裏不見夏爾鄉長的身影，顯然已隨郎副旗長去開會對話，只有努克還有那個鄉秘書呼群站在院裏說話。努克罵罵咧咧，一副怒氣沖天的樣子，一腳踢飛腳下的一個易開罐。

這時有一黑衣保安跑來了，向他指著山頂報告著什麼，意思似乎在說，現在山上只剩下六七個人了什麼的。

努克和呼群相視一眼，會意地笑了。

好，好，這得感謝郎副旗長，他幫我們清理了山上的那麼多人，略施小計也帶走了那幾個帶頭鬧事的村長書記們。現在，剩下的這六七人就好辦了，嘿嘿嘿。努克拍掌，一臉的得意。

努總，現在這時機正好呢——呼秘書說。

是啊，媽的，天賜良機，咱們幹了！老子今天非得炸響這第一聲開山炮不可！無毒不丈夫，豈能讓這幫老農民土包子騎到咱脖子上來？努克咬牙切齒搖頭晃腦。

先下手為強，這是永遠的真理！生米做成熟飯，他們再座談也沒有用了。努總，反正你手裏握著旗裏的批件，其實真的不必怕什麼，只要不出安全事故就沒問題。呼群秘書顯然是個存心不良者，唯恐天下不亂，繼續慫恿努克，也許這是夏爾去開會前特意留下他，布的局。

聽了他的話，那努克更來勁了，狠狠揮一下拳頭，朝屋裏喊道，扎虎！快集合你們全部保安員，馬上跟我上山清理閒人，進行安全檢查！楊子，你們放炮員各就各位，做好準備，聽我號令！

我一聽，壞了，這小子要狗急跳牆，不聽招呼自己蠻幹！這可怎麼辦？既然知道了這情況，我不能坐視不管啊，於是立刻轉身躲入旁邊的灌木叢裏，給包順撥電話，可這小子也許因開會沒開機。這下我慌了，手頭還沒有白書記等其他人的電話，急得我乾著急沒有辦法。

這時，我看見努克帶領二十來人，正風風火火往山上撲去。我顧不了許多，立刻跑出灌木叢，攔在他們前邊。

努克經理，你幹什麼去？郎副旗長和夏鄉長正在跟村幹部們座談，事情還沒有定論，你不能擅自蠻幹！我嚴肅告誡努克說。

呵，是郭大作家呀，你不是去見你的仁旗長，談什麼「安代」劇嗎？你又跑這兒來瞎摻乎什麼呀！別人讓著你，我可不買你的賬，就憑你能攔得住我們嗎？你還是哪兒涼快上哪兒待著去吧！

努克，你要考慮事情的後果！我極力忍著怒火，警告他。

呵，還想威脅我！今天誰也別想阻攔我，天王老子也擋不住我今天點燃第一聲炮響！扎虎，把這臭文人給我趕開！

一聽他號令，兩個保安凶神惡煞般衝過來，一下子把我架起來，順手扔到路邊去了。然後，一干人擼胳膊挽袖子，如一群惡狼般向山上躥去。

我眼睜睜看著沒有辦法，目睹他們遠去。

沒有過多大功夫，那二十來人架著老薩滿吉木彥、挾持索倫「格格」等六個人，風風火火走下山來。我一看，索倫和那五個青年，有的被打得鼻青臉腫，有的衣服撕爛，不堪入目，還好沒敢傷害老薩滿。同時我驚奇地發現，那個狂妄的努克，竟然自己坐著那輛「金羊車」趕車下山，顯得十分自得而好奇，還一邊大聲笑著喊，哈哈，老子就是不信那個邪！今天老子就坐坐這輛聞名天下、威風八面的金羊車，看能把老子怎麼樣！唷！駕！快跑起來呀，羊兒們！

平時跑起如風的那六隻公羊，這會兒卻一個個耷拉著金角和腦袋，腳步變得懶洋洋的，四隻蹄子如灌了鉛般得沉重。被兩個人硬架著下山來的老薩滿，始終緊閉雙眼，這會兒嘴角流露出一絲不易察覺的冷笑。

我頓時有一種不祥的預感，身上不禁戰慄。

努克，你快從金羊車上下來，那不是你玩的東西！我忍不住高聲勸那個驕狂的年輕人。我還沒坐夠呢，郭大作家，你急什麼呀？是不是你也想上來坐一坐玩啊？哈哈哈！

不知天高地厚的努克根本聽不進我的勸告，繼續慢慢趕著金羊車，走到石料場工地處。他這時高高站立在羊車上，朝山腳下某一處揮了揮手，拿無線電下令喊道，楊子！放炮員！你們聽著，先點兩個炮！表示我們開工了！扎虎，你帶人去炮點周圍警戒！

那邊的人不久揮旗示意，準備就緒。只見站在金羊車上的努克，威風八面地把手一揮，一聲高喊，點炮！我宣布，翁格都山石料場開工了！

轟隆隆！轟隆隆！

兩聲炸山炮響，震天動地。

雖然山腳下那一處被炸開的面積只是一小塊，可傳出來的聲音特別的大，震耳欲聾，地動山搖。我感覺到腳下的土地在顫抖，周圍的樹木在顫抖，鳥兒們紛紛驚飛而散。

突然，本來安分站立在原地的那六隻公羊卻受驚了。兩聲突如其來的震天動地炮響，一下子把牠們嚇出了魂，「咩哞！」驚叫著，「呼」地一躥，拉著身後的車，便朝上山那條來路上狂奔而去。

努克本站在羊車上，正在得意地狂笑，這一下猛地一個趔趄，沒有心理準備，他那胖胖的身軀就往後四仰八叉倒下去，哐噹一下，嘰哩咕嚕地甩進後車廂裏去了。金穗布簾的車廂板和棚蓋都被他壓扁，一半又遮壓其身上頭上，蒙頭蓋臉的。

他拼命掙扎著，噢哇亂叫著，可在車的顛盪中就是無法站起身來，嘴裏吆喝著想讓車停下來，可受驚的公羊們哪裡聽他的話，各個奮蹄向前，鼻孔裏噴著白氣，黃眼珠子也變得血紅，如中了邪般，瘋狂地躥躍著，往上山路上瘋跑而去。

這時，又一個意想不到的事情發生了。

受到炸山炮的劇烈震盪影響，山頂那座「敖包」堆就鬆動了。本是從下到上都是用大小石塊一個壓一個堆壘積成，哪裡禁得起這兩聲地動山搖的震盪？「敖包」石被震塌了一半，只見放在最上頭壓堆的一塊石磙子般的黑色巨石，從頂上掉落下來，接著又嘰哩咕嚕往東側山路上滾過去。轟轟隆隆，彈跳著飛落著，沿著東側被人們踩出的那條上山小路，直直地滾落過去，越滾越快，氣勢也越大越嚇人。

一切似乎冥冥中安排，一切似乎事情趕巧應該發生。

黑色巨石從上邊飛滾而落，狂奔的金羊車迎著飛石直面而上。

一見這意外險況，下邊的人們都嚇傻了，紛紛急喊，努總！快離開羊車！快離開羊車！

努克自甩進車廂裏後就沒能坐起來過，一路狂奔的羊車劇烈地顛盪著，使他身不由己東倒西歪，加上他身軀肥胖，根本無法從容坐起。而且，這時他有一種奇怪的感覺，身體似乎中邪了般的動彈不得，感到手腳好像被什麼無形的東西給捆住了，怎麼也掙不脫。加上倒在車的棚子裏，一點兒看不見外邊的情況，全由著六隻發瘋的公羊拉著狂奔。

他完全嚇傻了，連祈禱的念頭都沒有，兩眼漆黑，腦子一片空白，無邊的恐懼擠壓著他，只能一切聽天由命了。奇怪的是，他手裏不知何時無意中摸到的一個齜牙咧嘴的小鬼人「翁格都」，緊緊地攥著。

砰喳！喀！一聲劇烈悶響，石滾子般的黑色巨石，不偏不移正好飛砸在金羊車的車廂上。

啊——噢！一聲慘叫，撕心裂肺的慘叫，響徹山野。之後，再也沒有動靜了。

那六隻拉車狂奔的金角公羊，這時卻入定般停在那裏。羊兒們個個呼呼喘氣，身體和四肢顫抖個不停，沒一會兒，一個個跪臥在地上，口吐白沫，眼睛翻白，慢慢都咽了氣。

目睹驚心動魄的這一幕，我嚇呆了。

看見那位老薩滿吉木彥，這時盤腿靜坐在路邊，嘴裏念念有詞。不知他是爲亡者超度，還是在誦念「黑風咒」。

哦，「黑風咒」，金羊車，你果真有靈驗嗎？

神秘的大自然，詭異的翁格都山，冥冥中真有不可解的薩滿「黑風咒」懲戒，會降於「違天者」們頭上，不斷地進行清潔和敲響警鐘嗎？

我不寒而慄。也不知道答案。

也不知，對天地自然失去敬畏的我們，還會走多遠。

第二卷　老孛爺天風

老孛爺天風頓時失聲驚呼，老大姐，你會唱下半闕！你唱的正是《天風》的下半闕呀！老孛爺情不自禁地抓住老大姐達日瑪的雙肩搖晃起來。他的眼角已忍不住流下兩行老淚，灑落在胸前白鬍子上。小時候只聽過一次師傅低哼，未及傳他便鋃鐺入獄，因涉嫌參與嘎達梅林造反事件被砍了頭。如今突然聆聽到這驚天古曲下半闕，他已是醍醐灌頂，如醉如癡，情不自禁了。

老孛爺天風，到了午後才背著四弦胡琴出發。

來接他的那後生趕著一輛毛驢車，車上鋪著小羊氈，老孛爺卻不屑坐那毛驢車，打發後生先回去，說自己跟著就到。後生以爲老孛爺是乘自己的紅氈馬車或是騎自家馬，結果都不是，老孛爺靠兩條腿走路，徒步穿越那三十里沙坨路。他寧願步行，也不坐驢車。

老孛爺是位說唱藝人，早先叫流浪藝人，是走到哪兒唱到哪兒吃到哪兒的那種居無定所的民間藝人。其實老孛爺過去的真正身分，那時叫「薩滿孛師」。早先，這一帶逐水草而居的游牧年代，部族都信奉「拜長生天爲父，拜萬物自然爲母」的原始宗教薩滿教，後隨著草原農耕化沙化之後，薩滿孛師們也沒落了，跟隨那些綠草一起消失了，到了如今，更是鳳毛麟角，老孛爺天風便是那個倖存的鳳之「毛」麟之「角」。

羊腸沙路七拐八繞，隨著沙坨子地形如根草繩般向前伸展。那個敖林屯好多年沒去了，路變得生，好在毛驢車的新轍印在沙路上清晰可辨，雨季的秋日，沙坨子風清天高，氣候宜人，走路十分涼爽。遠處坨根下的柳叢中，似聞狼狐低狺輕吼。

這一帶沙坨叫「塔民．查干」沙漠，意思爲「地獄之沙」，活動著一群野狼家族。多年前，老孛爺的兒子從野外帶回一條患病凍僵的小狼崽，在他家炕上躺了兩個月，那時候，老孛爺的老歌，村裏人聽得少了，老孛爺每晚在昏暗的油燈下自拉自唱，只有那小狼崽趴在炕頭靜靜地聽。幾個月後，那狼崽便逃走了，不知行蹤，老孛爺也不以爲意，任其自然。

黃昏時分才走進那個被沙子埋了半截的敖林屯。

村長熱情款待，殺了羊，喝了酒，然後就開唱。在村公所那座沙子快埋到屋頂的三間舊土房裏，圍坐著幾十口老老少少男男女女，聽老李爺民歌說唱。敖林屯明天就不復存在，生態移民，七八十戶村民分成三五戶一撥，撮到幾十里外還能耕種的甸子地村莊，這原址沙化地搞退耕還草、封坨育林。

這是敖林屯的最後一個夜晚，村長請來老藝人唱最後的輓歌。氣氛倒看不出什麼壓抑或悲涼，年輕一些的還滿高興，遷到富裕新村，生活更有些奔頭，不至於像如今這樣窮得叮噹響，猶如困在沙窩子裏的餓狼，沒有電燈電話，沒有電視廣播，搞個活動也只能請一名過時的老藝人說唱昨天的老歌。

開始大家還聽得津津有味，人漸漸變得稀少了。老李爺以為有些人是方便解手去了，可回來的少，不再見影兒的多。老李爺不洩氣，依舊地賣力氣拉他的琴，唱他的歌。

琴是好琴，東蒙地帶流行的那種四弦胡琴，蒙古語稱「胡古兒」，古色古香，琴箱是由六片古松板黏製，弓弦是上等駿馬長尾上選出一根根精絲合成，四根音弦則是粗細不等的精良鞣皮調成的京都琴行上品。琴柱中部，還用鍍金黃銅圓匝連接，整個四弦琴便是一件上百年的老古董老古琴，那拉奏出來的旋律更是悠揚渾厚，餘音繞梁。

老李爺覺得可能自己說唱的長篇敘事民歌《達那巴拉》不合時宜了，曲調過於悲涼，故事也頗曲折，現在的人能聽進去的少。於是老李爺清清嗓子，鼓起精神，換了一曲幽默戲謔、帶有男女調情的老歌《北京喇嘛》，可效果依然不佳。閉目自顧自唱的老李爺再次睜開眼時，偌大的三間房裏，已變得空蕩蕩，他的前邊只坐著一位聽眾。一個八九歲的男童。

還好，畢竟還剩著一個忠實聽眾，老孛爺自嘲地想。放下右手握的弓子，端起前邊方桌上已變涼的紅茶潤潤嗓子。

不過，老孛爺也好生納悶。

他俯下身子對那位男童說，小嘎子，坐到這會兒，真難得呀你。

那小娃子撓撓頭，嘿嘿直樂。

老孛爺又說，小嘎子，你真愛聽老爺爺唱的歌呀？

那小娃子憋紅了臉，直說，不愛聽。

呃？老孛爺不悅了，又不大甘心地問，那你也是聽不懂我唱的歌兒嘍？

是，聽不懂，老爺爺。小娃子膽子大了些。

那你坐在我前邊，神色又那麼著急幹什麼？老孛爺問。

我是著急回家。

那你回家便是。

可你屁股下坐著我家的氈墊子哪。

老孛爺的臉頓時變了。本想從屁股下抽出那墊子，狠狠擲給他，可又改變了初衷，輕輕抽出墊子，輕輕遞給男童，又輕輕對他說，小嘎子，謝謝你，難得你這麼長久陪坐著，沒有直接要墊子。

謝謝老爺爺！男童如隻脫兔，抱著墊子撒腿就跑出屋去，身子帶出的風差點搧滅了那盞昏暗的馬燈。

老孛爺頗感淒涼。緩緩地把琴弓掛在琴耳上，準備收攤停活兒。這時，那位村長出現了，不知上哪兒喝了一通酒回來，臉上呈豬肝色。他是安排完老孛爺開唱後，便自稱有事出去的，他以爲村民們都在熱熱鬧鬧地聽老孛爺說唱呢。眼前的空空蕩蕩場面，頗使他臉上沒面子。喊叫起來，人呢？人都哪兒去了？寶柱！寶柱！你死哪兒去啦？

應聲跑進來一個小夥子。

村長訓斥他，你這團支書是怎麼搞的？聽歌的人都跑哪兒去啦？怎麼能給老孛爺晾下場子呢！

團支書撓撓頭苦笑著答，隔壁有幾桌撲克比賽，巫禿子家又設了賭局，東村哈爾套請來了放影片的，說是武打片，好多人都擁過去了。

村長說，黑燈瞎火，跑到五里外的東村去看武打片？

團支書說，東村也搬遷，這一晚，他們那兒搞得比我們熱鬧啊，村長。

村長半晌無語，隨後對老孛爺抱歉說，對不住了老孛爺，慢待你老爺子了。

沒關係，沒關係，我倒省了嗓子，又省了力氣，反正你也付了我酬勞，這樣一來，我還合適了呢。老孛爺倒寬容，不計較，替臉上尷尬的村長開脫著。

您老爺子不介意，晚輩就放心了。那麼，今晚咱們就到這兒吧，您老就隨我去歇息。村長滿臉堆笑。

就這麼著。老孛爺說著，就要把胡琴收進布套子裏。

等一等，我還聽著呢。從昏暗的土房遠角傳出一個老弱的聲音，略顯沙啞。

老孛爺和村長都吃了一驚，回過頭，循聲尋找那人。屋裏實在太暗了些，梁上掛著一盞馬燈，那光線微弱得根本照不清那位龜縮在遠屋角聽歌的人。

村長索性摘下那盞馬燈，提著走過去，後邊跟著老孛爺。

村長的馬燈終於照見了一張榆樹皮似的老臉。

原來是您，達日瑪老奶奶！村長的聲音都變了。

是我，你小子，不像話呢，我是特意來聽老天風唱歌的，你怎就這麼早收場了呢。達日瑪老奶奶張合著一張無牙乾癟、四處漏風的嘴巴，數落村長。

是，是，老奶奶，晚輩真不知道您老還在這兒聽歌兒呢，對不住。您老怎就選了這麼遠的旮旯角呢，去前邊坐著多好啊。

在這兒聽歌清靜，入耳，能聽到心裏去。老奶奶說。

您老都八十了，耳朵還這麼好，真是難得。

歌兒是用心聽的，不是用耳朵聽的，懂吧，你小子。

是，是，您老說得是，村長笑笑。他回過頭向老孛爺介紹，她是村裏年紀最大的八十歲老奶奶達日瑪，是一位「五保戶」孤寡老人。

老孛爺的心裏震動。自己也是年近七十的人，一直還以爲身體硬朗，耳不聾眼不花，可現在比起這位八十歲的老大姐來說可差了不少呢。尤其令他心裏感到熱乎乎的是，她才是真正的聽眾，一位會聽歌也聽懂歌的真正聽眾。

老大姐，小弟在這兒向您請安了。老孛爺左腿向前，屈膝行老禮。

不敢當，這可過了。我只是你的一個聽眾，按現在小子姑娘們說法兒，是你的什麼絲什麼族，哈哈哈。達日瑪老奶奶張開無牙的嘴樂了。

老大姐說笑啦，您老愛聽的話，小弟在這兒繼續給您說唱好啦，老孛爺說。

那敢情好呢。老奶奶笑得更開心了，臉上皺褶全擠成一團。

老孛爺看一眼面有難色的村長，回頭說，這樣吧，老大姐，我就去您家給您一個人唱，反正這裏也沒別人聽了，您老就躺在自家炕上，舒舒服服地聽我給您唱，這兒的木頭板凳坐久了，屁股會木會麻，這房子又四處透風。

我那兒也透風，比這兒強不了多少，又沒有燈油。

那我摸黑兒給您唱，唱一宿，老孛爺說。

那也不錯，您坐著唱，我躺著聽，跟聽匣子差不多，我還老合適呢。

就這樣，村長提著馬燈攙扶著達日瑪老奶奶，走在前邊，老孛爺抱著他的胡琴後邊跟著，在村中沙路上，深一腳淺一腳地行走。

這時節夜黑風高，從遠處傳來野狼哀嗥，村公所旁一家則燈火通明，有一撥人正在那兒玩牌賭博，歡送著這窮沙村的最後一個夜晚。地方越窮，賭博越成風，賣房賣妻甚或殺人越貨。

左繞右繞，終於走到一座沙凹處戳著的土房前停住。說是房子也抬舉了它，東倒西歪，流沙埋了一半兒，四周都用柳木棍支撐著，如一座舊馬架子或牛棚。走進屋裏，一股又潮又澀的沙腥味夾雜著其他味兒撲面而來。屋子裏也支撐著好幾根柱子，頂著牆或房梁，唯恐房頂哪天塌下來活埋了老奶奶。房子地角有耗子扒出的土，一堆一堆的，風從那耗子洞往屋裏灌，也從簷下縫裏嗖嗖地吹進來，夏天這倒是涼快了，可到了數九寒冬怎麼熬呢，不把老奶奶凍乾巴了呀？

老奶奶塌陷的嘴巴嘟囔著說，這就是我的金鑾寶殿，天風老孛爺，你就將就點兒啦。

挺好，挺好，這兒更安靜，好唱歌。

村長笑一笑，把手裏的馬燈掛在靠坑的一根柱子上，說這馬燈就留在這兒，照個亮兒，油要是不夠，過會兒我讓寶柱再送些過來。

老孛爺說，不用再送了，黑著燈唱，更好呢。

村長走了，留下一個愛唱一個愛聽的倆老人，在這大漠孤房裏說唱蒙古民歌。風作和，遠處狼嚎伴唱。

屋裏很靜。

達日瑪老奶奶索性吹滅了那盞馬燈，屋裏更是漆黑一團。她摸索著爬上炕，歪靠著炕角的被摞半躺著說，唱吧，老天風。

黑暗中，老孛爺的臉上呈出一絲笑，喝一口老奶奶上炕前倒給他的一碗涼水，潤潤嗓子，然後問，老大姐想聽哪段曲子？

你隨便唱些，過一會兒我會告訴你想聽啥。

好吧。

老孛爺調弦，往琴箱上方的弓弦摩擦處，又上了一層新松香，還拿出一個絲錦松香包，好好地餵了餵馬尾做的弓弦，一直到黑黃色弓弦變白爲止。

老孛爺渾厚低沉的嗓音，開始在屋裏迴響起來。

第一首是敘事民歌《嘎達梅林》，唱的是一位反對東北軍閥開墾草原，致使草原沙化的民族英雄。唱者和聽者都迴腸盪氣。接著唱的是哀婉牧歌，如《努恩吉雅》、《孤獨的白駝羔》、《金色的興安嶺》、《小黃馬》等等，有長調有短歌，有敘事和不敘事，也有些詼諧幽默冷嘲熱諷的情歌、宴歌、古歌、今歌。漸漸地，這間老土房就被濃濃鬱鬱、悠揚哀婉的蒙古民歌旋律所淹沒了。

兩個老者的眼角，都掛出些許淚水來。外邊吹著颯颯的風沙，夾雜著那條孤狼的低嗥，無不令人斷腸。說來奇怪，流傳很廣的蒙古民歌，以曲調憂傷、敘事哀婉、令人辛酸惆悵的爲多，而節奏歡快喜慶的稀少，近些年，騰格爾如泣如訴的吟唱，尤其充分體現了這一點。

這大概跟草地有關，一百多年來，蒙古草原開墾後沙化嚴重，大多草地淪爲荒漠，失去牧場故土的蒙古人流離失所，生活困頓無所依託，惟有通過一首首傷感的民歌來抒發胸臆，表達情愫。當然，蒙古長調的形成，跟草原的遼闊和馬背民族的胸懷也密不可分。

古琴「胡古爾」奏出的聲響，音色渾厚洪亮。低沉中透著悠揚，加上民歌旋律悠揚迷人，尤其演奏古曲「八駿贊」時，達到了淋漓盡致的境界。

老奶奶達日瑪已經沉醉，如睡了般無聲無息。

老孛爺輕輕停下弓弦。

老孛爺天風也有累手的時候啊，呵呵，喘口氣歇歇吧。黑暗中，達日瑪老奶奶的聲音很突然又很清晰。老孛爺的手抖了一下，他還以爲這位老大姐聽累睡過去了呢。

對不起，中斷了老大姐的聽興，我不該收弓的。

無妨，你也該喝口水，潤潤嗓子。

老大姐，還想聽啥，您還沒告訴我最想聽的曲子呢。

難道你真的猜不出我最想聽的曲子嗎？

猜不出，小弟還真猜不出。

嘿嘿嘿，這也不好怪你。我問你，你老孛爺天風，爲啥起名號叫天風？

老孛爺身上戰慄了一下。靜默片刻後說，小弟對古曲《天之風》略知一二，年輕時性狂，不知天高地厚，喊出了「天風」的名號，收都收不回來了。

黑暗中，達日瑪老奶奶看不清老孛爺微紅的臉色，卻能聽得出他話音中的羞愧之意。

那你給我拉一段《天風》古曲吧，達日瑪奶奶並不在意他的名號，心裏只想著聽曲子。

可……我……老孛爺天風也許有生以來頭一回這樣支吾起來。

怎麼啦，剛才還稱略知一二呢。

不瞞老大姐說，小弟只會上闕《孛爾帖．赤那——蒼狼》部分，師傅沒傳我下闕《豁埃．馬蘭勒——牝鹿》部分，不好意思了，老大姐。

可惜！老奶奶低嘆一聲，後又說，那就拉你會的上闕吧。

老孛爺天風這會兒真正的刮目相看這位八十歲老太太了。若在此之前，只是拿她當一位酷愛民歌的普通老歌迷的話，現在他已徹底改變了看法，感到這老大姐肯定有些來歷，並深通音律。於是他更不敢怠慢了，甚至有一絲激動，有一絲興奮。這麼多年來，背著胡琴闖蕩大漠沙原一輩子，很少遇到聽眾提出想聽《天之風》的要求，很多人甚至不知道還有這麼一首古老曲譜《天之風》。今天他是遇到行家了。

老孛爺天風重新坐正，調琴弦，抖擻精神，臉色也變得凝重。他開始奏起古曲《天之風》。

史書《蒙古秘史》開篇就講蒙古人的聖祖成吉思汗之根源，「奉天命而生之孛兒帖．赤那，其妻豁埃．馬蘭勒，渡騰汲思而來」。這「孛兒帖．赤那」和「豁埃．馬蘭勒」，直譯意思爲「蒼狼」和「牝鹿」，古曲《天之風》歌唱的就是他們夫妻兩人。

老孛爺天風引吭高歌曰：

如天風般飛騰，
如天風般狂猛；
如天風般自由，
如天風般雄勇；
啊——哈——嗚
我的天風！
我的蒼狼
——孛兒帖・赤那！

古老的民間曲譜《天之風》旋律在低矮的土房裏迴響，又在夜的高空中傳蕩，世間萬物似是被這古曲打動而陶醉，一時間萬籟俱寂。

此時，一聲洪亮的女中音接著和曰：

如天風般溫柔，
如天風般和睦；
如天風般慈祥；

如天風般長久；
啊——哈——嗚
我的天風！
我的牝鹿
——豁埃．馬蘭勒！

是八十歲的老奶奶達日瑪，她在和下半闋！嗓音略顯沙啞，但高亢而悠遠，韻味十足，長調綿綿而氣不絕，蒙古民歌特有的技法「努古拉斯」表現得自如而濃郁。

老孛爺天風頓時失聲驚呼，老大姐，你會唱下半闋！你唱的正是《天風》的下半闋呀！

老孛爺情不自禁地抓住老大姐達日瑪的雙肩搖晃起來。他的眼角已忍不住流下兩行老淚，灑落在胸前白鬍子上。小時候只聽過一次師傅低哼，未及傳他便鋃鐺入獄，因涉嫌參與嘎達梅林造反事件被砍了頭。如今突然聆聽到這驚天古曲下半闋，他已是醍醐灌頂，如醉如癡，情不自禁了。

同時，炕上的達日瑪老奶奶也已淚落如雨。

她也是薩滿教另一支脈「列欽．幻頓」的惟一傳人，她的師傅只會《天之風》下闋，她從未聽到過上半闋，今天耄耋之年能夠聆聽到心儀已久的《天之風》上闋，完成了她心中的整闋《天之風》古曲，實現了終生所願，老奶奶已經萬分知足。她那張佈滿皺褶的臉變得紅潤，顯現出嬰孩般純真的笑容。

好極啦。老奶奶說，咱們再和一遍吧。

他們就又和唱了一遍。這回，他們二人採用了蒙古民歌手們很少用的「呼麥」唱法。這種唱法是用喉音同時發出低音部和高音部的兩種聲音，聽著美妙無比，如天籟之聲。這是一種蒙古族的古老演唱絕技，如今會運用者已不多，用這種古老傳統絕技演唱古曲《天之風》，而且由這兩位碩果僅存的蒙古族民歌手佼佼者演唱，實在是太合適不過了，把歌詞和韻律內涵表現得完美無缺。

他們接著又和唱了幾遍。

然後，都住了聲，兩人屏氣回味這天籟之聲。

屋裏一派寧靜肅穆。

好啦，我已知足，不再勞累你老天風啦。老奶奶說。

這是天意，《天之風》今日得以完整復全，這是天意！老孛爺也感嘆，我師傅在天之靈，也得以安息了。

是啊，一生夙願還清，夫復何求，我好高興啊！達日瑪老奶奶像小姑娘般發出咯咯的笑聲。而後對老孛爺說，老天風，你也歇息吧，我是要休息了，要不，你在這兒找個地方睡，要不找村長安排更舒服地方睡，隨你好啦。

說完這些，老奶奶長長地嘆口氣，安安靜靜地閉目而睡。眼角掛著幸福的淚水。從此，她那一雙閉合了八十年的老眼睛，再也沒有睜開。

老孛爺天風，則沒有在她家睡，也沒去找村長，而是胸前合掌，跪別了安睡的「列欽・幻頓」傳人達日瑪老奶奶後，悄然踏上回家的路程，星夜返家。

外邊的夜風，好清爽。

星月映照著白色沙野，顯得有些蒼涼而靜遠。

老孛爺天風緩緩行走在沙路上，心情依然沉醉在剛才的情景中。後背上胡琴的五色飄帶，在夜風中飛揚。

走了一半路，老孛爺便坐在一座高沙包上抽了一袋煙。

這時，他的前邊不遠處亮起了一雙綠色光點。起初以爲月光反射的玻璃什麼的，可這一對綠光會移動。接著發現身後也出現了這樣一對綠光，然後是左側和右側，在他周圍出現了很多一對一對會移動的綠光點，有的模糊，有的刺亮，有的一閃一滅，有的凝視不動。

老孛爺暗叫一聲不好，老天爺，怎麼來了這麼多的野狼？從哪兒冒出來的？這回夠叫我老天風喝一壺的。

他有些後悔，不該乘激情獨自走夜路，尤其這荒漠之路。一群惡狼這樣大膽圍住了自己，身上除了一把古琴，沒有其他任何鐵刃火器，這一下可不好脫身呢。

狼群慢慢圍上來，縮小著跟他的距離。

好在他選坐了沙包頂高處，狼群攻上來有一定的難度。

他吼了幾嗓子，狼群並不懼怕他的聲音。其中有一條狼，體魄健壯高猛，如牛犢般大，雙耳陡立，長尾拖地，低低的吼聲威震四方，群狼都按牠的吼音低嗥行事。若有哪條年輕的狼按捺不住要往上衝，牠便拖著長尾向牠走過去，喉嚨裏滾出一聲低低的雷聲般吼嘯，那條狼便趕緊縮頭而回。

就這樣，群狼圍住老孛爺，等待著時機，等待著頭狼發令。

老孛爺也不敢貿然突圍，失去了制高點，一旦陷入近距離的撲咬廝打，他更不好應付，支撐不了多久便會被狼群撕零碎，餵進狼肚子裏，他有些不寒而慄。

老孛爺就這麼與群狼對峙起來。

老孛爺哀傷地想，今天是難逃此劫了，不一會兒狼群會撲上來的。他心有不甘，天賜機緣，剛學會《天之風》下半闕，還沒來得唱熟就這麼餵進狼肚子，他真有些壓不住心中的哀怨。

何不趁狼群撲上來之前，痛快誦唱一遍《天之風》呢？

老孛爺想到就做。隨即盤腿端坐沙丘頂上，撤去古琴「胡古兒」的布套，嗡嗡呀呀地調響琴弦。

古琴一響，本準備發令攻擊的頭狼身上戰慄了一下，一聲低吼穩住了四周的群狼。一對對綠光停住了閃動，都聚焦在沙頂老漢奏響的那把古琴上。

老孛爺天風清清嗓子，緩緩而沉穩地誦唱起《天之風》古曲來。那洪亮渾厚的嗓音和旋律，從荒涼的沙包頂上傳蕩開去，在夜的高空中迴響起來。

狼群有些震驚，尤其那匹頭狼死死盯住那把古琴和那位吟唱的老人，在朦朧的月光下，使勁想辨認什麼，牠的感覺牠的形態有些奇特。

老孛爺一遍一遍地引吭高唱著《天之風》。越唱越發地入情，如醉如癡，似乎入定了般，完全忘卻了身處險境，忘卻了那群野狼馬上會撲上來撕碎了自己。他狂放地唱著，豪邁地說著，瘋瘋癲癲，如處無人之境無狼之地，那情形完全是只要唱《天之風》，只要唱夠了《天之風》，死又何妨，死何足惜？

他現在只爲唱《天之風》而活著，一息尚存，就唱《天之風》。他那樣子似在說，等我唱夠了，你們就上來吧，狼兒們！面對這情形，那群狼反而畏縮不前了，尤其那匹頭狼，定定地站在那裏聽著曲子，一動不動，低垂著尾巴，雙耳也並不像最初那般尖尖地直立著。漸漸，那匹頭狼乾脆趴在沙坡下的流沙上，靜靜聽起老孛爺拉琴唱曲子來，也消淡了那最初的凶狂殺氣和嗜血嗥叫。

見頭狼趴臥沙地，其他的狼也慢慢地和緩下凶相，老實了許多，也都圍著那座小沙包趴臥下來，跟頭狼一樣，靜靜地聽歌。於是，老孛爺腳下的沙包周圍閃動著一雙雙的綠色光點，安安穩穩地在原地，處於靜止狀態。

這匹頭狼能聽懂我的歌！愛聽我的曲子！老孛爺心中暗喜，更加來了情緒，越發賣力地說唱起來。他早忘卻了當年在他家炕上趴臥兩個月的那隻受傷狼崽，是在他的琴聲和歌聲中養好傷逃走的。他沒想到，也沒認出眼前的這匹頭狼。

老孛爺只是感到很爽。心中的傷感，在敖林屯受聽眾冷落的鬱悶，此時一掃而光。啊哈，眼前的牠們是真正的聽眾！牠們才聽得懂我的歌！牠們比他們還要識音律懂樂曲，理解我的《天之風》。我的民族，來自大自然，來自這廣袤的荒野，只有荒野的精靈，大自然的主人們才聽得懂我的音樂！現在的人，爲利益所困，被現代化所異化，已失去了純淨而自然的心境，已完全聽不懂來自荒野、來自大自然的天籟之音了，這不是他老孛爺的悲哀，而是他們這些現世俗人的悲哀。

他換了一首勸奶歌《托依格，托依格》來唱。

這也是一首古老的民歌，一般都由擠奶的老額吉們吟唱，唱給那些剛生完小羊羔又棄羔不餵奶的怪戾母羊們聽，勸牠們認自己孩兒快快餵奶哺乳。曲子哀婉傷感，優美動聽，老太們一遍一遍地唱著，抱著被棄的小羔子圍著母羊轉，緩緩地吟唱，一直到那母羊眼角滾出淚水，給自己孩子餵奶哺乳爲止。這是一首如佛教音樂般感化人和獸心靈的老曲子，令那些迷途的惡者聽取後，心境慢慢變得慈柔，變得和軟，向善的方向轉變。

老孛爺用渾厚嗓門吟唱的《勸奶歌》，更充滿了魅力，充滿了說服力，催人淚下，綿綿哀婉，斷腸散魂。

那群狼果然聽得更是有滋有味，如醉如癡，漸漸魂不守舍。

最後，老李爺又唱回到古曲《天之風》上。

那匹頭狼已經把尖嘴伸放在前兩爪中間，完全像一條家犬般聽著老李爺的《天之風》，這是歌唱跟牠祖先有關的「蒼狼」之曲，是屬於牠的歌。

當《天之風》古曲下半闕的最後一段音律，從老李爺的嘴中哼完，當這首古曲最後一次演唱結束時，那匹頭狼便深深嘆一聲氣，張了張嘴巴，從牠張開的大嘴中吼出長長的如《天之風》尾音般的一聲高亢嗥叫！

這時，東方沙線正吐露一片朦朦白色。

那頭狼再次發出了《天之風》尾音般的長嗥。

然後牠一躍而起，轉身就走。

走時，回眸看一眼老李爺，目光溫潤，旋即伸展開四肢飛馳而去，頭也不回。後邊跟著那群狼——牠的家族，轉瞬間消失在大漠中，無影無蹤，無聲無息，似乎從未出現過。

老李爺天風入定般僵坐在沙包頂上，唱完最後一曲《天之風》，他已經這樣，兩眼直視著前方，一動不動，其實他也沒看見群狼是何時消失的。這對他來說已經無所謂，他已經沒有感覺，唱完最後一曲完整的《天之風》後，在不覺中他已坐化。臉上呈現出寧靜而幸福的紅光，顯得無怨無悔，在東方的紫霞中猶如一尊雋永的銅像。

從此，古曲《天之風》徹底失散，成爲絕唱。

偶爾，那匹頭狼站在沙頂，在黑夜的月色中高亢嗥叫時，不覺間便吼出《天之風》的尾音，激揚而悠遠，響徹暗夜的天空，慢慢地在浩茫大地上迴蕩！

哦，天之風。

第三卷 圖蘭·朵之呼麥

黃昏的青嵐紫霞撫慰著寧靜的草原，從遠處傳來遲歸的牧人在如火燃燒的晚霞中唱歌，蒼茫的黃昏草原在這長調歌聲中似乎變得感傷，空氣中也受傳染了般地瀰漫起惆悵和落寞的味道。不過，傻姑娘阿潤娜是歡樂的，如那些留戀黃昏美色在草尖上低飛歡叫的野燕子。她跑在落滿花雨般紅霞的草地上，一想起將偷聽那怪怪而微妙的發「鬼叫」聲，心裏就興奮，有一種按捺不住的莫名的衝動。

一 傻丫頭

黃昏時分，風把太陽趕進西邊的草窩之後，空闊的草地就安靜下來了。不經意間，從四處悄悄漫上來一片白濛濛的東西，裹住了阿潤娜和她的羊群。

咦！下霧了嗎？阿潤娜伸開五個手指頭，往空中輕輕抓了一把，拿到鼻下聞了聞，就像是摘下一朵崖上花兒，然後欣喜地叫起來，潮潮的，啊，潮潮的——她接著伸出雙手輕輕捧住那潮潮的霧，往自己被五月的乾風吹皸裂的紫紅小臉上拍，一下又一下，就如城裏女孩往臉上拍香香的雪花膏一樣。

潮潤的霧，把姑娘的俊臉滋潤紅了，進圈趴下的羊兒們也都仰起鼻孔，貪吸著變潮潤的空氣。阿潤娜對那隻餵羔的老母羊說，吸吧，吸吧，來了霧就會來雨，到時，你們還可以洗洗身子呢！咯咯咯。

透過朦朦朧朧的霧，她又聽見了那個聲音，微妙的、說不上來的、怪怪的聲音。關了羊圈柵欄門，她駐足諦聽。

聲音就來自前方不遠處的一間舊土房，那是村上廢棄了很久的文化室。幾天前「蘇木達」——草原上這麼稱呼鄉長，開車送來一老一少父子倆安頓在那裏住下，當時她想過去看看，卻被阿媽攔住了，嚇唬她說，可能又是城裏來的壞人，別去。

她歪著頭問，城裏壞人？阿媽說，是啊，忘了去年那土屋來了兩個收羊毛的？臨走時，用兩張假百元騙走了滿達大叔家祖傳的古瓶子？

她不解地自語，壞人爲什麼老往我們草原上鑽呀？一旁的阿爸摸了摸她頭笑說，傻丫頭，別聽你阿媽瞎叨叨，蘇木達說了，咱們草原是百寶箱，東西拿不盡！又是大熔爐，來什麼煉什麼，呵呵！

她就呆呆站在那裏想了半天，也沒想起來那個百寶箱藏在哪裡，大熔爐又搭在草原的哪個旮旯。

阿爸阿媽去鎮上送羊皮，不知什麼時候回來，一個人待在家裏沒意思，於是，她的腳步就被那個奇特的聲音牽引著，就如小牛犢被母牛的乳房牽引一樣，慢慢走向前邊那座老土屋子。

昏暗的燈光，從舊毯子做的窗簾垂縫裏閃射出一條線，阿潤娜的目光就沿著那條線透進去，頓時吐了吐舌頭，險些踩翻墊在腳下的磚頭。

屋地下，站著一個五十出頭的老頭，長髮白鬚，手裏拎著一根禿了把兒的馬鞭，衝一小夥子吼叫著什麼，可是嗓子沙啞吐字不清。一旁木桌上堆著一摞書籍手稿之類，桌邊還立放著一把馬頭琴。地下的那個小夥子可更樂了，仰身躺在一條翻過來放的四條腿長凳上，頭枕著凳子腿的撐子，頭下邊還墊了幾塊磚，腳底下也墊著很高的磚，整個身體彎成如弓形，然後，憋紅了臉從被擠扁的嗓子眼裏發著怪聲。

「唔兒——哇兒——」那聲音怪怪的，低啞的，跟她家老綿羊被擠在崖縫裏發的聲音差不多。那老者總是不滿意他的發叫，訓斥說不對不對，急了還揚起手中鞭子輕抽他，命令他再發叫。一遍又一遍，不停地重複著那個似是狼的低吼，又跟綿羊挨刀前所哭聲差不多的嘶啞而受擠壓的顫音。

阿潤娜忍不住撲哧一聲笑了。

誰？地下的小夥子翻身而起，望窗外。

是北甸子牧民巴特家的傻丫頭，別管她，接著練。白鬚老頭早已察覺窗外有人，並不爲意。

別人在偷看，我沒法練了，像受刑一樣。小夥子撅嘴嘟囔。

練這發聲，就是受刑，你以爲呢，兒子，咱們繼續吧，她是個傻丫頭，你管她作甚。老頭舉起當教鞭的老馬鞭，點了點兒子肩頭，聲音有所緩和，哄慰般。

那個兒子，只好不大情願地又躺進了那條「受刑」凳子裏，繼續發「鬼」叫，不過一雙眼睛不時瞟向窗戶。落滿灰土的窗玻璃上，貼著一張無比好奇的臉，扁扁的，如一張貼在鍋裏的麵餅，睜大的雙眼是黏在餅上的黑嘎巴。

沒法練了，沒法練了！那兒子嚷嚷著，再次跳出了條凳子，衝窗外做個鬼臉。

老頭無奈地搖搖頭，拿鞭梢點了點窗口說，姑娘，你進來吧，進來聽。說著抬步走向門口。

一見老頭出屋來，傻姑娘阿潤娜待不下去了，如一頭受驚嚇的小鹿，轉身就往家跑去。一邊還回頭嬉笑著喊，發「鬼叫」聲咧，發「鬼叫」聲咧！城裏來的壞人發「鬼叫聲」咧！

其實，傻姑娘阿潤娜並不完全傻，會放羊，會熬肉粥，還讀到小學四年級，按她阿媽的話說，咱家丫頭不傻，只是生她時難產，腦袋擠扁擠小了號而已。

頂著小了號腦袋的阿潤娜，卻很好奇好學，也很羨幕上學的女孩子們，有一次，竟然趕著羊走進了教室。而且，膽子也很大，趕著羊敢去有狼窩的北山草坡，那些野狼似乎也懼她這傻大膽女孩，遠遠地躲著她的羊群走，寧可奔襲百里外，不騷擾近處的她。

阿潤娜蹦蹦跳跳回到家時，阿爸阿媽已回來正在熬奶茶，還從鎮上買來了她愛吃的康師傅速食麵。阿媽回過頭嗔道，上哪兒瘋去啦，呼恒（丫頭）？

丫頭抱住了阿媽的脖子，鳥兒般喳喳說，阿媽阿媽，我看到了，我看到了！

你看到什麼了呀？我的呼恒！

前邊、老屋、出鬼叫的、秘密！

一旁抽菸的阿爸這時慢悠悠地說話了，丫頭，那不叫鬼叫，聽說人家那是在練歌練發聲呢！據蘇木達講，那個父親叫拉扎布，曾經是著名長調歌手兼作曲家，帶著兒子來草原上叫什麼來著，對對，體驗生活！

體、體驗、生活？阿潤娜說這詞兒時感到那麼彆扭，使勁腦子思想著，喃喃自語，體驗生活——生活是啥呀阿爸？還體驗——城裏人真怪，還體驗——體驗又是啥呀，阿爸？

一旁的阿媽也沒聽大懂，一邊往噴香的奶茶鍋裏撒鹽，一邊猜測著說道，可是他們在城裏生著活著很淡，缺了「鹽」不成？跑來咱這兒「提」「鹽」？也是，熬奶茶都少不了鹽呢！

阿爸被逗樂了，揮了揮碩大的手掌笑，蘇木達說了，「體驗生活」就是，「提」著褲「沿」生「火」，要不燎著了下身子，嘎嘎嘎，城裏人學問深著呢，嘎嘎嘎。

你就當著孩子胡勒嚼子吧。阿媽衝阿爸翻白眼。

一家人有關「體驗生活」的討論，就這樣結束了。

傻姑娘阿潤娜啜著香噴噴的奶茶繼續犯心思，暗自嘀咕，也沒見那個躺凳子裏的小子提什麼褲子呀，他父親倒是提著一根禿了把的馬鞭來著，可也沒見阿媽說的那般「提鹽」呀？究竟什麼是「體驗生活」呢？

看來，她那顆小了號的腦袋，且琢磨呢。

二 鬼叫聲

阿潤娜的預感是對的，來了霧就來雨。

雨是從後半夜下起的，開始毫無聲息，細細的雨絲斜飄著在薄霧中穿行，如無數條銀線般隨風搖擺扭舞，似斷不斷的。後來變得淅瀝淅瀝有聲，悅耳地滴灑在蒙古包頂上。這時，阿潤娜就醒了。

她光腳跑了出去，胸前只掛著一件巴掌大的紅兜兜，站在密密雨絲中澆淋，裸著個純純白白的小屁股，像一條精靈。這還不夠，哧哧歡笑著跑向羊圈，把羊兒們全攆拉起來，嘴裏催促著，快起來啦，別貪睡，快起來淋浴啦，趴在濕地上會生蝨子的！

早上，從東邊草崗出日頭後，雨就歇了。阿潤娜小鳥般歡快地趕著羊群出牧，那些草啊花兒啊樹枝子呀，跟她一樣經春雨洗禮後，都變得格外俏麗鮮亮，連落在紅柳上的翠鳥沾雨露梳理羽毛時，鳴唱的聲音也清脆了幾多。

北山腳草灘上，有一根枯死歪倒的老樹，牧人或過路者常在上邊坐歇，橫臥的樹腰上被磨出了一條彎曲的凹槽。阿潤娜看到老樹凹槽，不由得笑了，想起了土屋子裏的一老一少，想起了那兒子的「受刑」凳子。於是，她頑皮地學著那兒子的樣子，仰著身子躺進老樹凹槽裏去，覺得不像，又下來找幾塊石頭和土塊墊在自己頭下和腳後跟下。這回感覺差不多了，哧哧笑起來，然後模仿著那兒子的樣子，像模像樣地擠壓著自己嗓子，猛地發出了那「鬼叫」聲。

「唔兒——哇兒——！」

阿潤娜被自己突然擠出來的聲音嚇了一跳，從樹槽上掉了下來。

樹旁閒溜達的一隻豆鼠子受驚嚇，哧溜一聲鑽進洞裏去，失魂落魄的樣子。

我的阿媽哎，這是個什麼鬼叫法呀？她吐了吐舌頭。

她似是不甘心，站起來拍拍屁股上的土，兩頭墊好石頭土塊，重新躺了上去。然後，運足氣，憋足勁，一邊又學叫起那古怪發聲，鬼哭狼嚎的。周圍吃草的羊兒們，都抬頭呆望少主人，顯出很是不解的樣子，空中的鳥雀都躲得遠遠的，不敢靠近這邊樹上。山那邊倒是有了那窩兒狼的呼應般的嚎叫。

此時，遠處出現了兩個人影，是老屋子的那一老一少。

二人狐疑地衝這邊看了看，不明所以，也沒過來瞅，照舊沿小路顧自走向北山坡。頑劣的阿潤娜卻壓不住自己好奇了，迅疾從樹槽上出溜下來，踮起腳尖望了望，心想這對兒古怪父子上北山幹什麼去呢？她悄悄尾隨二人走過去。遠遠聽見父子二人在討論著什麼，似乎有爭議，聲音或高或低。

山崖頂處的懸岩上有一鷹穴，高空中盤旋著一隻大鷹，不時發出長長的啼嘯。老人站在山崖下，教兒子學那鷹啼聲。老人先示範，嘴裏像含著一金屬哨子一樣，發出了一種高亢的氣嘯，如刺鳴之音，跟那鷹啼聲一模一樣。可兒子始終不得要領，發不出那聲音，也心不在焉，惹得老歌手頻頻舉起不離手的教鞭——禿了把的馬鞭。模仿了半天鷹的啼嘯，又講解了一些什麼，老歌手接下來領著兒子走進山澗旁，坐在岩石上聽山水聲。

泉水從山崖上瀑布而下，發出悅耳的轟鳴，夾雜著山谷的滾滾松濤聲，形成氣勢雄渾雙重和聲，十分氣派動聽。老人又指導著兒子，模仿發泉水瀑布聲，還有松濤聲。這時他們的聲音擠壓得很低，就如躺在老屋凳子上所發之聲差不多，聲音從胸腔和喉嚨深處受控後，緩緩噴發顫滾而出。一遍又一遍，不厭其煩。

躲在山崖後頭的阿潤娜，又是驚訝，又覺得好玩，心說這父子倆究竟在搞什麼呀，真邪性呢，莫非是像別人說她一樣，也得魔症了？不過她感到挺有趣，挺好玩，忍不住自己嗓子癢癢，也學著叫了一聲。

又是你！那兒子回過頭，發現從岩石後頭正捂著嘴咯咯笑著逃走的傻姑娘，大聲喊。

呵呵呵，這傻丫頭還真好奇，跟了半天了。老歌手撫鬚樂，微風中長髮飄逸。

阿爸早發現了還不轟走她？讓我在這鄉下傻妞的面前丟人現眼！兒子發牢騷。

丟人現眼？你覺得學我這古老音樂發聲法，是丟人現眼？老人質問。

你以爲不是嗎？兒子犯倔，膽子也變大了，回嘴道。

老父親手中的禿了把的馬鞭又舉起來，可面對兒子那雙變冷的目光，他沒有勇氣再抽下去，只是搖了搖頭後，無奈地垂落下來。

唉。

從他嗓子眼裏發出的一聲嘆息，就如從山頭滾落的一塊岩石。

一個月下來，父子倆的「體驗生活」基本如此。好像是父親給兒子傳授著一個什麼古怪發聲法、什麼音樂，一直彆彆扭扭，夜晚在老土屋上課，白天有時在野外上課，在大自然中模仿那些鳥獸風雨山水萬物之音。

這些日子，傻丫頭阿潤娜也有事幹了。

一到傍晚，匆匆吃過飯，她就忍不住趕往前邊老屋，如一偷蜂蜜上癮的小棕熊。

呼恒，飯也不好好吃，又幹什麼去？阿媽嗔怪著喊她。

阿媽，我去前邊老屋！

天天往那兒跑，魂丟那兒啦？

不是的，阿媽，我是去看他們「體驗生活」，看他們發「鬼叫」聲！可好玩咧！咯咯咯——姑娘瘋笑著跑遠。

黃昏的青嵐紫霞撫慰著寧靜的草原，從遠處傳來遲歸的牧人在如火燃燒的晚霞中唱歌，蒼茫的黃昏草原在這長調歌聲中似乎變得感傷，空氣中也受傳染了般地瀰漫起惆悵和落寞的味道。不過，傻姑娘阿潤娜是歡樂的，如那些留戀黃昏美色在草尖上低飛歡叫的野燕子。她跑在落滿花雨般紅霞的草地上，一想起將偷聽那怪怪而微妙的發「鬼叫」聲，心裏就興奮，有一種按捺不住的莫名的衝動。

她現在也已學乖，偷聽時不再出動靜，不讓那爺兒倆發現到自己。

不過，今晚她看到了一個獨特風景，一個意想不到的不太愉快的場面。

那個穿牛仔褲牛仔衣、鼻孔下方留一溜唇髭的二十出頭的兒子，揚著刺蝟般紮立的一頭亂髮，衝他父親嚷嚷著什麼，說啥也不願躺進那條木凳子練發聲了。

阿爸，饒了我吧，求求你了，我真的學不下去了！

學不下去了？可你當初是答應了的，你這話是當真？

當真！當初答應，也是在你牛逼牛求下，又軟硬兼施後才答應的，我現在後悔了，你就放過我吧！這一個月，我已經受夠了，這裏，我是一天也不想待了！

噢？老歌手感到問題嚴重，口氣儘量放平和地問，爲什麼？你能說說理由嗎？

現在什麼時代了，二十一世紀，誰還聽誰還喜歡你這老掉牙的古裡古怪的傳統音樂！兒子終於爆發，一吐胸中不滿。

忤逆！放肆！老歌手斷喝，斥罵道，草原上祖祖輩輩流傳下來的民族音樂，民族文化精粹，到你這兒變成了老掉牙的古裡古怪東西！你真是昏了頭啦！那你給我說說看，你要學什麼唱什麼？

我要學搖滾，唱搖滾，唱通俗！兒子擺出一副攤牌的架勢。

搖滾？通俗？哈哈哈——老歌手忍不住大笑，壓住怒氣問，爲什麼學它呢？

唱搖滾，自由，奔放，時尚！你看美國麥克傑克遜，全球風靡，傾倒多少人！你看韓國通俗歌星張娜拉——

夠啦！老歌手終於忍不住大喝，手裏舉著的禿把兒馬鞭，鞭梢在顫抖，他的聲音也在顫抖。

麥克傑克遜？張娜拉？老頭子冷冷地盯著兒子，目光如炬，問他，你以爲你崇拜的麥克傑克遜是自由的？奔放的？哼哼，以我看來，他只是自由地重新組合了自己肉體的每處外表，皮膚、骨骼、臉型、眼睛、還有他的屁股！可他的靈魂呢，他的那個孤獨的靈魂呢，卻永遠困在牢籠裏，沒有你說的那麼自由，那麼奔放！你說的自由奔放時尚，只是他的肉體形表！要不他也不會以戀童癖來麻醉自己，也不會從大麻白粉中尋求快感，尋求精神寄託！還有那些張娜拉之類，不就是無病呻吟搔首弄姿，用簡單膚淺歌聲討好歌迷、獻媚大眾嗎？說穿了，他們統統只不過是一群票房和錢箱的奴隸，把靈魂賣給金錢名利的凡夫俗子！他們那兒，哪有什麼真正的藝術，真正的音樂？

老歌手一口氣說完這些，氣得白鬍子扎揚，一屁股坐在炕沿上。

說完啦？罵完啦？兒子反問，絲毫沒有放棄自己想法的樣子，那我告訴你，老爺子，你落伍了，跟不上時代了！話已經說到這兒，我也不必害怕了，我還是要唱搖滾唱通俗！為這個，我也做好準備了，來吧，拿你的鞭子抽我吧！

說著，這個倔強而叛逆的兒子，居然脫掉牛仔衣，裸露出白白嫩嫩的脊背，衝著父親亮過去。

老歌手霍地站起來，罵一句，好吧，那我滿足你的要求！

他手中的禿了把兒的馬鞭，這回真的結結實實地抽打下去了。以前若是只做做樣子，那麼這次是隨著「啪」的一聲脆響，年輕兒子的白皮膚脊背上頓時烙上了一條紅血印子。那兒子「噢兒」一聲大叫。老父親連抽了三鞭，然後丟下馬鞭，背手衝牆而站，呼哧呼哧喘粗氣。眼中似有淚光閃動。

兒子慢慢揀起地上的牛仔衣穿在身上，回過頭嘿嘿冷笑著，居然朗誦出一首詩：

你可以鞭笞我的脊梁，
但是禁錮不了我的願望；
你可以抽打我的屁股，
但是禁止不了我的歌唱！

阿爸，這是你小時教給我的一首詩，說是早年蒙古族著名流浪詩人沙格德爾「瘋子」吟唱的，哈哈哈——

說完，兒子大笑著，昂首走出屋去。

躲在外邊窗戶下的阿潤娜來不及逃走，被逮個正著。

哈哈，阿爸，你可以教這個傻妞！這鄉下傻妞正合適，她偷聽偷看都上癮啦！

傻丫頭阿潤娜沒魂地逃走。情緒激憤的兒子從她後邊跺腳，又伸長了舌頭，手抻著下眼皮做鬼臉，「唔兒——唔兒——」大叫著學狼嗥。

夜色很美，月色也很美。

草原極靜，極靜。

三 圖蘭・朵的呼麥

一大早，阿爸放夜馬回來，脫著被露水打濕的靴子，說了一句，前邊老屋的兒子可能是要走了吧。

是嗎?你碰見他了，他跟你說的?阿媽點上「圖拉嘎」火，準備熬奶茶。

說是沒說，我是看見他背著包，向東邊的長途汽車站走過去了。

阿爸，是他一個人嗎?那老歌手，他父親呢，也走了嗎?剛爬起來的阿潤娜問了一下，跑出包門向東方張望，也沒等阿爸回話，光著腳，拔腿就往汽車站方向跑過去。

這孩子是怎麼啦?也不穿個鞋子——阿爸從後邊搖頭。

她呀，天天去聽他們爺兒倆練什麼鬼叫，迷了心竅啦!唉，咱家丫頭沒能繼續上學，見什麼都新鮮呢。阿媽這樣說。

阿潤娜一口氣跑出三里地，才遠遠看見那個兒子緩緩的孑然獨行的身影。她的一雙赤腳被露水冷浸後，變得如鴨蹼般通紅，清晨落在柔軟草地上的白白露水被她踩過去之後，留下一條微微發黑的明顯痕跡，猶如牽過一條長長的綠色綢線，向前伸展，飄移。

長途車站沒有牌子，路邊的一棵獨立老樹就是標誌，上邊釘著一塊巴掌大的歪了腦袋的木片。那條公路也不是城裏那樣的油渣路，在原先草路上鋪了些沙石而已。有傳聞說，路的那頭發現了一座煤礦，旗裏當官的爲提高「雞的屁」，吵吵著修油路或水泥路，可牧民們爲保護草原不幹，事情還不知會如何結果。那兒子依偎老樹站著，抽著菸等車，若有所思的樣子，目光很是冷峻。

不久，阿潤娜看到了一個人影，是那位父親，老歌手。他從老土屋那邊方向走過來，腳步蹣跚，神情猶猶豫豫，最後還是走向老樹旁的兒子跟前。

唐格爾，我的兒子，你真的要走了嗎？老人聲音有些乾澀。

是的，阿爸，對不住了，我真的要走了。

阿爸對不起你，昨晚一急真打了你——老人想過去撫摸一下兒子後背。

沒事，是我讓你打的。兒子唐格爾閃開了身子，抬頭看看父親，像是看著一個陌生人，有意無意地問道，阿爸還要在這兒待下去吧？

老歌手伸出的手無趣地縮回來，點了點頭，沒說話。

是啊，你說過的，準備在這兒一邊體驗生活，一邊要完成一部什麼傳世歌劇。兒子的口氣不無諷刺。

沒錯，可惜了，我預想的該劇主角卻要走了，要離開這個舞臺了。父親的眼睛抬起來，感傷地望著天邊一隻遠去的孤雁影子。

你指的那個預想的主角，是我嗎？哈哈哈，謝老爸了，一個永遠寫不完的歌劇，一個永遠立不上舞臺的歌劇——不過，我能問一句，你寫的歌劇叫什麼名字嗎？兒子神情輕狂地問。

可以透露給你，叫《圖蘭．朵的呼麥》。

《圖蘭．朵的呼麥》？義大利人寫了《杜蘭朵》，中國的那個張大導演搬上中國舞臺，你也想搞一個《杜蘭朵》？

不，我的歌劇不叫《杜蘭朵》，是《圖蘭．朵的呼麥》！告訴你吧，他們連「圖蘭．朵」這個詞的含意，都沒搞明白哪！

那你能告訴我，圖蘭．朵是啥意思嗎？

不，我不告訴你。

好好，無所謂。等明白一切的我阿爸寫出《圖蘭．朵的呼麥》，立上舞臺，我就用搖滾來給你主演，嘿嘿嘿！

你？呵呵，你已經不配了，唐格爾，我的兒子，你不再配演我這歌劇的主角了。老歌手重重地嘆口氣，揮了揮手，神情變得決絕地說，你走吧，還是回到你的搖滾世界去吧，你待在這兒，對草原、對草原的純粹民族音樂，都是個玷污！

兒子唐格爾愣了一下，這時，一輛長途汽車搖搖晃晃進站了，售票員喊一句，你到底上不上啊？唐格爾「哦」了一聲，一步登上車門。

在老歌手變得漠然的目光中，那車門「哐」的一聲關上了。

傻姑娘阿潤娜目睹著這一幕，目睹著這一對奇怪的父子絕情般的訣別，心裏怪怪的，有一種想哭的難受和壓抑感。

老歌手站在原地，呆望了很久那輛開走的汽車。車漸漸消失在遠處一片塵土中，轉眼不見。長髮和白鬚在他頭臉上亂成一團，如草。在東邊正冉冉而升的太陽光照射中，他那雙渾濁的老眼裏似有淚珠欲滴。

片刻後，老歌手有些神情沮喪地往回走。阿潤娜突然從老樹後頭閃出來，擋在他的前邊，遲疑了一下後，結巴著說，對、對不起，是我去偷看、偷聽——氣走了你的兒子——

老歌手愣住了，回過神來，看著她濕漉漉的一雙光腳通紅通紅，還不好意思地相互搓一搓，忍不住苦笑說，姑娘，你就為這句道歉，光著腳大老遠跑來的？

傻丫頭阿潤娜怯生生地點點頭。

孩子，這事跟你沒關係。再說，人也走了，用不著道歉了，呵呵呵，你都比他懂事啊——老人回過頭又望一眼長途車消失的方向，自言自語，一個被你罵的鄉下傻丫頭，都比你懂事喲。

我不傻，大伯伯，我會放羊，熬粥，還會剪羊毛，上學時還學過唱歌——

對對，你不傻，你不傻，老歌手被逗樂了，難得地把皺成一團的眉宇舒展開來，捋著白鬚說道，丫頭，快回家穿鞋子吧，春天還涼，這麼一大早，你的腳會凍僵的，也會被東西扎破的。

不怕的，伯伯，我還經常光腳去放羊呢，咱這兒的草地很軟很舒服，不長扎腳的壞刺，咯咯──傻丫頭阿潤娜爽快地笑著跑走，草尖上的露水在她赤腳下起花，她的笑聲在淡淡晨霧中顯得如銀鈴般清脆而無邪，四處飛揚。

老歌手望著她健康、活潑、單純的少女背影，靈感一閃，脫口而語，哈，我的《圖蘭・朵的呼麥》，有女主角原型了！呵呵呵，失之東隅，收之桑榆啊！

從遠處傳來阿潤娜的喊聲，大伯伯，我阿媽熬的奶茶特別香，還有我做的奶疙瘩又軟又好吃，歡迎你到咱家來作客！

四 傳人

老土屋那兒，三天沒出動靜。

晚上也很安靜，走了兒子，當然也沒有了那個讓阿潤娜神迷的「鬼叫」聲。

耐不住的阿潤娜，依舊抽空子跑過去看一眼，每回看見老歌手不是倒在炕上躺著，衝房梁發愣，就是在那小小的屋地上背著手來回踱步。一臉的沉重樣子。

阿媽，阿媽，不好啦！阿潤娜跑回家來，衝阿媽叫嚷。

又怎麼啦，我的呼恒！天塌下來啦？

那老頭子，那老頭子，可能發魔症啦！她把看到的情形向阿媽學一遍，而後說，阿媽，你們大人快去看一看吧，好賴人家是從城裏來的客人，現在兒子拋下他走了，獨自一個人，怕是受不了了。

在她央求下，阿媽說，等你阿爸回來吧，他正找喝酒的伴呢，晚上就請那老歌手過來吃飯。

結果，她阿爸是去了，卻被那老頭冷冷地攧回來了，還甩出一句，你們少來打擾我！她阿爸去找蘇木達報告了這情況，認為老歌手狀態不正常，怕出什麼意外。百忙中的蘇木達從各種應酬酒桌上抽開身子，就過來看望了，完了告訴他們，沒事，他還在體驗生活呢，你們也不用去打擾他了，人家正在創造一個什麼大劇呢。

「大鋸」？鋼鋸還是鐵鋸？我手頭還正缺那家什呢，呵呵呵。阿爸打岔。我的喇嘛佛爺呀，造個「鋸」就那麼難啊，不吃不喝的。阿媽念佛。

阿潤娜格格笑了，自顧說，我知道啦，我知道啦，他要造的那個「鋼鋸鐵鋸」裏，我還是原型呢，他是要「鋸」我咧！

這一下，阿爸阿媽還有那個蘇木達都愣住了，驚愕地看著她。

蘇木達搖著頭說了一句，巴特，你家姑娘的毛病好像嚴重了，瞧瞧大夫吧。然後騎著他的兔尾巴馬走了，嘴裏吹著口哨，直奔漂亮小寡婦索日婭家而去。

你的毛病才嚴重了呢，索日婭家的花母狗都銜你搖尾巴了！阿媽從他後邊喊一句。

從風中傳來蘇木達不以為意的浪笑。

阿潤娜似乎沒大在意大人們的說話俏罵，依然癡癡地呆望著前邊的老屋，不知心裏在想什麼。

其實，跟兒子的決裂，對老歌手的打擊的確很嚴重。阿潤娜的擔憂不無道理。寫歌劇只不過是第二位的，眼下對他來說最迫切的一件事，就是帶出傳人，這也是他所在歌舞劇院老院長的意思，他們二人都擔心民族藝術的未來命運。他從一幫年輕初學演員中，篩選了認為最合適的唐格爾，於私，自己的兒子好管教，也遵從了祖上藝不外傳的老規矩，又從小給他打的底子。可令他沒想到的是，事與願違，到頭來變成一場空，輕狂又追求時尚的兒子居然背叛他而去了。他豈能不傷心。

聽不到每晚那微妙的「鬼叫」發聲，阿潤娜也變得悵然若失，鬱鬱寡歡。不過，她的不快是暫時的，無憂無慮而永遠單純快樂是她的常態。她的內心裏，真的不知道什麼叫憂愁和苦惱。

她很快找到了打發放羊的漫長白天的辦法。那就是每天，在北山草灘的老樹橫槽上仰躺著，彎曲身子學老歌手的「鬼叫」發聲。晚上，再抽空子溜到老歌手窗下，偷看一眼他在幹什麼，偶爾還能聽見他一邊伏案寫著什麼，一邊哼唱幾句好聽的歌曲。

有一天中午，吃飽的羊兒們都在四下趴著歇息，阿潤娜喝了幾口皮囊裏的酸奶，又嚼了幾口炒米，然後大大咧咧地橫躺在老樹槽裏，四仰八叉，肆無忌憚地吼叫開了。

叫了一陣下來，覺得不過癮，見頭頂天鷹啼叫，她又學老歌手教兒子樣子，模仿起天鷹的啼嘯，再一邊回想著模仿風聲水聲山谷松濤聲，折騰個夠。然後，重新躺進樹槽中發那「鬼叫」聲，似乎感覺自己的喉嚨更加暢快多了，墊腳墊頭的石塊土塊都被她震落了幾塊。

這一天，正當她閉目仰天吼叫得起勁，耳旁響起了一個沙啞的說話聲。

你在學我的發聲哪？

傻丫頭阿潤娜嚇得一咕嚕翻身掉在老樹下。老歌手背著手站在旁邊，冷著臉看她。

嘿嘿嘿——阿潤娜尷尬地笑了笑。

你果然是在偷學我的發聲、我的音樂！老歌手揀起一塊墊頭腳的石頭，拿在手上頗有趣地掂了掂。

這、這「鬼叫」——還、還是音樂呀？

當然是音樂，而且是絕世音樂！老歌手大聲宣布，臉色很嚴肅，姑娘，你未經允許在偷學別人的東西！知道嗎，這很不好，就像別人到你們蒙古包裏偷拿你家乳酪風乾肉一樣不好，知道嗎？

我們家蒙古包從來不鎖門，誰進去拿進去吃俺家乳酪肉條都行的。我們不覺得那是偷，認爲那是人家餓急了，是需要，需要知道嗎？我阿媽每到秋天，還主動去很遠的山北孤老奶奶巴達瑪家，送去好多乳製品嘗一嘗咧，昨天還說著給你老伯伯送過去一些呢。咯咯咯。

這番話，如一重錘敲震了老歌手心弦。他怔怔地端詳著又恢復了平時無憂無慮樣子的傻丫頭阿潤娜。她無拘無束地揮甩著羊鞭。

你覺得，自己學唱我這「鬼叫」的音樂，也是一種需要、一種饑餓一樣的需要嗎？老歌手這回沒再說「偷」字。

倒不是饑餓一樣的感覺，我是覺得好玩唄。吼叫起來身上挺敞亮的，反正在這大野地大草原也沒人笑話我，吼叫起來特帶勁。嗯，你這「鬼叫」聲算是音樂的話呀，別說，還真特別適合在這裏的野外草原上吼唱，咯咯咯。老伯，你說說，我學得像不像？反正我自個兒覺得吧，比你兒子學得像，咯咯咯。傻丫頭自個兒笑得前仰後合。

老歌手卻半天說不出話來。傻丫頭的這番話，又是如一陣狂雨砸澆在他的心坎上。他的白鬍鬚在春風中顫抖，望著「適合」自己音樂的遼闊草原，長髮如旗幟飛揚。

老伯伯，你能告訴我，你的這「鬼叫」聲，叫什麼音樂嗎？

老歌手嘴巴微微顫抖著，儘量抑制著激蕩的心情，輕輕說出下邊幾個字，呼麥，孩子，叫呼麥！

呼麥？就是那個你說過的《圖蘭．朵的呼麥》裏的呼麥啊？咯咯咯，真好玩，你還說過，我還是你那什麼「鋼鋸鐵鋸」裏的原型呢，咯咯咯——又是一陣清鈴般的笑聲。

老歌手愣了一下，復爾仰天長笑，連說，對對，好姑娘，你就是原型！哈哈哈，你就是

「呼麥」的原型！

五　拜師

第二天一早，放馬的牧民巴特家，來了一位稀客。

那時巴特正拿著套馬杆要去看馬群，前邊老屋的老歌手就出現在門口，手裏拎著兩瓶酒，臉上呈著滿滿的笑容。

巴特兄弟，別忙著下馬群，先暖和暖和身子，咱們倆喝酒！老歌手向巴特晃一晃酒瓶。

呵，是拉扎布「巴格師」（先生）呀，你可是貴客，可這麼一大早就喝酒？巴特看一眼正向自己使眼色的老婆琪爾瑪，有些猶豫。

老婆琪爾瑪這時也從一旁笑吟吟說，是啊，俗話說早晨的酒如虻牛，醉人！你們還是喝奶茶吧，我剛熬的。

還是喝酒好，虻牛酒來勁兒，咱們少喝點，那天晚上沒接受你們邀請實在對不住，今天補上！老歌手執意要喝酒。

拉「巴格師」，您是不是有事呢？要不，少喝點？已被勾出酒蟲的巴特，回過頭爭取老婆的意見，用商量的口氣，老婆子，人家拉「巴格師」好不容易來一趟，你就把昨晚燉的羊骨頭，熱一熱端上來吧。

琪爾瑪沒辦法，只好搖著頭去弄下酒的羊骨頭。

兩個男人就喝起來了，你一杯我一杯，啃著熱上來的羊骨頭。還聊著話，年景啊，城裏鄉裏的生活呀，蘇木達的軼聞趣事啊等等，還有音樂。

一說到音樂，說到他的歌唱藝術，老歌手就緘默了。半晌無語。

巴特喝紅了臉說，拉「巴格師」，心裏有事難受吧，我聽說你兒子走了，現在的這些年輕人呀，就知道趕時髦，趕潮流，你就別在意了。

是啊，我兒子走了，回城裏趕時髦去了，我不在意不在意。老歌手抿了一口酒說。他抬頭看了看巴特，問一句，巴特兄弟，你知道不知道呼麥？

呼麥？巴特晃了晃粗大的腦袋，不太知道，記得小時候，有一次跟我父親去那達慕大會，草原上遇見一位白鬍子流浪說書藝人「胡爾其」，父親曾跟我說，他是著名的呼麥歌手巴音。

有這事？啊，你還真有緣，沒聽他唱過？

沒有，我父親是個摔跤迷，成天待在摔跤圈子不離開，我得跟著他。

可惜！不瞞你說，你父親說的那個呼麥歌手巴音，就是我爺爺，察哈爾草原上唯一會唱呼麥的民間藝人。老歌手陷入遙遠的回憶中，嘆口氣說，政府把爺爺接到城裏，讓他帶些徒弟出來，爺爺說，住不慣城裏，呼麥是草原上唱的，誰想學呼麥，就隨他去草原上流浪吧，結果沒人跟他去受罪。最後他跟我父親商量，把我帶在他身邊。

啊，我明白啦，巴特大大咧咧地拍了一下老歌手肩膀說，這次你也學著你爺爺，把兒子帶到草原上來，想把呼麥傳給他，是吧？

唉，我的美好想法成了泡影，是一廂情願的事，人家拍拍屁股就走了，唱時髦的通俗搖滾去了。老歌手黯然神傷。

難道呼麥很難學嗎？

難是難點，除了天賦，還要肯吃苦下功夫。目前我們國內的蒙古人中，真正會唱呼麥的幾乎沒有幾個，現在學唱的都是皮毛。國外的蒙古國還有蒙古人爲主的卡爾美克、圖瓦等國，還有些真正呼麥歌手，可在我們國內，這一絕世歌唱藝術幾乎要絕種呢，巴特老弟。

原來是這樣，這事還挺嚴重的啊。巴特附和說，心裏卻想，多大個事啊，這麼愁眉苦臉的。隨口說一句，其實也沒啥嘛，找一兩個喜歡學的教一教不就得了！這麼大的草原，找個人還那麼難嗎？

我就爲這事而來。

你說啥？老「巴格師」的意思是——巴特沒聽懂老歌手的話意，指著自己胸口問，你是想——教給我？

哈哈哈——老歌手大笑，嘴裏的一口酒都被噴了出來，一旁的老婆也忍不住開懷樂，指著他鼻子說，就你那五音不全的破鑼嗓子？

那怎地？小時廟上一個喇嘛還說過我，這小嘎子嗓子可以念經！

在場的二人更是樂開了花，前仰後合。

你們別笑，當然了，現在我這嗓子是差了點，嘿嘿嘿。巴特乾笑著，一口乾掉了桌前的一大杯酒。

差的不是一點，差到山北草原巴達瑪老奶奶家去啦！老婆子擠兌他。

這時老歌手正了正臉，咳嗽一聲，嚴肅地說，我想教你們家姑娘阿潤娜。

頓時，巴特兩口子停止了說笑，屋裏一下子變得很靜，連蒼蠅蚊子都不飛不哼。

等一等，拉「巴格師」，你說啥？巴特盯著老歌手的臉。

我想，收你們家孩子當我學生，當徒弟。老歌手說得十分認真。

巴特夫妻相互看了看，覺得沒聽錯，那丈夫巴特復又大笑，指著老歌手說道，開什麼玩笑？老「巴格師」，我們家丫頭，你也知道的，她是個有毛病的傻丫頭哎！

我不這麼看，她並不傻，這些天我仔細觀察過，她還很善良很仁慈。最重要的是，她還有天賦，有學呼麥的天賦，她的嗓子音質十分好。老歌手慢慢舉杯飲了一口，品嘗著那烈酒燒過嗓子的辛辣滋味，接著說下去，你們或大家說她的「傻」，那只是一種「偏執」毛病，有時嚴重了點，給人造成誤會，不過，學呼麥這一特殊的歌唱藝術，沒有一種骨子裏的偏執偏愛，還真不行。我唯一的兒子，他少了這股子勁頭，所以逃走了，市場上蘿蔔白菜常見，可人參靈芝就難尋了。

「巴格師」的意思是，可著我們家那傻、對、不傻的丫頭，就是你說的那個「人參」——

或「靈芝」？巴特有些結巴地問。

老歌手點了點頭。差不多吧，我看不會有錯的。接著，他把阿潤娜偷看偷學野外偷偷練的情況，向那一對摸不著頭腦的夫妻二人說明了一遍。

有這等事？難怪前些日子，她那麼著迷地往你那老屋跑，我只當是貪玩調皮，這丫頭。母親琪爾瑪開始念佛。

你快去把那丫頭叫進來。巴特吩咐妻子。

她一早就趕著羊，去草場了。妻子指了指門外的草原。

那好，咱們也去草場吧。老歌手說。

草原那麼大，一大早走的，誰知她上哪塊兒草場？琪爾瑪爲難。

我知道她在哪裡，正好也指給你們看她學我練「鬼叫」的那個地方。老歌手拿毛巾擦了擦手，站起來往外走。巴特夫妻疑疑惑惑，也隨他走出屋來。

太陽已從東方升高了，草原遼闊而明亮，空氣中瀰漫著清新醉人的草馥香花芬芳，尤其潔淨而新鮮的空氣能把人的胸肺清洗個透明清澈。淡淡的煙靄飄浮在草地上空，被陽光照射後，變幻出迷人的海市蜃樓仙境。

當老歌手熟門熟路地帶領二人慢慢走近北山麓草地時，他們就隱隱約約聽到了那傻丫頭發出的陣陣吼叫聲。老歌手向巴特夫妻笑了笑，努努嘴。那二人一臉的愕然。

丫頭，你又再偷練我的「鬼叫」聲哪？呵呵呵。老歌手和藹地拍了拍阿潤娜肩頭。

忘情吼唱的阿潤娜嚇得一哆嗦，嚷了一句，伯伯，你怎麼又來啦？她滑下樹來，突見阿爸阿媽也站在一旁，臉上一愣，尷尬地笑問，阿爸阿媽，你們怎麼也來了？我的羊沒丟，嘿嘿嘿──

羊沒丟，可你躺在樹上嚎什麼呢？巴特忍住笑，繃著臉問。

我、我在學這老伯伯的「鬼叫」玩呢，嘿嘿嘿。阿潤娜不好意思地撓撓天生微黃的頭髮。

巴特轉過身，面對著老歌手，拉「巴格師」、她老伯，孩子她真自個兒在學你的那個「鬼」──啊、呼麥呢，我說「巴格師」，這就是你當寶貝的呼麥呀？

還不是，這只是基本的發聲法的一種入門訓練方式，算是基本功訓練吧，離真正的呼麥歌唱還差得很遠呢，早著哪。老歌手說。

噢，我說呢。那依你看，這孩子的吼叫真的上了點門道？巴特又問。

她的音質、發聲、提氣等方面，都有點那個意思，有天賦，很有天賦。

可你知道的，她現在給家裏放羊，我家又人手少，活兒多忙不開呀，哪兒有功夫到你那兒學唱歌，我的拉「巴格師」哎。巴特搓搓手。

沒關係，她照舊放她的羊，不用到我那兒學，我就跟她一起放羊一邊教她。反正，呼麥在野外清晨訓練，效果還更好，這樣也不耽誤了你們家活計。老歌手一臉笑呵呵地說，顯然早已胸有成竹。

一聽這麼說，巴特也笑了，看一眼老婆，大咧咧說，那我們還老合適了呢，多了一個幫手，多一個放羊人，接春羔時，這丫頭一個人還真忙不過來咧！

你還真想拿人家拉「巴格師」當勞動力使喚呀？妻子推一下丈夫。

可以當勞動力，還不用付工錢付學費！哈哈哈，我也是體驗生活嘛，不過，你巴特老弟得偶爾請我喝喝酒才行！老歌手也調侃。

那沒問題，我也正缺酒友呢！巴特拍胸脯。

阿爸，你們在說啥呢？阿潤娜在一邊莫名其妙，看看阿爸，看看老歌手，又回頭看阿媽。

呼恒，這位老歌手老「巴格師」呀，想收你當他的學生，教你唱歌。阿媽微笑。

收我當學生教我唱歌？我害怕！阿潤娜趕緊躲在阿媽的身後，伸頭看著老歌手。

你害怕啥呀？呼恒，你那麼喜歡，人家老伯伯親自教你唱歌多好，省得你在大野地裏自己瞎叫亂吼的，該把野狼招來了。阿媽逗著女兒哄勸。

阿媽，老伯伯他打人，學不好就拿鞭子抽人的！他有個禿了把兒的馬鞭，他兒子就是被他抽跑的！阿潤娜伸著舌頭衝老歌手做鬼臉。

哈哈哈，你這鬼丫頭，你指的是這個吧？老歌手從懷裏掏出那根從不離身的禿把兒馬鞭，深情地端詳片刻後說，這馬鞭是當年我爺爺教我呼麥時用過的教鞭，好吧，今天我就把它扔了吧！

老歌手一揚手，把那根頗爲珍貴的禿把兒老馬鞭遠遠拋進樹毛子裏去了。

咯咯咯，這就好啦，我可以放心地拜老師啦！阿潤娜突然跑過去，「撲通」一聲跪在老歌手前邊，砰砰地磕了幾個響頭，嘴裏說，我真的特別願意學你老人家的「鬼叫」聲啊！

在場的大人都被她搞愣住了，愣然地相互瞅一瞅。

老歌手笑吟吟地扶她起來，撫鬚樂。

阿媽抻了抻女兒衣袖問，你從哪兒學來的這一套，呼恒？

電視上拜師不都是這樣嗎？咯咯咯，阿媽，什麼叫拜師呀？

阿媽又被她搞糊塗了，真不知道自己這丫頭是傻，還是不傻。

走，拉「巴格師」，咱們回家接著喝酒去！巴特在一旁嚷。

你不去放馬了？妻子琪爾瑪瞪眼。

今日個高興，馬群不會跑出草原的！

趁大人不注意，阿潤娜笑嘻嘻跑過去揀回了那個禿了把兒的老馬鞭，悄悄放進自己後背的接羔袋裏。

六 共鳴

從此，草原上出現了一對奇特的牧羊人。

一老一少，放羊時說著，吼著，唱著。歇下時，他們也說著，吼著，唱著。

老的背著馬頭琴，少的背著接羔袋。他們隨羊群走草原，走河邊，走山谷，走樹林；走到哪兒說到哪兒，吼到哪兒，唱到哪兒。優哉遊哉，自由自在，隨附自然草原而吼而唱，又無休無止，持之以恆，刻苦得有時還老的叫少的哭，相互間數日不說話。

每天拂曉清晨，羊群追逐落有露珠的嫩草尖在北山坡下散開，那一老一少則先在那棵如龍橫臥的老樹幹上練聲，老的說，這裏果然是聚氣共鳴效果最好的地方。

一開始，老的教少的緊縮喉嚨閉氣發聲法，教育方式仍舊是讓少的仰身躺在那棵老樹槽上，腦後腳下再墊上石塊把身體彎成弓形發聲。

老的在旁邊來回踱步，一邊搖頭晃腦講解：

人說話，是用腹肌收縮產生的氣體衝擊聲帶震動發聲，唱「呼麥」時，就是特意的調控腹肌和部件的配合運動來控制氣息，使震動的聲音達到需要的效果。人體的腹腔、胸腔、口腔、鼻腔合在一起，就是聲帶共鳴腔，而唇、齒、舌、顎、鼻、喉、氣管、肋骨、腹肌是這個共鳴腔的控體，當運動起這些器官，共鳴腔的形狀就變化，會發出不同音色。

這過程其實是調節體內氣流，衝擊聲帶發出聲音，氣流的強弱使聲音產生變化，再慢慢調整舌頭、上顎、牙齒和嘴唇的位置，你就會感覺到聲音的變化，再將氣流灌入鼻腔時，聲音又有了新變化。有兩點很重要，一個是「反舌」，一個是「縮喉」。反舌時，氣流直衝上頜，會發出金屬般的泛音，縮喉時，胸腔和口腔被連續共振，出現低音。喉、舌、腮一定要放鬆，氣息要發自丹田。這是「呼麥」最基本的技巧。要學會控制氣息，尋找身體裏的共鳴點，不同的共鳴點則發出不一樣的聲音。

只顧陶醉於自己講解的老者，卻忘了讓少者聽懂這些複雜深奧的發聲原理是多麼的難。於是他反覆講，比劃著自己身體部位，掐掐自己喉嚨，拍拍自己小腹。

最後，他給少的做示範，拿下背上的馬頭琴，一邊拉著唱出了一首最動聽的呼麥：

四歲的海騮馬喲，
鐵蹄飛揚；
牠是馬中之鷹啊，
天賜神駒——

渾厚的男中音，漸漸高亢激越起來，最後演變成金屬般的尖利啼嘯之聲。

尤其讓少徒阿潤娜驚異的是，和著這高亢如金屬般的啼嘯，從老師的嗓音裏，應該說從他喉嚨深處，另外又顫顫滾動出很低很低的第二種喉音，這喉音粗獷而節奏鏗鏘，與高音一起和鳴。從一個人嗓子裏，居然同時發出高低相差很大的雙重聲音，這是聞所未聞的事！要不是親耳聽到，阿潤娜絕對無法相信！

她的眼睛瞪大了，屏住呼吸，感到自己聽到的似是天籟之音。

這種美妙的一人雙聲吟唱，又與他手中的馬頭琴非常和諧而共鳴，產生了無以倫比的複音合唱效果，表現出這首曲子極深切的意蘊和催人淚下的綿綿哀婉。

不知何時，兩行淚水掛在了阿潤娜的臉上。

唉。她忍不住一聲嘆息。

琴聲，也「噹」的一下結束了。

阿潤娜拿手背擦拭一下眼淚，感慨說，「巴格師」，這就是呼麥嗎？

是的，這就是呼麥。

啊，今天終於聽到了真正的呼麥！這麼傷感，都讓我流淚了！「巴格師」，這歌的名字叫什麼？

《四歲的海騮馬》。

《四歲的海騮馬》？真好聽，咱這兒的草原上從來沒人唱過，電視裏也沒聽到過。

會唱這首呼麥曲子的人，估計現在沒幾個了，這是我爺爺最愛唱的一首呼麥曲。

這首歌爲什麼這麼傷心呢，「巴格師」？

因爲這首歌裏隱藏著一段很悲傷的故事。

老歌手接著講述起那個相傳蒙古草原的一個古老的歷史典故。

早先草原上有一個孤兒叫蘇克，由奶奶撫養，十六歲時就有非凡的歌唱天才，有一天放羊回來時，從雪地上抱回來一匹剛出生的小馬駒，雪白雪白的，母馬產駒後死掉了。從此，小馬駒在蘇克精心照料下逐漸長大，從通體雪白漸變成雪褐色的駿美海騮馬。這年王爺舉辦那達慕大會，要爲女兒選一最好騎手當丈夫，蘇克的海騮馬在萬馬奔騰中跑在最前邊，拿了第一。

王爺一見是個窮牧民，改口不再提招親之事，還想拿五隻羊換他的海騮馬。蘇克回絕說，我是來賽馬的，不是來賣馬的。王爺命人毒打一頓蘇克，生生把海騮馬搶走了，蘇克被奶奶背回家療傷，三天後忽聽門響，伴著一聲嘶鳴，是他的四歲海騮馬！身上中了七八支箭，跑得渾身大汗如水洗，蘇克抱住心愛的馬忍不住流淚，拔掉馬身上的箭，血從傷口噴出，海騮馬不久死在他的懷抱裏。

愛馬之死給蘇克帶來極大悲痛，夜裏做夢，海騮馬用頭蹭著他的胸說，主人，你想讓我永遠陪伴你，那你就用我身上筋骨做一把琴吧，爲你解除寂寞和憂愁。蘇克就照著海騮馬夢托，拿牠身骨做了一把琴。肋骨做琴箱框、馬皮包琴箱盒，長筋糅成弦，馬尾彎成弓，馬的脊椎骨做琴柱，又用腿骨雕刻出海騮馬頭形鑲在琴頂上。就這樣，草原上的第一把馬頭琴誕生了。

蘇克難抑思念之情，創作出《四歲的海騮馬》呼麥詞曲，紀念愛馬——

老歌手講完了。一時靜默，似是在咀嚼著這一古老傳說的內涵。

阿潤娜紅著臉，眼淚汪汪地說，難怪這首曲子這麼動聽，原來包含著這麼感人的人和馬的故事，「巴格師」，我能學唱這首呼麥曲嗎？

孩子，想學會這首呼麥大曲，很好，但你還要走很長一段路呢，努力吧。

「巴格師」，如果我不努力，你就拿這個抽我。阿潤娜說著，從後背接羔袋裏拿出那一根禿把兒老馬鞭，鄭重地遞給老師。

老歌手一愣，復又會心地笑了。伸手接過老馬鞭端詳著，又貼在嘴邊親一親，眼角已濕潤。

孩子，你很懂事，也很真誠，你會成功的。

老歌手的輕輕低語，如春風吹拂般和緩而溫暖。

七　頓悟

也許是因爲一張白紙，也許是心中除了呼麥，無其他的這樣「偏執」，阿潤娜入門很快。

老歌手不得不驚嘆，這丫頭就是爲呼麥而生。

隨著時間的推移，阿潤娜逐漸掌握了有關「呼麥」的廣泛知識。如：「呼麥」是圖瓦蒙古語xoomei的音譯，原義指「喉嚨」，延伸意爲「喉音」，是一種讓喉嚨緊縮而唱出「雙聲」的泛音詠唱技法。「雙聲」（biphonic）指一個人在演唱時，同時發出高低不同的兩種聲音，泛稱「蒙古喉音」。聲帶發出低沉基音，口腔發出高泛音，加上用氣息調控後，口腔共鳴點發生變化，可在高音部形成旋律，口型扁則音就高，口型圓則音就低。低音聲部與高音聲部之間的距離，有時可達六至八度音程，高音聲部的旋律類似口哨聲，或金屬聲。演唱「呼麥」者，先把聲帶放鬆，利用口腔空氣振動聲帶產生共鳴，這是基礎低音，再巧妙調節舌尖空隙，用一股氣息衝擊後引發出高泛音。於是清晰聽到一人同時發出兩種音樂，獲得無比美妙的聲樂效果。

如：「呼麥」歷史可遠溯至匈奴時期，蒙古高原的先民在狩獵和游牧中，虔誠模仿大自然各種聲音，認爲這是與自然宇宙有效溝通和諧相處的途徑。因而他們發聲器官的潛質得到開發，模仿瀑布、高山、森林、動物的聲音時，可發出「和聲」，逐步孕育「呼麥」雛形。

這是蒙古人對自然宇宙深層次思考和體悟，表達了與自然和諧共存的理念和審美情趣。「呼麥」隨著時間的沉澱，逐漸成爲北方部落的「薩滿博師」行法時所用音樂。後人描述這獨一無二的唱法爲「高如登蒼穹之巔，低如下瀚海之底，寬如於大地之邊」。《詩經》裏所講的「北方部落之『嘯』」及唐時所稱「嘯旨」，皆指「呼麥」音樂。

如：呼麥的曲目受特殊演唱技巧的限制，不是特別豐富，大體說來有三種類型：一是詠唱美麗自然風光，諸如《阿拉泰山頌》、《額布河流水》之類；二是表現和模擬野生動物的可愛形象，如《布穀鳥》、《黑走熊》之類，保留著山林狩獵文化時期的音樂遺風；三是讚美駿馬和草原，如《四歲的海騮馬》等。技術高超的呼麥演唱大師，可以用二聲部來演唱徐緩的長調、急速的快板名曲。

一般來說，呼麥的低聲部是一個持續的低音，但有時也可變化音高，而高聲部是一條波浪起伏的旋律線。這種唱法高亢清亮，像是金屬物質所發之聲，所以音樂效果強烈而刺激。呼麥分抒情和鏗鏘兩類；抒情的稱「烏音格音」呼麥，鏗鏘的稱「卡哥拉」呼麥，還有滾動式的「保班納迪」呼麥，口哨式的「西歐特」呼麥，馬鐙式的「伊澤哥勒」呼麥等等。

老歌手輕拍一下手中的馬頭琴，告訴阿潤娜，呼麥的美妙唱法可稱之爲「人聲馬頭琴」。在很多歌曲裏，呼麥和馬頭琴可以彼此呼應，當呼麥的高音區和馬頭琴漫長憂傷的旋律交織在一起，人體好像在與土地空氣共鳴，整個空間都飄著泛音，就像聆聽著一個美妙無比的大自然和聲。

結合呼麥技法，師徒倆常做的一種練習就是，在山谷和草原上模仿各種飛禽走獸之音。有一次，老人帶著阿潤娜躲在北山狼洞旁偷聽了半天公狼母狼對嗥之聲，差點受到狼群攻擊。

丫頭，記住，那天擺脫了狼的跟蹤，老歌手喘喘氣說，呼麥是我們古代先民與萬物自然溝通的語言，他們早期在深山密林中活動，見瀑布飛瀉、山鳴谷應、聲傳數里，聽飛禽走獸咆哮鳴叫、動聽而奇特，就日久天長地模仿感悟之後才創造出了呼麥。西北的阿拉泰大山，就是呼麥最早發源地之一。這種保留著原始因素的歌唱，其實是一種來自民族記憶深處的久遠的回音，與歷史和文化息息相關，是一部用音樂記述的人種史和民族史。

老歌手最後這幾句深沉之語，如松濤在深山空谷裏迴蕩。

也在阿潤娜心海深處久久迴蕩。

啊，來自民族記憶深處的久遠的回音，用音樂記述的人種史和民族史！

這是多麼振聾發聵的驚世之語，也是對呼麥的深邃而經典的詮釋。阿潤娜深感自己文化底子薄，理解老師的這些深奧思想和見解，日漸變得困難。老歌手安慰她說，沒關係，呼麥的課堂本不在學校，至於文化課也好辦。他讓巴特和蘇木達找來了初高中課本，開始每天給她補上文化課，自任老師。

時光荏苒。也許，老歌手從爺爺那裏繼承的是男性喉音之呼麥，與女性喉音畢竟有區別，因而指導阿潤娜用「反舌」發出高音部的金屬啼嘯聲時，卻遇到了困難，總是不得法，達不到音準。長成大姑娘的阿潤娜，也乾著急，紅著臉求老師說，「巴格師」，快拿馬鞭抽我吧，我笨！似是討要著好吃的乳酪或糖塊。

不慌，丫頭，會找到突破之法的。老歌手呵呵笑，早把她當做親生女兒的他，豈能捨得鞭笞她。他已鄰近巴特家紮了自己的蒙古包，吃住生活在一起，親如一家，唯一讓他頭疼的是，巴特時常纏著他一起喝酒。

這一天，老歌手和徒弟趕著羊群，上了北山坡草地。

阿潤娜在一叢芨芨草旁，侍候一隻年輕母羊順利產下頭胎春羔。她把那隻踉踉蹌蹌走兩步、身上還帶著胎盤液膜的小可憐高舉起來，親了親，衝那邊的老師喊，「巴格師」，又接了一隻！

「巴格師」這時正仰著脖子觀注高高的崖頂，沒聽她的喳喳叫。

阿潤娜奇怪，把小羔放進後背上的接羔袋，也走過來瞧崖頂有什麼。

ㄚ頭，你瞅上邊！老歌手抬手指了指高處懸崖上的一個小黑洞，從那裏傳出唧啁唧啁小雛鳴叫聲，有一隻碩大的雌鷹守候著洞穴，飛進飛出。

啊，蒼鷹也孵出小雛了，春天真好！阿潤娜喜叫。

所以，我們有祖訓：春天不打獵，不折嫩樹苗，不朝河湖撒尿吐痰，不輕易攀登山峰。老歌手一邊說著，一邊注視上頭的鷹穴，接著囑咐阿潤娜，ㄚ頭，你仔細聽聽那小鷹雛的發聲，那是牠最初的發聲，正在學牠媽媽啼鳴呢。而母鷹，每當餵肉之前，都會發出高音律的啼嘯，你聽久了，肯定會感悟出突破呼麥最高音關的技巧和內蘊！

真的？那太好了，我天天來聽，我也當牠的小雛！

從此，崖頂的母鷹，多了一隻崖下學叫的「新雛」。每天都來，風雨無阻，而且學叫得如此熱情，還透著那麼點古怪，弄得那隻老母鷹都疑惑不已，飛過來探尋，盤旋。

這一天，老歌手正在崖下指導學生模仿鷹啼，天上突然下起了瓢潑大雨。師徒倆被突如其來的這陣狂雨澆成了落湯雞，和羊群一起擠在崖下避雨。

突然間，崖頂洞穴的那隻老母鷹，「撲楞楞」地飛衝而出，發出一聲急切的嘯鳴尖啼，並且一次次的在峭壁半截處盤旋，似乎尋覓什麼。

出啥事了？老歌手仰脖看了看，忙說，不好，好像有隻小鷹雛掉下來了！可能是下雨後洞口變濕滑了。

阿潤娜腳下墊塊石頭爬高看，果然，發現那隻小鷹雛落進上頭的一條崖縫裏，掙扎著吱吱啼叫。老母鷹一次次飛撲過去，伸出爪子想把小崽子抓出來，可惜崖縫太狹窄，小崽又被擠住了，始終不成功。

老師，那小鷹崽越落越深了，母鷹好像救不出牠了。阿潤娜著急地回下頭說。咱們得幫幫牠。一隻雌鷹一年只孵一窩，一窩頂多三隻小雛，而且能長成大鷹的也不超過兩隻，雌鷹不容易啊！老歌手一邊感嘆，一邊望望四周，開始琢磨相救辦法。難怪天上的蒼鷹那麼少呢，牠們養活自己孩子可真不易啊。阿潤娜聽了老師講後更著急了，直搓手，怎麼辦呀？時間長了，那小崽會凍僵，大蛇也會吞了牠的。

上邊的那條崖縫離他們頭頂有兩米多高，十分陡峭，人爬不上去。老歌手掂著腳尖觀察半天，又找來一根樹枝往上舉也搆不著，自己反而蹲在地上摸著胸咳嗽起來。受冷雨突澆，他顯然著涼了，阿潤娜回過頭問，老師沒事吧，他只擺擺手。看著徒兒，他突然想出一招說，丫頭，快踩我肩頭，我把你頂上去，你再用樹枝把牠鉤出來！

這法子行，可我挺沉的，怕老師吃不住，還是我來頂你吧！阿潤娜笑嘻嘻說。

我可不行，人老了手腳不俐落，血壓也不低，不敢在上頭，還是爲師頂你吧。說著，走過來蹲在崖根處，回頭招呼，丫頭，快上！

阿潤娜吐吐舌頭，猶豫著，不敢放肆。老師再三催促，聽到小鷹雛也在嘰嘰直叫，她只好大著膽子爬上了老師的肩頭，一手扶著岩壁，一手舉著那根長樹桿。老歌手慢慢站起來，很費力，雙腿顫顫巍巍踉蹌幾下，終於頂著阿潤娜站住了。而他的那張蒼老的長臉龐，已經憋得通紅通紅，上邊縱橫的每條皺褶都被撐開了，一雙眼睛更是鼓得又圓又大，就如魚缸裏的金魚眼，頷下白鬍子每根都在抖動。

麻利點啊，丫頭。老歌手憋著一口氣，不敢鬆。

能不能再高點啊老師，快搆到了，就差一丁點了！阿潤娜拼命舉著樹桿，勾那崖縫處。正這時，那隻警惕的母鷹，突然飛撲過來，猛地攻擊了一下阿潤娜的頭部，這畜生以為人類要傷害其小崽。阿潤娜「啊」的大叫，從老師肩頭跌落下來，狠狠摔在地上，哼哼著半天起不來。

老歌手也一個屁股蹲坐在地上，大口大口喘著氣摸著胸，問，怎回事，丫頭？

老母鷹攻擊我，老師！牠叨咬了一下我的後腦勺，你看，都叨出血了——啊，我後腦勺起了個大包！阿潤娜摸著後腦勺疼得直嚷嚷，眼淚都快出來了。

哈哈哈，真是護崽心切，護崽心切呀！老歌手咳嗽起來，又撫摸幾下胸口。

老師，你胸口怎麼啦？

可能抻著了，不礙事。丫頭，你就學著小鷹雛的聲音，衝牠啼叫幾下，要真切些，表達同類物種的相惜之情！

於是，阿潤娜在老師的指導下開始學小鷹雛啼叫，一聲又一聲。漸漸，圍著他們飛的母鷹，暴怒心態平和下來，暫離而去。

丫頭，咱們再來！老歌手深吸一口氣，咬咬牙，又蹲在崖下。這回，他在腳下又加墊了一塊磐石。

阿潤娜顧不上包紮頭，重新爬上老師的肩頭。

老歌手使出吃奶的力氣，再次搖搖晃晃地頂起學生阿潤娜，顯得比剛才還要費力氣。這次夠高了，阿潤娜伸出的樹桿，成功勾出了那隻小鷹雛。剎那間，他們頭上黑影一閃，剛被勾到邊上來的那隻小鷹雛，就被猛撲上來的老母鷹一下子抓住，慢慢飛回崖頂巢穴中去。

同時，那隻老母鷹張開勾勾的尖喙，發出一聲長長的啼鳴，如歌如唱。

他們發現，牠的這聲啼鳴與平常不同。那聲音充滿了一種歡愉、情切、喜悅，尖鳴中含有難得的委婉和悠揚，甚至還透出美妙的音樂般高音部和聲！

啊，多美的啼嘯，多美的鳴唱！快，丫頭，快學牠這聲啼鳴，這就是呼麥的最高部和聲！老歌手體力不支，已經癱坐在崖下，一邊咳嗽著催促學生。他是高人，豈能聽不出那母蒼鷹回謝般的高貴絕唱。

聰慧的阿潤娜，立刻不失時機學叫那獨特的鳴嘯。

老母鷹也愉快地回啼，對嘯。

一聽母蒼鷹給自己回聲，阿潤娜更爲激動，如聆聽一位高師教誨般一邊感悟著，一邊用心靈去鳴叫。漸漸，她的渾身血液沸熱起來，發現自己的心靈與母蒼鷹的心靈有了某種碰撞和溝通，一種靈魂的溝通。她的眼睛裏頓時閃射出明亮的光澤，感到這是一種不可思議的無法言表的人與天鷹的心靈溝通和共鳴，突然發覺自己好像在高高的蒼穹裏翺翔！

就這樣，她的歌唱與母蒼鷹的歌唱融爲一體，形成和鳴，在天地間久久迴蕩。山河大地爲之震顫，四周一片寂靜，萬物都在恭聽這一絕世組合的心靈鳴唱。

阿潤娜有了飛躍般的頓悟。

老師，我學會了！我學會了！我突破呼麥最高部和聲啦！阿潤娜發出歡叫，接著喜極而泣，狂喜地回望老師。

然而，老師那邊沒反應。

老歌手歪坐在那裏，捂著嘴在咳嗽，很費力地嘔吐般地咳嗽，似乎把五臟六腑都要咳出來。

老師，您怎麼了？阿潤娜急忙跑過去。當看到老師雪白的鬍子上沾著鮮紅的血塊，地上也有一灘血，她嚇壞了，哭著嗓子喊，老師，您吐血了，吐血了——

老歌手衝她擺擺手，蒼白的臉上勉強擠出笑容說，別害怕，丫頭，我這是動了老「運動傷」了，剛才往上頂你時氣力不夠，動著這老毛病了。唉，不礙事，不礙事。爲師祝賀你終於成功了，老師沒看錯你。

「運動傷」？什麼是「運動傷」？阿潤娜不解，一臉的迷茫和疑惑。

說起來話長，孩子，你也不必知道往日那段黑暗時期了。老歌手沒再給她講述。沒講述在那段黑暗日裏，他是怎麼失去自己愛妻——另一女呼麥高手，他的胸部也受重傷落下毛病；沒講述從那時起，他對城市產生無法排除的恐懼感，一直尋找機會逃離城市回歸大自然——呼麥的故鄉，等等。

爲師已無憾，我已經塑造了你，跟孩子他媽一樣的另一女呼麥歌手，她在天上會微笑著看我們的，好孩子。老歌手在阿潤娜攙扶下，倚著崖壁坐正，臉上充滿一種自豪的笑容，三年的嘔心瀝血，讓他終於有了今天的成就感。

從崖頂洞穴處，此時又傳出那隻老母鷹長長的啼鳴。牠的叫聲，這回沒有了剛才的那種歡愉和喜悅，而是無意間似乎透出某種惆悵，甚至是一種哀婉之意。

老師，那隻老母鷹的啼叫聲現在變了，變憂傷了。阿潤娜幽幽地說。

你會辨音律了，ㄚ頭，而且是禽鳥音律，悟性高了很多呢。老歌手喘口氣，同時，他的臉上也流露出一種無奈和超然之色。他苦笑一下，問道，ㄚ頭，你知道老母鷹爲什麼發出這樣哀傷般的啼叫嗎？

爲什麼？阿潤娜拿手巾幫助老師擦著胸口和鬍子上的血跡，問。

因爲牠知道，自己辛苦餵哺的這兩隻小雛崽，不久就放飛了，要出窩了。

那牠應該高興才對呀。

但你知道年輕的雛鷹，出窩放飛時，會出現什麼情況嗎？

會怎麼樣？

雛鷹戀窩，母鷹啄逐，牠們之間將發生一場惡鬥！真正的決以雌雄的惡鬥——唉。老歌手有些說不下去。

啊？怎麼會是這樣！結果會怎麼樣？阿潤娜的心頓時揪起來。

結果是，母鷹會精疲力竭，身軀會被撕碎，血肉模糊中死去——而年輕的雄鷹則啖飲母鷹血肉之後，才能有膽氣飛向藍天！

天啊！這、這太殘酷了——太殘酷了——阿潤娜聽得心驚肉跳，眼角湧出淚水，低聲哀嘆著說一句，母鷹——真偉大，真偉大——

是啊，真正的以己血肉送子翺翔高天！老歌手的眼睛這會兒凝視著藍藍的高空，雙眸深處燃著兩束將燼的火光。

這實在太殘酷了，老師，我有些接受不了。阿潤娜啜泣般低語。

這是大自然法則，也是母鷹的使命，無法回避的生存使命——任何一個偉大種族爲保持種族繁衍生息而必須做出的犧牲——說著，老歌手的聲音變得很低弱，接著「嗽兒」的一聲咳嗽，又吐出一灘血來。那灘血，鮮紅鮮紅，如一抹鮮豔的紅桃汁，又像一片燦爛的紅花瓣，噴灑在了學生阿潤娜的臉上和身上，噴灑在了他熱愛和眷戀的這片草地上。

天空中，又傳出那母蒼鷹的高愴悲鳴。如吟頌著一曲哀婉的絕唱。

天地爲之肅穆。

八 生命之歌

草原上出現了一位著名的女呼麥歌手。

她被牧民擁戴說，草原上的百靈，牧民心靈的守護者。

她從不上城裏舞臺，也從不去錄什麼CD、MTV之類的，而是騎著馬或坐上勒勒車走草原，一個蒙古包一個蒙古包去給熱愛她的牧民們演唱。她最著名的呼麥歌曲是《四歲的海騮馬》，還有她自己創作的新曲《蒼鷹拉．扎布之歌》。

有一位現任的「旗王爺」爲歡迎上級或政府商業應酬，派來小車接她去唱堂會，聞訊逃離時她留話說，「巴格師」有訓誡，呼麥一旦進入「宮廷」就消亡，將變成絕唱，當年就是這樣，呼麥之「魂」不能離開草原，就如西方什麼一個英雄，雙腳一旦離開土地就會死亡一樣。

估計她這話，那些「王爺」們不會聽懂。

有一天，她的阿爸巴特放夜馬歸來，踩著一路露水，身後領著一個城裏來的人。

一見陣勢，阿潤娜跳上馬背就走。

女兒啊，你去哪裡？阿媽從她身後喊。

山北草原巴達瑪奶奶家！她早就傳話給我，教我唱「薩滿博」的「安代」歌！

孩子，先別忙著走，這位客人是你老師原單位的老院長。她阿爸巴特大聲說。

阿潤娜的胸口一熱，趕緊勒住馬韁回過來。下馬施禮，迎接老師的摯友和老領導。

我已經退休了，也不是什麼領導了。我是特意來聽你唱呼麥的，哈哈哈。老人爽朗地笑。當然，他也是特地來看望老朋友的。

寒暄過後，進包裏飲奶茶，然後阿潤娜領著老院長去往北山草地，去往那一棵神奇的橫臥老樹處。

路上，老院長詢問起老歌手遺稿——歌劇《圖蘭・朵的呼麥》，完成了嗎？

只完成了一半——阿潤娜幽幽地回答。

可惜。老院長忍不住嘆惜。

有朝一日，我會替老師完成那下半部的。阿潤娜十分自信地告訴老院長。

那太好啦，我相信你。老院長看著這位亭亭玉立、經古老的呼麥藝術薰陶，身上發生脫胎換骨變化、並顯示出某種高貴氣質的女孩，心裏充滿欣慰。接著又說，當初我們倆一直探究「圖蘭・朵」這詞的真正含意和根源，他給你講過嗎？

講過的，在劇本裏，老師也做了注解。

是嗎？他是怎麼講的？

阿潤娜仰望前方，慢慢說起來。

「圖蘭・朵」，是一句古蒙古語，現在演變叫「圖林・朵」Turin-do，意思爲「朝廷之歌」或叫「朝歌」。「圖蘭」，蒙古語裏是「朝廷」之意，「朵」是「歌」之意。其實，這是古代時，草原上的蒙古女孩入朝入皇宮時所唱的婚禮之歌，也稱「朝廷婚歌」，主要由當司儀的「薩滿博師」領唱。我老師說，義大利人馬可波羅帶走我們元代「朝歌」——「圖蘭．朵」的有關音樂知識，介紹給他的國家，他的同胞卡羅．葛齊、普契尼等根據元代金帳汗國及伊爾汗國統轄時產生的波斯童話，改寫而成三幕歌劇「圖蘭．朵」，一知半解地將「朝廷婚歌」之意錯解後，張冠李戴「中國元朝時一個公主名叫圖蘭朵」，並說她因銜恨其祖母婚時被擄，而報復韃靼王子，等等。

古代蒙古人有搶婚之俗，成吉思汗母親就是被搶來的。一直到後來的清朝，草原上的蒙古人都保留著姑娘出嫁時唱「朝歌」——「圖林．朵」Turin-do的習慣，這都有文字記載。科爾沁公主孝莊皇后入宮時，族人就唱著傷感的「圖林．朵」Turin-do，隆重爲她送行的。「圖林．朵」Turin-do的曲目並不是很多，而呼麥是最重要的一個歌唱品種。

啊，是的，就是這樣的！我的老朋友真了不起，正本清源，終於還了歷史以本來面目，也解開了世人蒙在鼓裏的數百年之謎！老院長興奮地拍起手來。

北山坡草地，那一處橫臥老樹的神秘之地，此時漸漸映現在他們眼前。

在橫臥老樹一側，有一棵茁壯而起的新樹。在這棵樹上，奉掛有一根禿了把兒的老馬鞭，用藍色的哈達包裹著，周圍鮮花盛開，綠草蔥蘢覆蓋了土塚。阿潤娜一瞅見那心中的神聖之地，立刻鼻尖發酸眼角濕潤。

他們發現，掛有老馬鞭的那棵樹前邊，這時跪著一人。牛仔衣褲，頭髮如草，雙肩一聳一聳的，可聞哽咽之聲。

雲端飛旋的蒼鷹，發出高亢啼鳴，咻——嘎——！

這聲如呼麥之金屬啼嘯，無極無限，天地為之動容，山河為之和聲。

哦，呼麥，竭盡畢生血肉精氣才可唱出的生命之歌，呼麥！

第四卷　成吉思汗劈刺

那龜土大佐來不及躲閃，那鍘刀刀光一閃，從一個匪夷所思的角度，如電光石火般劈刺下來，順著龜土那根被衣領裹緊的脖子旁斜砍而下，把他那健壯的身軀生生砍成兩截。如憤怒的火山爆發般的回擊中，孤狼的成吉思汗劈刺發揮到了極致。那離開下半截身軀的龜土上半身，臥在一灘血泊中，黑紅的血繼續從其斜切開的斷面汩汩冒流著，還尚存知覺的頭部上的那雙眼睛，因驚愕和恐懼瞪得鼓鼓的，似要冒出來，嘴唇可怕地歪扭著還在微微抽動，似在問，這、這……到底是什麼、什麼刀法？

一 孤狼南烈

龜土三郎大佐站在那裏，欣賞良久那刀法。

八格，這叫什麼刀法？他暗暗心驚。

幾個手下都搖頭。把一個大活人，從左肩胛骨到腰肋那兒生生給劈成兩截，什麼樣的刀法？什麼樣的力道？簡直匪夷所思。諳熟日本劍術的龜土，無法掩飾心中的驚詫，把那具還有熱呼氣的屍體翻來覆去地查看，忘記了這具屍體是他大和民族的同胞，他的一個士兵。

好狠！到底什麼人砍的？龜土擦擦手上的血跡，回頭問。

可能是他？外號叫孤狼。保長扎布戰戰兢兢地回答，擦著額頭上的冷汗，半夜從熱被窩裏被薅出來，面對這恐怖的場面，嚇得他魂都快沒了。

孤狼是誰？

孤狼是、是……就是昨天吊死示眾的族長丹碧老人的獨生子。

熟悉蒙古人情況的保長不敢隱瞞。蒙古屯落舍伯吐的八十歲老族長丹碧，帶領民眾反對往他們草地安置一百多戶日本移民①開墾荒地，被龜土大佐一怒之下吊死示眾，以儆效尤。沒想到夜裏就出了事。大日本國的皇軍入駐草原，沒放過一槍一炮，如今卻讓人把大和民族的弟子豬般活活砍成兩截，這令一向傲慢瞧不起華人的龜土，面子上很是過不去，心裏十分窩囊。

人呢？

跑了。士兵回答。

屍體呢？

叫他搶走了。那人趁黑夜騎馬闖進來，一刀砍死守屍體的士兵，搶走了那老傢伙的屍體。

麻黃少佐混賬！連一個死人都看不住！他人呢？

去追捕了。

一定要抓活的！決不可殺死他！抓活的！龜土大聲命令。士兵轉身跑走。

不，我自己去！我要親自抓他回來，麻黃君辦不了這事。龜土無法忘卻那神奇的刀法，他一定要探究明白其中的奧秘，不能有閃失。於是他蹬上摩托車，帶上認路的扎布，離開草原重鎮通遼，直奔北邊幾十里外的舍伯吐屯。

那麻黃純一郎少佐，本是聽人舉報老族長的兒子孤狼，正躲在通遼某旅店之後去抓捕的，結果孤狼跳窗單騎逃脫，還趁機劫走其父屍體。狂怒的麻黃率領一小隊鬼子兵，從其後瘋狗般緊追而去。

時至寒冬臘月三九天，科爾沁草原因夏秋雨水大，入冬後更是冰封千里，天寒地凍，氣溫零下三十多度，吐口痰立刻凍成冰球落地三跳，活人在夜裏穿少了立馬凍成冰雕。那麻黃怕凍掉耳朵，帽子上紮著條白毛巾，像個夜無常，坐在摩托車兜裏，兩眼冒血，直瞪著前方皚皚雪原。

那裏有一黑色幽靈，猶如一顆黯夜的流星般疾疾奔馳，前邊平展展的大草原好似母親般爲其敞開胸懷縱馬奔馳。馬蹄鐵踏出的雪點子，如子彈般向後射出，咻咻作響。後邊的槍口火舌，像黑夜中的鬼火，時閃時滅。這是個艱難的生死追逐。

臨近拂曉，這一齣群狗逐狼般的追擊還在進行。

那孤狼還是光屁股騎著光馬背，身上只披著一件單長袍，連褲子都沒來得及穿，馬鞍子都沒來得及套，可見出逃之倉惶匆忙。馬背上還橫放著他老父親的屍體，他眼角的淚水已凍成冰疙瘩，左手裏拖著一把鍘刀，上邊沾的鬼子血，也凝成紫黑色的冰碴。他那同樣光著的頭、耳朵以及只穿一件長袍的整個身子，在這零下接近四十度的嚴寒中都快凍成冰砣子。唯有那雙眼睛如狼般噴射著頑固的倔強寒光，雙腿緊緊挾著馬肚子，寒風一撩起他的單袍下襬便露出他那光身子，大腿肌肉如紫色鐵塊，男人的生殖器堅挺如槍刺。

天上飄起雪花，陰雲遮住剛升起的日頭，生死追逐進入白天依然沒有結束的樣子。寒冷更加嚴酷，追逐更加白熱。孤狼身子凍僵得快掉下馬背被鬼子追上時，前邊出現了一支騎兵軍。這撥兒馬隊放過孤狼，就朝後邊的鬼子開火了。

砰！砰！

前邊駕駛摩托的鬼子被打中，車翻在雪地上，那麻黃如一只雪球般滾到一邊。突如其來的襲擊，令麻黃頭昏眼花，趕緊爬起來後撤，組織士兵進行還擊。

那隊騎兵軍從旁邊的小樹林裏跟日本人對射。

報告當家的，這後生快凍僵了！身上只穿了件單袍還沒穿褲子！他的兩個蛋蛋都凍傷凍硬了！有人從馬背上扶下孤狼這麼喊。正開槍射擊的二三十個騎士都樂了。

乖乖，馬背上還拖著個死人跑，又不穿褲子，這後生瘋了吧！有人說。

快，誰去把那個鬼子衣服扒下來，給他穿上！有個四十來歲的頭頭模樣的紅臉漢子下令，他身旁並肩站著一個三十多歲英俊女人，他們一同指揮著戰鬥。

我去！一個二十來歲的生愣小夥子，如鷂子翻身飛上馬，風一般馳向中間地帶，從馬背上一側身，如老鷹抓小雞般撈上那鬼子屍體，唰唰地拖過來。

照看孤狼的，是一位六十來歲老者，他雙掌搓著孤狼那發紫凍僵的下身子，又七手八腳扒下鬼子衣褲給他換上，嘴裏又叨咕說，他這一對兒蛋蛋怕是保不住了。

你說啥，老薩滿？紅臉漢回頭問。

鐵老伯，這小夥子沒事吧？旁邊的英俊女人也問。

報告大當家的，性命無憂，但不能在這耽擱，得去個暖和地方救他的蛋蛋。那位叫鐵老伯的老薩滿這樣回答。

怎回事？紅臉漢問。

他的兩隻睾丸都凍傷了，需要治療。凍得太厲害了。

你們是誰？小的謝謝救命之恩。緩過勁兒的孤狼，蠕動著不太聽話的發僵嘴巴問。

我們是科爾沁抗日騎兵軍！她是我們的大當家的大司令牡丹額吉，紅臉漢是副司令二當家的寶山，搶救你的，是我們的軍醫老薩滿鐵喜老伯，我是牡丹額吉的繼子阿木！你是誰？那個生愣小夥子快嘴快舌地介紹說。

我叫孤狼南烈，那屍體是我老父親，被鬼子吊死的。

難道，這死者就是帶眾反對日本人移民墾荒的老族長丹碧老人？牡丹一驚，趕緊走過來查看，失聲說道，果然是他！當年我和梅林爺一起拜訪過他，我們其實就是正要去搶他的屍體呢！

你、你就是嘎達梅林的夫人牡丹嗎？我聽說過你們，拉出一支馬隊打鬼子！牡丹司令，我要跟著你們打鬼子，爲我阿爸報仇！孤狼南烈掙扎著要坐起。

小夥子，不要動！打鬼子，先保住你的蛋蛋才行啊！老薩滿按住他說。

眾人樂。牡丹臉色微紅也笑。她回頭跟寶山商量說，咱們不能在這兒跟鬼子耗了，回北山安葬老族長，治療孤狼要緊。

於是這支騎兵軍迅速撤出小樹林，騎上馬向北方風馳電掣般捲去。

原來，兩年前嘎達梅林犧牲之後，牡丹策動一直追隨她的東北軍駐通遼營長胡寶山，不跟隨東北軍撤往關內，而繼續留在草原上舉嘎達梅林起義軍大旗。後來發生九一八事變，日本人侵佔東北，又入駐科爾沁草原，於是牡丹和胡寶山把拉出的隊伍號稱「科爾沁抗日騎兵軍」，舉起抗日大旗②。今天是牡丹聞訊丹碧老人的英勇事蹟後很受感動，趕去搶屍，路上巧遇孤狼。

科爾沁草原北界的老北山，一座山洞裏，燈火閃動。

木板上躺著孤狼南烈，他身側放著他那把從不離手的鍘刀。

老薩滿鐵喜老伯面對著衝他岔開的南烈雙腿、面對著那一對受凍瘡、開始化膿流水的睪丸，一個勁兒搖頭。

我拿你的這對兒寶貝蛋蛋可怎整喲！

薩滿爺，他的這對兒寶貝真是保不住了嗎？生愣後生阿木在一旁打下手。

有一個興許還湊和著能保住。老薩滿手裏握著一把刮鬍子刀，旁邊生著一盆炭火，他把刀翻來覆去地往火上烤著。

保住一個就行！求求你快點割吧，我襠裏難受得要死！那孤狼已凍掉一隻耳朵，如今還要丟掉一隻睪丸，倒毫不在乎，好像丟著一個個身上什麼多餘的零碎，豪爽地說。

你倒是痛快！那我還替你心疼個啥？反正不趕緊切除，就要擴延危及到正經東西——你那命根子小雞雞！哈哈哈。

留下一個、還、還能睡女人嗎？十八歲的阿木紅著臉問。

沒問題，獨角獸幹起來更狠呢！小毛頭，你怎對這些感興趣？

好奇嘛，不過孤狼的這杆槍可真大，快趕上公牛的傢伙兒哩！嘿嘿嘿你們不要鬧扯了好不好？快溜點啊，我受不了了！木板上的孤狼在那裏呻吟。

好好，先把這咬上，我這兒沒有麻醉藥，會很疼，你可別把舌頭咬下來，那東西不在我的計畫之內！老薩滿把一根木棒塞進孤狼的嘴裏。

怕疼我就不叫孤狼了！孤狼南烈把那根木棒扔在一邊。

不行，你會把牙咬碎的！沒有牙，狼怎吃肉？老薩滿又把那根木頭揀起來，往褲子上蹭了蹭！重新塞進孤狼的大嘴裏。

這回孤狼沒再反對，只是催促著他快動手，似是急著入洞房。

就這樣，老薩滿一刀下去，切去了那只潰爛嚴重的睾丸。

由此，孤狼南烈變成孤蛋南烈。黃豆大的汗珠掛在他的額頭上。那嘴裏的木塊被咬成細碎，不過他自始至終沒吭一聲。好漢啊，旁邊幫著摁腿摁胳膊的阿木和另一個人都感嘆。那老薩滿也一刀生割睾丸、救下孤狼性命而名聲大噪。

從此，科爾沁抗日騎兵軍中，多了一名見鬼子就眼紅的獨蛋英雄南烈。

二 命運

以露為飲，以涎為食，

以風為騎，以劍為友！
視戰鬥之日為新婚之夜，
視槍刺當做美女親吻！
手執刀劍，頭枕箭筒，
棄骨荒野，為國捐軀！
把頑石撞碎，將懸崖衝破！
把磐石擊爛，將深水橫斷！
讓鷹旗永遠飄揚！
讓疆土永遠完整！

這是孤狼南烈加入這支抗日騎兵軍時念頌的誓言。後來才知道，這是聖祖成吉思汗留下的箴言。那天，天上飄著鵝毛大雪。那年，按照蒙古人的說法是「查干・毛林―吉勒」，即白馬年，不知是爲應和那「白」，還是老天開恩，給這十年九旱的草原普降甘霖，這大雪從入冬下到入春，整個草原都被厚厚的大雪如棉被般覆蓋著，樹木枝椏都被沉甸甸的雪給壓彎了腰，有些牧民睡夢中被坍塌的蒙古包埋在下邊。民間流傳著這樣的兒歌：「白馬年，大雪年，洪水淹過北山尖；白馬年，大災年，鬼子生吞大草原。」

那位駐防通遼的鬼子頭兒龜土大佐，爲生擒孤狼可費了不少心思。尤其令他不安的是，整個東北軍沒放一槍就把中國大東北讓給大日本帝國撤回關內，可這裏卻突然冒出一支什麼抗日騎兵軍，救走了那個他發誓要活捉的孤狼，還打死打傷他的不少部下。鑒於其蒙古祖先的輝煌歷史，他深感這蒙古人的反抗不可小視。於是，他調集部隊多次圍剿這支抗日武裝，但總是讓那個英勇善戰的女司令牡丹，和那個從東北軍反叛出來的營長胡寶山率隊突圍而走，十分令大佐大人苦惱頭疼。

這一天，這支科爾沁抗日騎兵軍在雨雪中行進，繼續往北，向大罕山一帶撤離。從未離開過家鄉草原的蒙古騎士們有些傷感，隊伍中，有人哼起了那首老薩滿新編的敘事民歌：《蒙古騎士——嘎達梅林》。

蒙古騎士啊，嘎達梅林，
夾著戰馬，向遙遠的北山進發，
將離開父親的草原？
許多人跟著哼起來：草原、草原？
不知何日才能回返。

那個領唱的男中音開始升高，悠揚的蒙古長調婉轉而起，使眾人心醉。

離別了年輕的妻子，
離別了年老的父母，
天上的鴻雁將伴，
手中的槍桿當枕。

這時，許多聲音都加入到歌聲裏來，幾乎整個隊伍都在吟唱，包括走在隊伍中間的嘎達梅林遺孀牡丹和她的追隨者胡寶山。

牡丹那張剛毅而娟秀的臉上，掛著淚珠。漫天飛雪白茫茫一片，騎上們在馬背上個個都如白銀雪人，而從他們喉嚨裏迸發出來的歌聲，又是那麼熱烈、濃厚，猶如六十五度老白乾，衝破雪幕在高空中迴蕩。一直崇拜嘎達梅林的孤狼南烈唱得最投入，最激情，簡直是用全身心在嚎唱：

北山頂上飄著白雪呀，
騎士反抗開墾草原啊，
仇人王爺和大帥的灰軍呀，
三面包圍洪格爾河岸。

歌詞裏講述著嘎達梅林的英勇事蹟。蒙古民族是崇尚英雄的民族，直率熱情、豪放勇敢，他們以斤斤計較、過於精明實用爲不恥，更是從不掩飾自己真實的情感，這跟農耕文化所形成的性格大不相同。此時，從隊伍中轟鳴而出的歌聲，漸漸達到高潮，隨著雨雪激蕩在他們熱愛的大草原上：

年輕的英雄跳進冰河呀，
敵人的炮手從背後開槍！
他雙手指著天空，
只說把他安葬在家鄉科爾沁，
能看見他年輕的妻子，
能看見他年老的父母，
墳頭上插朵美麗的薩日郎花，
跟家鄉的百花一齊開放。

唱歌的戰士們，每個人臉上都掛著晶瑩的淚珠。

歌聲也到此戛然而止。隊伍半天無聲，死般寂靜中默默行進。戰馬的鼻孔冒著白氣。隊伍就這樣沉默中行進了很長時間，如一股默默流淌的鐵流。

戰士們誰也沒去看他們所熱愛的首領牡丹。但大家的心都在仰望著她——這位繼續高舉嘎達梅林義旗的女英雄。

這時，有一頭禿尾巴，腦袋還沒長犄角的小牛犢，突然闖進了行進中的騎兵軍隊列中。牠是從旁邊的那個小村子跑出來的，似乎被村狗驚嚇的，橫穿隊伍東奔西竄。牠的還沒脫去童年茸毛的短尾巴翹到一側去，從一雙黑水晶般的圓鼓眼睛中，散射出驚恐而幼稚可笑的光束，呆頭呆腦地把臉拱進了老薩滿的馬襠裏去了。老薩滿騎著一匹烈性黑駿馬，屁股一抬，要給牠一蹶子，但還是沒有下狠踢傷牠，看來也可憐牠了。

乖乖，小寶貝，你是從哪兒躥出來的？老薩滿呵呵樂了，假裝嚇唬著，搖了搖手中的馬鞭。

褐黃色小牛犢那個稚嫩有趣的樣子，引得天生喜愛牛羊的蒙古騎士們非常高興，大家都忍不住哈哈笑起來，一時沖散了剛才的沉悶。小牛犢又跑開了，毫不禮貌地在隊伍中橫衝直撞，戰士們的馬都警惕地豎起耳朵，猶疑不定地踏著蹄子。趁此機會，調皮的小牛犢尥起後腿，竟然大膽地踢了一腳孤狼南烈的鐵青馬，馬受驚，差點把孤狼摔下馬背。人們笑得更厲害了。

惱怒的孤狼揮馬鞭想抽牠一鞭子，可他的鐵青子踏進路邊的泥坑裏，差點趴下，幸虧熟練的騎手孤狼一抖韁繩一聲吆喝，指揮鐵青子一躍而出那泥坑。這下，性情激烈的孤狼更加惱羞成怒，在眾人的哄笑聲中，只見他從馬背上縱身一跳，輕捷得如一隻燕子，從空中躍撲在還在他馬旁磨蹭的小牛犢身上。

這一手可誰也沒有想到，那頭頑皮的牛犢更是始料未及，想躲也躲不及了。那孤狼猶如老鷹撲雞一般，飛撲在牛犢身上，死死抱住了牠。小牛犢掙扎起來，恐懼地亂撲騰，可孤狼天生神力，無法擺脫他，於是人和小牲口就在爛泥地上打起滾來。很快都變成兩隻泥猴，尤其孤狼頭和臉上都沾滿黑泥，唯有一雙眼睛閃射著亮光，在那張糊滿泥巴的臉上轉動，甚是滑稽。

隊伍中爆發出天崩地烈般的瘋狂哄笑。

孤狼，加油啊！你怎麼連一個小牛犢都幹不動啊！

孤狼，我借給你一個蛋吧！

你要是征服了牠，晚上就烤給你吃！

孤狼聽到這些，更加惱怒了，使出吃奶的力氣，跟牛犢角力起來。可憐的牛犢，驚恐至極，還沒長大的牠哪裡是一個急紅眼的蒙古騎士的對手，小身子漸漸疲軟下來，放棄抵抗。

氣喘吁吁的孤狼，掏出腰刀。他要割下這小牛犢的耳朵尖，以示警告。

別傷害俺的牛犢！老總，求求你！

不知何時，他們的身側跑來了一位二十八九歲的年輕女人，情急中，她大聲叫嚷起來。這麼陰冷泥濘的雨雪天，她居然光著兩隻腳，挽著褲腿，踩在被雨雪浸爛的泥地上叭唧叭唧跑著。

孤狼舉起的蒙古刀，停在半空中。而他的那雙眼睛，被突然出現在眼前的這個女人的美貌所驚愕和吸引，如釘子般釘住了。

這、這該死的牛犢！牛犢是你家的？半晌，孤狼才嘀咕一句，可眼睛依然死死盯在那女人的花般臉上。

老總，可憐可憐俺的孤兒牛犢吧，牠的母親前些日子被日本人搶去吃了。那個美麗的年輕女人淒惶惶地哀訴，一雙攝人魂魄的眼睛都快擠出眼淚了。

孤狼，快放開人家的牛犢吧，牠是個孤兒呢，別懲戒牠了。牡丹司令這時也心動，從一旁勸說。

我、我這一身泥巴，就、就白沾了？孤狼喃喃牢騷。

老總，俺給你洗，俺給你洗！那女人趕緊熱情笑臉地表示。

孤狼不好再固執，只好放開了死死壓在身下的那頭惹事的牛犢。

一獲得自由，那頭牛犢撒腿就跑，短尾巴撅得高高的，四隻蹄子濺起一溜泥點子，轉眼間往小村方向跑得沒影，完全不顧了從其後邊拼命喊叫著追趕的女主人。那個漂亮的光腳女人，一邊追牛犢，一邊還頻頻朝孤狼這邊張望，歉意地含羞笑一笑，喊說，到家裏來吧，俺給你換洗衣袍！

孤狼怔怔地從她後邊癡望，忘記了去牽馬。

哈，孤狼的魂被勾走嘍！有人喊。

這才醒過腔來的孤狼，尷尬地笑一笑，摸了一把臉上的泥巴，低聲說，她、她的兩條小腿是紅的，像鴿子腿一樣。

他沒好意思直說那女人的臉蛋漂亮。

這更引起大家的戲謔取笑。

孤狼想抱那紅紅的鴿子腿嘍！

去你們的！我只是說、說、那紅紅的小腿不穿靴子，多冷啊！

呵，還沒怎麼樣呢就心疼人家了！可別忘了，你可只有一個蛋蛋！

眾人更樂了。孤狼尷尬地晃晃腦袋，不過，一臉糊的泥巴遮住了他紅到脖頸的臉色，蹣跚著悻悻地走向自己的鐵青馬。

也許就是命運的安排，隊伍決定今晚就住宿這小村莊。

不知是首領的有意，還是那誰也擋不住的命運之神的眷顧，孤狼南烈恰恰就被派進那個紅腿女人的家裏住宿。

俺知道，這牛犢驚跑出去，準有事發生！原來就是爲迎接你這老總貴客來！那紅鴿子腿女人也似是驚喜地歡叫，美麗的臉蛋泛著紅暈。

你的男人呢？孤狼發現蒙古包裏只有紅腿女人的小弟弟和一個老太太，就直問。

女人的臉頓時陰暗下來，告訴他，她男人去年被日本人抓勞工，逃跑時被打死了，她是個寡婦，名叫婭茹，跟母親和弟弟艱難生活。

孤狼半天無語，想起自己身世和跟日本鬼子的仇恨，心中十分同情起這個女人來。

老總，別嫌棄，這是我丈夫的袍子，快換下你那髒衣袍！那女人打破沉默，又變得熱情起來，一雙亮晶晶的大眼睛快活地閃動著，催促孤狼脫衣服。

別老叫老總老總的，我叫南烈，我們是打鬼子的騎兵軍，我們司令是嘎達梅林的夫人牡丹，也是個寡婦。說溜了嘴，孤狼就後悔了，住了聲。

沒關係，俺已經習慣了。牡丹可是大人物，你們打鬼子真好，真好，日本人真該死。婭茹默默地這樣說。

紅鴿子腿女人婭茹是個性情開朗的人，不願意讓不愉快的事情在心房裏擱置太久，很快，她又像一隻快樂的小鳥般歡叫起來。她一會兒忙活著給孤狼洗衣袍，一會兒替他餵飲鐵青子，一會兒又張羅著給孤狼下蕎麵疙瘩湯吃，侍候得孤狼像一位王爺似的，暈乎乎的。

你這裏真好，我、我好像回到家了一樣。

老總，啊，南烈大哥，家在哪兒啊？

沒了，全沒了。這回南烈的臉陰沉下來，片刻後說，老父親被鬼子吊死，媳婦受日本鬼子姦污跳了井，我是家破人亡啊！

氣氛壓抑得令人窒息。

日本人真該死、真該死。半天後，婭茹默默地又說了這一句。

南烈頭一次向旁人吐露出他媳婦的死因，連牡丹和戰友們都不知情。他也奇怪自己爲何會這樣，然後，他突然哇哇大哭起來，像一個受什麼委曲的大男孩兒。

那個紅鴿子腿女人婭茹或許動了母性的惻隱之心，或許是同病相憐的觸動，不由自主地抱住了孤狼的頭顱安撫，手伸進他一把亂草似的頭髮裏觸摸，然後又輕撫他那堅實的鐵塊般的光膀子。

一切不愉快，都會過去的，過去的。

你嫁給我吧！孤狼南烈抬起淚濛濛的雙眼，突然這樣說。

那女人婭茹好像被什麼擊中了一般，身上顫慄了一下。雙手也停住了撫摸。一雙眼睛如一對受驚嚇的兔子，瞪得老大。

這時，婭茹的老母親揮動著鐵叉子衝進蒙古包裏來，如一隻護崽的母豹子，你們男人都是騙子！又來騙我可憐的女兒！給我滾！嚇得孤狼跳起來就往外跑，嘴裏喊，我是真的！真的！真的想娶你女兒！這輩子好好照顧她！

那你就留下來娶她，不許走！老母親說，揮了揮手裏揚草的鐵叉子，十分威猛。這個一點不解風情的蒙古老女人，很實際。

這條件叫孤狼十分洩氣和沮喪。

不，我做不到，我還要殺鬼子，殺鬼子……他喃喃低語，咬起了牙關，那腮幫上的咬肌一突一突的。

那你就滾！別想碰我的女兒！老女人的鐵叉子又揮了揮。

這時，美麗的小寡婦紅鴿子腿女人婭茹，抓住了母親的鐵叉子，明確地告訴說，額吉，我想嫁給他，今天就嫁給他！您就爲我祝福吧，讓長生天保佑我們。

冤孽啊！老母親丟下鐵叉子就往包裹走。

孤狼南烈光著膀子，如一頭歡快的雄獅般跑過來，抱住了命運中安排的長生天送給他的這個美麗女人。

當晚，在牡丹和那個回心轉意的老母親主持下，南烈和婭茹秘密結婚，入了洞房。牡丹司令准許孤狼三天後趕到北山老營會合。

世事，有時就如此簡單，一切似乎冥冥中有一隻手在安排操縱；而禍福又相依相牽，誰知突然掉進蜜罐中的孤狼南烈他，後邊還有什麼命運等待著他呢？

三　成吉思汗劈刺

北山老營，設在科爾沁草原最北部的大罕山秘谷中。

三天後，當孤狼如期趕回北山老營跟大家會合時，不少人瞪大了眼睛，好像不認識他似的。原來，好幾個人爲他賭，說他肯定離不開那漂亮紅腿寡婦的熱被窩，要不十天半月後見，要不索性開小差徹底脫隊。更有人取笑說，只有一個睾丸的孤狼，這回肯定把自己給幹趴下了，來不了了。

孤狼聽後鐵青了臉，嘟囔著罵一句說，要是你們的老父被人吊了脖子，媳婦被人幹了之後跳井，你們會怎麼樣？一個睾丸？讓我幹你媳婦試試行不行？那些人吐了吐舌頭，閃開了。不敢再惹這頭發怒的獨睾公獅子。

第二天開始，孤狼就投入了緊張的訓練。

騎兵軍正在訓練馬上射擊，馬下射擊，還有馬上劈刺，馬下劈刺。

牡丹司令正找不到一名合適的劈刺教官而發愁，一見歸隊的孤狼正拿一雙孤傲的目光邪邪地瞟著前邊那名不稱職的教官，於是她心中有了主意。

南烈，聽令！

是，司令官。孤狼挺起了他那門板似的胸膛。

出列，南烈！

是，司令官。

南烈，這位身材高大，虎背熊腰、下顎骨寬而堅挺的科爾沁蒙古男人，就這樣微笑著從隊列中走到大當家的牡丹司令官前邊站定，行禮。他那雙冷冽而肆無忌憚的眼睛，勇敢地直視著牡丹，刻有三條疤痕的黑臉和這次特意剔了光頭的大腦袋，還少著一隻耳朵，在春日的陽光下顯得那麼醒目，那麼可怕，又那麼粗野。

聽說那次，你活活劈死一個日本鬼子，那叫什麼劈刺？牡丹鄭重地問。

報告司令官，叫成吉思汗劈刺！孤狼遲疑了一下，響亮地回答。隊列中有人笑起來。

什麼？成吉思汗劈刺？牡丹驚訝地盯著孤狼的那張幾分恐怖的臉。

是的，大當家的。科爾沁蒙古人光知道祖先哈布圖．哈薩爾是成吉思汗的二弟，是個神箭手，可並不知道哈薩爾從聖祖成吉思汗那裏學會了這套神奇的劈刺法，並傳給了直系嫡孫們。這是我祖上秘密傳授下來的技法。孤狼南烈幾分得意地陳述，臉上幾條刀疤中都漾溢著自豪感。

原來是這樣。當初梅林爺（指嘎達梅林）曾講過，他遇到過一位老騎士善使一種劈刺法，也說是聖祖傳的，還稱這劈刺法只有在王府內部傳授。

這就對了，我們家族是世襲的王府兵丁戶，我爺爺曾經是老科爾沁王爺的貼身衛士，會使這種劈刺一點也不奇怪。孤狼不以為然地撇撇嘴。

兄弟，你能不能把你這祖上傳的成吉思汗劈刺，再傳給弟兄們？牡丹用商量的口吻這樣請求孤狼。

孤狼猶豫起來，閃避著目光，低語，我怕……咱們這兒、沒人能學得會。

南烈兄弟小氣了吧，學不會真髓，學個樣也行啊，將來跟日本鬼子打仗會很殘酷，讓弟兄們多學幾個殺敵的招式，咱們的勝利更有保障了不是。

既然大當家的這麼說，我孤狼就不藏著掖著了。

太好了，我知道南烈兄弟是個爽快人！好，從今天起，你就是咱們的劈刺教頭！牡丹當場任命，笑吟吟地走過來拍了拍南烈的肩膀。然後又問，南烈兄弟，使什麼馬刀？

就是這把。孤狼從後背上卸下一個寬長條家什，用一層布皮厚厚地包裹著。只見他把那神秘的家什一層層打開來，裏邊露出那把鍘刀。

鍘刀？是一把鍘刀？牡丹驚疑地問。

是，鍘刀，我們家祖傳的鍘刀。孤狼說。只見那把鍘刀厚背快刃，刀刃部分閃出寒光，殺氣逼人，把柄是老榆木打磨做的，鑲著銅箍兒，顯得十分古樸。

你就用這把鍘刀，把一個鬼子砍成兩截的？牡丹問。

是的。我可以開始了嗎？

開始吧，不過，大家手裏拿的是馬刀，不是鍘刀。

沒關係，刀法是一樣的。不過有一點很重要，學這刀法的人，最好是左撇子，右撇子的人效果稍微差一些。

牡丹向大夥喊，左撇子站一邊，右撇子站一邊。她又向孤狼吩咐，選一個人上來，跟他做示範，先給他當徒弟。孤狼發現，那個老取笑自己的愣小夥阿木是個左撇子，就把他叫到前邊來。

我？狼爺，你可真會挑人，我哪裡是學你劈刺的料兒啊？阿木有些打怵後退。

阿木，別忸忸怩怩了，快讓孤狼教你怎麼劈女人大腿吧！眾人起鬨阿木。

你害怕啥？像一個鼻涕鬼！你殺過人嗎？孤狼冷冷地問。

殺過！那又怎麼樣？阿木不大情願地走出隊列。

那好。我這一刀下去，能把你的腦袋和肩頭全卸下來，你信不信？孤狼手裏拎著那把冰冷的鍘刀，認真地端詳阿木的頭和肩。

你砍下我的腦袋，手會發顫的。阿木見孤狼那雙狼般陰狠的眼睛盯著自己頭顱，有些發虛，甚至有些毛骨悚然，心想，這狠小子別真的砍了自己腦袋。

砍下你的腦袋，我連眼睛都不眨一下的！拎上鍘刀之後，我就刀人合一，我的心就像刀刃一樣冰冷，沒有任何同情心了！記住，這是成吉思汗劈刺的最重要的第一步！孤狼南烈冷冷地告訴他，在場的人都豎起耳朵聽著他的每一句話，認真看著他的每一步動作。

狼爺，你、你真是個野蠻人！阿木有些被逼急，也說出些狠話，心裏開始運氣，不想氣勢上徹底輸給對方，儘管眼前的這個可怕的傢伙會說到做到。

小夥子，你的心腸太軟啦！我從你那雙像發情的小母牛般的眼神裏就知道，你這嫩雛有一些兒女情長，嘎嘎嘎，學這劈刺，這不可中！

你——！阿木終於徹底被激怒了，嗖地拔出馬刀，喊道，來吧，狼爺！

這就對嘍！要有一股六親不認的鋼鐵般的狠勁！你看著——孤狼走向幾步遠的一棵手臂粗的樺樹，站在那裏，微躬著腰，眼睛斜斜地瞄著，手臂上的筋肉都鼓起，如粗棍般的長胳膊一動不動地下垂著。

你看著啊！

他又說一遍，拖著鍘刀半側過身面對著那棵樺樹，屏住了呼吸。他的粗野的一雙鼻孔張揚著，黑眉毛怒聳後擠成疙瘩，只見他風般噌地速轉身，嘴裏一聲咆哮便刀出手，大家還沒看清怎麼回事時，那棵樺樹被斜砍成兩截。被砍斷的上截飛出一丈遠，在地上砸出一個坑。

好！隊伍中傳出一片讚嘆。

看見了嗎？這就是成吉思汗劈刺！

狼爺，我……沒來得及看清，你能不能慢著點。

傻小子，慢了就不叫成吉思汗劈刺，那叫娘們兒擠牛奶！

隊伍中傳出笑聲。阿木摸了摸腦袋，並不在意孤狼的嘲笑，那砍人以轉瞬間的功夫可深深吸引了他，他咬起牙關，一定要學會這個神聖的本領。

孤狼再次示範，指點要領。

阿木的馬刀砍進半截樺樹上，拔不出來。孤狼搖起了頭。

從此，整個騎兵軍，從牡丹開始，都站在孤狼南烈的身後，模仿著學起這神秘的成吉思汗劈刺。

這是一個看起來簡單，可卻是個非常複雜的劈刺技術，力道、速度、角度相結合得精確無誤才能完成這技術。

你們不要考慮馬刀為啥砍下去，不要心存疑慮，你們是蒙古騎兵，一個勇士，你的天職就是不問青紅皂白地狠狠地快速砍下去！你砍的是同樣要砍你的敵人！這是基本的要讓自己活下去的職責！鬼子是一定要砍死的，這沒什麼好說的，就像跳進羊群的狼一樣，沒什麼手下留情的，鬼子就像侵入草場上的毒蘑菇一樣，一定要把他們砍乾淨的！

孤狼就這樣咆哮著，對笨手笨腳者狠狠踢著他們的屁股，嘴裏罵著，整個一個冷酷無情的魔頭一般。大多數人開始有些畏懼他，暗中稱他為死神。

他走到哪裡，人們都退避他。連那些馬匹都無緣無故地害怕他。有一次，當他走近拴馬樁的時候，許多馬都豎起耳朵，擠成一堆，好像朝牠們走來的並不是一個人，而是一頭猛獸。牡丹見狀，不由得樂了，不過，她從內心裏喜愛起這個人，並給了他很多權力和特殊待遇，不怎麼限制他的飲酒。因為馬匹都害怕他，就從不安排他看守馬匹的工作。不過，他對自己的坐騎鐵青子倒是十分愛護和關照的。然而，就是怎麼體貼關照，只要他走近鐵青子，當他的雙手在馬的脊背上輕輕地按撫，只見有一道戰慄的波紋立刻順著馬背上滾過去，無緣無故地，那匹馬沒魂似的害怕個不停。

狼爺，你真是個惡人，連自己的戰馬都這樣懼你！已經成為孤狼跟屁蟲的阿木這樣逗他。

我也不明白這畜牲為什麼這樣發抖，你看我把自己吃的口糧都餵給牠了！孤狼聳了聳肩膀。

狼爺的心肯定是一顆狼的心，這個連馬都知道。也許你的胸膛裏什麼心都沒有，長生天可能給你放進了一塊石頭，哈哈哈。阿木繼續跟孤狼開著玩笑。孤狼並不生氣，他挺欣賞這後生學東西的韌勁兒。

這其間，發生了一件令大家意想不到的事情。

有一天，外邊設卡子的士兵往營地裏帶進來一個人。那個被蒙上頭的來人，是個十五六歲的男孩，原來是孤狼的小舅子，口稱他姐姐派他給姐夫送個東西來。

孤狼開始還笑咪咪的，可一打開那小包袱就傻眼了。那裏邊放著孤狼送給她老婆的一對訂親銀鐲子，那是他托人特意在通遼的銀匠鋪定做的。他問那位平時有些癡呆的小舅子，你姐為啥退這對兒結婚鐲子？小舅子告訴他，他姐要離開他了，嫌他當「鬍子馬匪」不能長久，現在家裏有個叫扎布的保長住著呢，答應娶她當三姨太。

一聽這個，孤狼差點氣暈過去，登時要動身去宰了那個扎布保長。

牡丹命人攔住了他。現在情況不明，就這麼去，非送了命不可。

孤狼的那顆心，猶如被毒蜂子蟄了一樣，由此掉進痛苦的深淵中。他披著羊皮大氅躺在草地上，望著天發呆。他一頭亂髮黏成一綹綹的，一雙眼睛因為心中的嫉妒之火燒得通紅通紅，更像一對狼眼睛。他回想著當初跟這紅鴿子腿女人入洞房的情景，想像著她美麗的臉蛋，豐滿的乳房、以及他們做愛時，在發羊臊味的皮褥子上滾來滾去的每個細節。當想到那個突然冒出來的什麼扎布保長正在跟她重複著同樣的事情時，他的心上如爬過一隻毒毛的紅蜘蛛般疼痛，只聽他噢兒一聲大叫，便昏過去，不省人事了。

牡丹趕緊叫來了軍醫老薩滿，一邊搶救，一邊心生憐憫地不停地搖頭。

急火攻心，黑血衝了印堂！不礙事，給他放放血就行了。老薩滿號脈、查看之後這樣說。

老薩滿繼承蒙醫古老傳統，有一套瞧病診治的手段。他讓人把孤狼扶坐著，自己手上拿著一個半尺長的黑油油的竹簽，竹簽頭部上鑲著一個三角鋼針。只見他把鋒利的鋼針對準孤狼雙眉間的印堂中心抵觸著，然後用右手中指使勁彈了一下鋼針的背部，霎時，那鋼針扎進孤狼的眉宇間，老薩滿隨即抽出鋼針。只聽「噌」的一下，一股黑血噴射而出，老薩滿來不及躲，刺了他一臉一胸。老薩滿呵呵笑罵道，這頭狼，叫那個騷狐狸閃得夠嗆啊！

足足放出一碗黑血，草地上黑紅了一片，汪出一小坑血，那孤狼這才哼哼嘰嘰蘇醒過來。

焦灼地圍著瞧的牡丹等人鬆了一口氣。

沒事了，你們忙去吧，我留他在這裏再療理一會兒。老薩滿衝眾人揮揮手。說完，老薩滿把孤狼扶進自己那間當醫務室的帳包裏。裏邊散發出衝鼻子的各種草藥的味道，有治療燙傷的獾子草、治蛇毒的「哈拉蓋」草，治潰爛的三角闊葉草。生長在深山谷中老柳樹根旁的一種很不顯眼的紅根草，那可是老薩滿的寶貝，除了治內傷外，還有其他不為外泄的神秘療效，那是他們正統的薩滿傳人才掌握的東西。牆邊的木架子格子上，還放著好多小皮口袋，裏邊裝有「三布拉．諾爾布」等各種名貴蒙藥。

老薩滿讓孤狼躺在包裏的木板床上，解開他的衣襟，亮出他那寬寬的發紫發紅的胸脯。然後，老薩滿從牆角拿出一個封著蓋子的土罐罐。

薩滿大叔，你還要折騰啥呀？孤狼虛弱地問。

再給你放一放胸口鬱積的血，小博熱③。老薩滿和藹地說。

土罐裏裝著啥呀，薩滿爺？孤狼有些擔心。

螞蟥，是螞蟥啊，小博熱。

螞蟥？孤狼身上打了個冷戰。

讓牠們幫你吸乾淨堵在胸口的毒血吧，小博熱。

老薩滿說著，就用一雙木筷子從土罐裏夾出一隻又一隻紅色的扁圓體狀的螞蟥，散放在渾身戰戰兢兢的孤狼胸脯上，於是，那五六隻可怕的吸血蟲子開始工作起來，很快進入狀態，非常熟練地把尖嘴扎進孤狼那赤裸的胸脯裏，痛快淋漓地吸起他那令其無法安神的黑毒血。孤狼開始時恐懼不安，一股冰涼濕滑的東西在胸脯上亂爬，慢慢卻感覺舒服極了，堵塞胸口喘不上氣的感覺漸漸消失。

孤狼撅著嘴，好奇地看著爬滿自己胸脯的那些吸血者，見牠們很快一個個被黑血脹得圓圓的，但依舊貪婪地吮吸著他的血，他突然想，這些該死的傢伙們會把自己的血吸乾的吧？他那原本蠟黃的臉，此時已變得紅潤，身上的精力也恢復起來，於是他立刻做出決定：不行，我得走！不能在這裏繼續讓這些該死的蟲子吸乾我的血了，這不是蒙古男人幹的事！我不能放過那個羞辱我的扎布保長！

他一把抓下胸脯上的那些螞蟥，扔在地上，撲哧撲哧踩死，濺了一地黑紅血，嘴裏詛咒著說，我去就這樣踩死他！

在一旁閉眼打盹的老薩滿沒發現他怎麼跑出去的。

卡子上的哨兵跑來報告牡丹司令，孤狼南烈騎著一匹光馬，提著他的鍘刀，衝出營地去了。

不好！要出事！快把他追回來！

牡丹親率一支小隊，風一樣從其後追過去。

四 穿魂刀法

趕到時，天已黃昏。

那兩座蒙古包、外邊的牲口欄、牛糞垛、草垛，都已朦朦朧朧，幾分不祥地靜默著。看不見一個人影，連當初那隻調皮的牛犢還有那隻黑狗都不見蹤影。

孤狼下馬，把馬拴在門口，然後提著鍘刀往院裏走。

婭茹！你這條母狗，給我滾出來！

孤狼站在院子裏，如一頭狼般咆哮。

那座他曾經很熟悉的蒙古包，被雨淋日曬後變得灰禿禿髒兮兮的蒙古包，依舊那麼死靜死靜地歪巴著戳在那裏，毫無動靜，沒有任何反應。

他又喊了一遍。然後走過去，一腳踹開了包門。

包裏空蕩蕩，令他十分詫異。箱櫃、被褥、日用品都在，可人已不在，兩座蒙古包都如此。

他如一頭無法發洩的野獸般又跑到外邊來，揮起馬鞭使勁抽了一下那齊眉高的蒙古包沿。

你這條母狗！跑哪裡去了？我要扒了你的皮！

這時，路經這裏的一個趕畜老漢，衝他搖了搖頭。

她不在了，她走了。

她去了哪裡？

被人接走了。連她的媽媽，弟弟都一起走了。

誰接她走了？接哪裡去了？

保長，是保長大人啊，還能是誰？坐的紅頂篷車，很風光呢，說是接到保長家裏去了，孩子，你就別再惦記了。

扎布，你這條日本人的狗，我要宰了你！剝了你的皮！

被妒火燒紅了心的孤狼南烈哪肯聽老漢的勸阻，大步走出院子，騎上馬，風一般馳向幾十里外的敖包營子。保長的府邸在那裏。

馬蹄踏碎晚風中搖曳的芨芨草，路邊樹上的燕雀驚飛後，高高竄上天際，遠見著一團怒雲捲向原野那頭的敖包營子。

扎布原本是旗王府衛隊的一個札蘭（佐領），日本人來了之後，解散了旗衛隊，扎布投靠日本人，搖身一變當了一名保長。顧名思義，保證他管轄的蒙民不反抗當良民效忠天皇。那敖包營子離南烈所住的舍伯吐屯不遠，他也曾到扎布的府上送過日本人徵索的稅物——牛羊皮貨等。

天已變黑，一輪昏黃的大月亮升到東方草原天際，兩三隻烏鴉盤旋在附近樹梢上咕呱叫著不走，似乎已聞到血腥氣。扎布的幾間磚瓦房，單獨坐落在村西北高甸子上，離敖包營子那些破敗的土房、氈包遠遠的，十分氣派地傲視著村落，如盤蹲在那裏看著一堆爛骨頭的獒狗。

孤狼背著馬刀提著馬鞭，走向那座此刻如墳塋般安靜的院落，有個大門口巡邏的男人正在牆角撒尿。

保長大人在家嗎？孤狼冷冷地問，站在那人的身後。

你是誰？那個中年男人油乎乎的手費勁地掏著褲襠，如從房檐下抓麻雀一般。

我是來送信的。

送什麼信？那個胖乎乎的男人不知是前列腺問題，還是飲酒過量，刺出一行黃尿很是費勁，停一陣刺一陣，像是一根不太好使的水龍頭，加上有個陌生人背後干擾，尿道更加堵塞了。他不耐煩地訓斥一句，保長大人現在忙著接待孤狼呢？你明天再來吧！

我送的就是孤狼的信。

那人回過頭來，失聲大叫，孤、孤——狼！

孤狼一把掐住那人的喉嚨，那喊聲也跟他的尿道一樣堵塞了。

聽到動靜，從屋子裏跑出兩個揮刀的人。

接著走出來保長大人扎布，背著手站在那兩人後邊。

孤狼啊孤狼，你讓我等的好苦！怎麼才來啊？

搶了別人的老婆，還等她的男人來？保長大人怎麼像早年間的塔塔爾人？專搶別人老婆，跟日本老子沒學到啥好東西！孤狼搖了搖手中的馬鞭，冷冷地盯視著對方。他那狼般的感覺，敏銳地覺察到屋內屋後有很多雙眼睛在窺視著他。

我老婆呢？保長大人真讓她坐了三姨太？

這是不假。你想把娘們兒要回去，可以，跟他們倆還有我比試比試，過關才行！保長冷笑著說。

比試？有意思，好吧，來吧，我好多年沒有摔跤了。孤狼晃了晃雙肩，鬆一鬆筋骨。他想當然地以爲蒙古男人之間的比試，自然就是摔跤了，崇尚力量的民族，唯有摔跤才可鑒別出貨真價實的硬漢還是軟鑞水貨。他知道今天肯定有一番折騰。

不、不，不比摔跤。扎布保長伸出食指搖了搖。

那比什麼？孤狼不解，但他一直忍著心中的怒火，今天不比往常，獨闖狼穴，失去冷靜會讓對方抓住空隙。他倒看一看這個日本人的走狗今天唱的哪齣戲。

你沒看見他們倆手裏拿的是什麼嗎？

刀？你們想跟我比試刀？孤狼啞然失笑。

早聽說你會使一種刀法，生生把一個日本太君砍成兩截，今天我們就想見識見識你那鬼刀法。扎布保長這才說出真正用意。

兜了半天圈子，你只是想爲了見識我的刀法！孤狼漸漸有所醒悟，不由得冷笑，抱歉！我這刀法，不對同族同胞的蒙古人使，祖上有訓。儘管你忘了祖宗，畢竟還是蒙古人。

扎布保長愣了一下，後大笑，而後衝那兩個手握馬刀的貼身衛士揮手說，上！孤狼，今天你恐怕不使也不行！

那兩個後生都二十出頭，原先是旗王府衛隊的騎兵，憑著有點本事，其中一個揮著馬刀衝過來，嘴裏喊著，快亮出你的鍘刀吧，孤狼！

你不配！孤狼一側身閃過，隨即揪住他一隻膀子，一轉身，給他來了個蒙古摔跤最基本招式——大背挎，把他四仰八叉摔在地上爬不起來，那刀被甩出老遠，插進了一個拴馬樁子，嘡嘡地晃動。

另外一個小夥子見狀，不敢硬上，揮舞著馬刀，圍著孤狼轉。

孤狼逼上去，一馬鞭抽在他的手腕上，嘡啷一聲，那馬刀掉在地上，然後接著使出蒙古式摔跤第二招——砍絆子，從側旁一腳橫絆在對方左側腳面，雙手揪其肩膀往下一按壓，那小夥子如一根被砍倒的木樁子般撲通倒下去了。

那保長扎布見況不妙，掉頭就往屋裏跑，嘴裏喊，太君——孤狼沒容他跑進屋，高舉起手中的馬鞭，猛然地朝他的頭臉抽下去。頓時，扎布保長那肥胖臃腫的臉上，炸開一道血印子。這一鞭，爲你給鬼子當狗給蒙古人丟臉！這一鞭，爲你搶別人老婆！這一鞭，爲我受到的羞辱……

那扎布保長先是舉手臂遮擋頭臉，後倒在地上躲閃，那孤狼南烈滿胸燃燒的怒火這回終於找到了發洩地方，他又橫過帶銅頭的馬鞭木柄，繼續激烈地擊打對方那短粗的身材，不給他一點反擊的機會，往他頭上，下巴上，臉頰上，粗脖子上，如鷹叨小雞般狠狠地激烈無比的擊打著。

扎布保長眉骨碎裂，幾條鮮紅的血流都蒙住其眼睛。這個肩膀和臀部一樣寬、看上去像是一個四方型的男人，其實身體也挺壯實，如豬脖子般的粗脖子上頂著一顆圓圓的大腦袋，只是一雙細小的眼睛不相配地鑲在那大腦袋上，眼睛裏閃出驚恐的女人般的膽怯的目光，一時完全失去了蒙古男人身軀所具備的勇猛和野性。

哈哈哈！從屋裏傳出一串爽快的大笑，好厲害！好厲害！一條鞭子把一個大活人大男人抽打成這等狼狽，佩服！佩服！這是那個龜土大佐在屋裏說話。

只見這時從屋門裏衝出一個人來，披頭散髮，衣袍敞開，赤著一雙紅鴿子腿，是婭茹。孤狼的那個令他神魂顛倒幾近瘋狂的女人。漂亮的臉蛋驚恐無比。而且，大腹便便。

快……快……跑！

還沒等她說完，一個可怕的打擊，照她的脖後一下子擊倒了她，她摔倒在門口臺階上。從她身後走出日本少佐麻黃純一郎，手裏舉著槍托。緊跟在他的身後，出現了龜土大佐，手按在腰側刀柄上，臉上堆著得意的笑容。

你這條母狗！發情的臊婊子，還叫這混蛋搞大了肚子！孤狼吃驚地盯著婭茹那個鼓脹脹的大肚子，怒不可遏地大罵道。自打那次秘密結婚後離別，已有七八個月，他這是頭一次再見到老婆，可已經物是人非。

快、快……快跑！這、是陷阱！那個女人有氣無力但固執地重複著這句話，衝他揮了揮手。

孤狼這才有些遲疑起來，停止罵，茫然四顧。嘴裏說，陷阱？陷阱又怎麼樣？怕這爺就不來了。

不愧是一名真正的蒙古騎士！那龜土大佐拍掌而說，我本打算看看咱們的扎布保長能不能單獨應付你，他也曾經是一名蒙古騎士，可沒想到，他和他的手下如此不堪一擊！連你的那個穿魂刀法都沒能逼出來！唉，真可惜。

噢，看來你就是那個一直想逮住我的鬼子大佐嘍！孤狼輕蔑地冷眼望著龜土，人像一根柱子孤傲地戳在那裏。

你知道我爲什麼下這麼大本錢想抓到你嗎？那龜土笑呵呵地問。

爲什麼？不就是爺砍了你們一個小鬼子嘛！

不、不、不，你砍死一個半個我的人，我並不在乎。我是爲了你的那個刀法！那個匪夷所思的穿魂刀法！

原來是這樣！

我一定要親眼見識一下你這刀法！只可惜，上次讓你給逃脫了，當扎布保長的人探清了你跟這漂亮小寡婦的關係之後，我感到機會來了。

南烈哥，不要怪我……都是他們威逼的……。婭茹癱軟在那裏，一臉的淚水，臉有些腫脹，我、我想、把我們的孩子安全地生下來呀。

我們的孩子？孤狼茫然地問。

是啊，你走後不久，我就發現懷孕了，爲了不讓你分心，我始終瞞著你，沒告訴你……

婭茹，你這傻老婆……我錯怪了你！

孤狼一聲痛苦的咆哮，向自己老婆衝過去。

麻黃的步槍橫在他的前邊，兩眼一瞪，八格！退後！

龜土大佐笑了笑，慢慢踱到孤狼前邊，口氣和緩地說，你想見你的老婆，接走你的老婆，想養下你的孩子，都容易，只要答應我的一個條件，一切好說。

什麼條件？

給我展示你那刀法，還要教我們大日本士兵都學會它！

哈哈哈哈——

孤狼南烈沒想到對方會提出這樣一個條件，不由得大笑起來。

答應了？

做你的鬼子三秋夢！

什麼意思？還不太精通中國話的龜土搖了搖腦袋，此時爬起來躲在他身後的血肉模糊的扎布保長，向他嘀咕解釋了孤狼的話意。

八格亞魯！你敢不從大日本帝國的意願？

我的祖先蒙古大帝國的聖祖也有遺訓，這刀法只在蒙古騎士間傳授，你們這些侵略別人國土和百姓的東洋鬼子，沒資格學它，你們不配！孤狼高昂著頭顱，朗朗說道。

八格！你那蒙古大帝國現在在哪裡？我們日本大帝國照樣進駐蒙古草原！龜土狂傲不屑地這樣說。

別忘了，不是那一場颱風，蒙古鐵軍早踏平日本島了！後來要不是你們獻美女財寶求和……哼，告訴你，早晚我們也會馬踏那個小島的！孤狼鏗鏘地回擊。

你！你混蛋！麻黃君，你上，教訓教訓這狂人！跟他比試一下！

龜土大佐發怒，命令那個麻黃少佐上前，逼孤狼出手。只見那個脾氣暴躁的麻黃，如一頭得令的軍犬一樣跳上來，他心中一直不服龜土大佐對這蒙古人太客氣，幾次躍躍欲試。顯然，做爲一個武夫，他也並不相信站在眼前的這個蒙古人會什麼高超刀法，在他看來，支那人都是軟骨頭，不堪一擊，於是他哐噹一下上了步槍的槍刺，那槍刺在月光下閃射出一道寒光。院子裏已有人點燃了好多火把和馬燈，照得如白晝。

孤狼一看這架勢，知道自己鍘刀再次真正見血的時候到了。只見他丟掉手中的馬鞭，緩緩解下後背上的那把鍘刀。

南烈哥，小心！你還是快逃走吧！他們人多！他老婆婭茹焦灼萬分地衝他喊。

逃跑不是蒙古騎士的所爲！既然來了，我孤狼不會再丟下你走的！孤狼錚錚而說。來吧，狗日的小鬼子！想看大爺的刀斬活人，那就上來吧，爺這就演給你看！

孤狼嘩啦一下，抽出了他那寶貝鍘刀。冰冷閃亮的刀刃、陰森堅硬的刀背，一亮出便閃出一股殺氣，尤其握在生相凶猛的孤狼手裏，更顯出武器跟主人的相配相諧，融爲一體，令在場的所有人不由得倒吸一口冷氣，後退幾步。

那麻黃少佐遲疑了一下，很快恢復鎮定，向前挺著他那堅利的步槍刺，嗚呀呀地喊叫著向孤狼衝過來了。

自他踏入中國東北這塊土地之後，他的刺刀挑過老婦、挑過孩童、也挑過不服從的中國勞工，可今天頭一次面對著一個手握鍘刀的中國蒙古男人，他依然習慣性地狂妄地認爲，被征服的土地上的男人，在他的刺刀面前都一個樣，會有啥區別呢？也很快會尿了褲子，趴下去的。

孤狼一側身，閃過麻黃的刺刀，用鍘刀背哐啷一聲砸掉了麻黃手中的步槍，同時使出蒙古式摔跤的第二招砍絆子，一腳砍倒了失去重心的麻黃少佐。慌亂中，那麻黃還有些本事，嘰哩咕嚕順勢滾出幾米遠，躲開孤狼那接著而來的致命一擊。

哈哈哈，鬼子啃屎！好招式！孤狼大笑。

狼狽的麻黃爬到牆角，他的手摸到了依放在那裏的垛草用的四齒鐵叉子，這一下，他有了反擊的武器，抓住那四齒叉子就要擊向孤狼。可一切都晚了，緊跟著兩步跳上來的孤狼，這回出刀了。他的鍘刀砍斷四齒叉子木把兒，並毫無阻擋地接著橫削了麻黃的粗脖子。只聽喀嚓一聲，麻黃的大腦袋就離開了脖子，如一顆西瓜般滾到一邊，一股黑血噌地從那光禿了的脖頸處向上噴射而出。

這一切發生的如此之快，誰也沒想到孤狼的攻擊是如此凌利勇猛，閃電般迅速。

麻黃君！龜土大佐一聲大叫，下令道，快抓住他！

隨著，砰地一聲槍響，龜土大佐朝孤狼的腿部開了一槍。

孤狼踉蹌了一下，揮舞著鍘刀，跟圍上來的兩個鬼子纏鬥在一起，很快左一下右一下施展出成吉思汗劈刺，砍倒了那兩個鬼子。然後他一瘸一跳地衝向門口的龜土大佐。

站住！龜土大佐一把揪住他身前的婭茹，抽出刀架在她的脖子上，衝孤狼狂叫，你再上前一步，我就割斷她的脖子。

孤狼生生地收住步子，站在那裏，氣咻咻的，鼻孔一張一張的如一頭殺紅眼的猛獸。那柄鍘刀上，鮮血順著刀尖往下滴淌，月光下，火光中，這一切顯得那麼恐怖，那麼令人心驚膽戰。

你想怎樣?孤狼冰冷地問。

我的條件還是不變，你教我你那刀法。

呸！孤狼輕蔑地衝他啐出一口痰。

砰！龜土的手槍又響了，孤狼的那條好腿中槍，他跪倒在地，而後又頑強地站立起來。

你教不教？

我操你鬼子的祖宗！

龜土這回沒開槍，而是伸手拍了拍婭茹那鼓起的大肚子，又把她摔倒在地，一腳踩在她的身上，衝孤狼喊，你想知道你老婆給你懷的是男孩還是女孩嗎？

你想幹什麼？孤狼揚起他那倔強的下巴，警惕地問。

我當場驗給你看！我猜可能是女孩！只見龜土大佐一邊說著，一邊哧啦一下撕開了婭茹的衣袍和褲子，於是婭茹那大如扣鍋的大肚子赤裸裸地露了出來，白白鼓鼓，如一包美麗的棉花。

你！王八蛋！孤狼張口大罵。

南烈哥……救救我……不，你快、快逃吧！別管我！婭茹在龜土大佐的馬靴子底下掙扎著，呻吟著。

哈哈哈……你教不教？龜土慢慢抽出他那日本軍刀，又拿出手帕擦了擦。

操你鬼子八輩祖宗！

好！那我就割給你看，到底是男孩還是女孩呢？

哧……咻……龜土大佐的軍刀，就從婭茹的鼓脹的大肚子上切過去，如切瓜一般，婭茹的那鼓肚子就如一個熟透的西瓜，撲哧一聲，向兩邊破裂開去！

婭茹——！我劈了你，小鬼子！

孤狼一聲撕心裂肺的吼叫，如一頭發瘋的猛豹般，舉著鍘刀撲過去了。

儘管龜土的手槍又朝他開了一槍，儘管周圍的鬼子兵從後邊也開了數槍，但還是遲了。孤狼南烈的生命爆發出最後的超人的神力和神速，一個鍘刀揮下去。

那龜土大佐來不及躲閃，那鍘刀刀光一閃，從一個匪夷所思的角度，如電光石火般劈刺下來，順著龜土那根被衣領裹緊的脖子旁斜砍而下，穿過肩鎖骨、半個胸脯、一直到半腰那兒，如割下一棵蔥般，把他那健壯的身軀生生砍成兩截。如憤怒的火山爆發般的回擊中，孤狼的成吉思汗劈刺發揮到了極致，如雷電擊過樹腰，如颶風穿過山谷草莖。

那離開下半截身軀的龜土上半身，臥在一灘血泊中，黑紅的血繼續從其斜切開的斷面汩汩冒流著，還尚存知覺的頭部上的那雙眼睛，因驚愕和恐懼瞪得鼓鼓的，似要冒出來，嘴唇可怕地歪扭著還在微微抽動，似在問，這、這……到底是什麼、什麼刀法？

成吉思汗劈刺，這叫成吉思汗劈刺！告訴你。

孤狼驕傲地回答，他也倒在血泊中，身上幾乎被打成了篩子，但是他拼著最後一點力氣，向著自己老婆——那個快被龜土豁開的下腹中流出的血泊所淹沒的紅腿女人爬過去。一步，兩步，三步……

那柄恐怖的令人喪膽失魂的鍘刀，則扎進一旁的硬土中，震盪著，發出嗚嗚的鳴響，如奏響著陰冷的招魂曲。

那個他的紅鴿子腿女人婭茹，此時還有知覺，只見她從自己下腹中摸索出那個嬰兒，那個以這種方式提前出世的一個蒙古男兒，把他捧在雙手中舉向丈夫，自豪地低聲訴說道，看，我們的兒子！真的是個兒子！南烈哥……我們的兒子……也會練成吉思汗劈刺的兒子！

她那蒼白的臉上，呈出一絲美麗無比的慘然的微笑。

我的兒子……我的老婆……孤狼已經爬到妻子跟前，伸出雙手捧住兒子，又摟住妻子的頭脖，喃喃喜語，那雙眼睛漸漸被淚水湧滿。

哇——那血泊中的嬰兒突然爆發出一聲響亮的啼哭！

這聲啼哭似是迎接著東方正在來臨的曙色，迎接著遠處傳出的馬蹄聲和槍聲。

然而，這一切正離孤狼南烈和其妻紅鴿子腿女人婭茹的生命遠去。他們雙雙正安詳而知足地死去。相擁著，托著他們的兒子。他們的腦海裏，卻永遠留住那一聲兒子的啼哭，成爲永恆。

而那位只殘留半截身子的龜土三郎大佐呢，一雙鬼眼已翻白，並可怕地睜鼓著，他的靈魂似乎是被那恐怖的一擊——成吉思汗劈刺穿越而過，漸漸飛離他那殘缺不全的身體而去，並牢牢記住和複述著：成吉思汗劈刺、成吉思汗劈刺……

靈魂出竅。靈魂就是這樣出竅的。

注釋：

①「九一八」事變之後，日本人為長期佔有中國東北大好土地，採取移民墾荒之策，前後移來一百多萬日本國民在東三省和毗鄰的科爾沁草原安置。

②牡丹和胡寶山的抗日騎兵軍一年左右後被日軍和偽軍剿滅，牡丹和胡寶山往西部投靠德王「蒙古自治軍」。

③小博熱：長輩對晚輩的暱稱，意即小蛋蛋、小腰子、小睾丸之類。

第五卷　安代王

「列欽」荷葉嬸的舞姿突然一變，引領著白袍女人，二人隨著這激烈的音樂，雙肩搖擺，下身扭動，光腳踩著沙地，熱情奔放地狂舞起來。此時此刻，她完全不像一個年過五十的女人，那步態的輕盈，那身手的敏捷，那舞姿的優美、俐落，十八歲的少女也遠不及她。這嫻熟狂放的「安代」舞蹈，此刻全然象徵著熱情、歡樂、怒火和願望。迷人的黑色袍裙浮動著，旋轉起來，像一股黑色的浪潮、黑色的旋風，在場地內四處翻飛。而那白色的袍子緊隨著她，十分和諧默契地陪襯著她，相輔相成，看上去猶如海面上翻滾而來的雪浪花。於是這黑色的旋風，白色的雪流，相互咬噬，相互輝映，時而原地對跳，時而分開提著袍裙向兩翼奔舞，表演著一幕幕驚心動魄的「安代」舞。

引子

把你的束得緔緔的黑髮放開來呀，
把你的活得緊緊的軀體鬆下來呀，
那瘋狂誘人的旋律就是「安代」曲，
如獅似虎地跳起來吧，啊，「安代」！
——引自「安代」歌詞

幾百雙光腳板，瘋狂地奔踏在一片熾熱的沙土上。

烈日炎炎，沙土滾燙。可這些個男男女女的光腳板，踩踏在這滾燙的流沙上，卻似乎沒有感覺，隨著一旁的陣勢奇特的伴樂，不停地踏動扭擺。

前邊，大漠蒼莽，猶如猙獰的群獸；後邊，旱得冒煙的坨地灰濛如駝峰，其間呻吟著幾多破落的村莊。

這幾百號破衣襤衫的農民是圍著一座高聳的沙丘奔舞。有個奇特的樂隊，牛角號、手搖鈴、恒格力格（蒙古鼓）、四弦琴、橫胡笳，還有鑼鈸等五花八門的樂器爭相逞能，齊鳴起來，倒有節拍，頗是雄渾，震耳欲聾。奔舞的人群中，陡地傳出長長的號啕般的引唱：

當森博爾大山
還是小丘的時候；
當蘇恩尼大海
還是蛤蟆塘的時候；
咱祖先就祭天地祭敖包；
跳起「安代」驅邪消災祈甘雨！
幾百個粗細嗓門齊聲接唱：
祭沙喲，呼嘿！啊，「安代」！
蹦起來，呼嘿！啊，「安代」！

這聲嘶力竭的嚎哭般的歌聲，似洶湧的海潮般衝撞著前邊的大漠，衝撞著後邊的坨地，衝撞著這旱天旱地，久久地迴蕩不息。

那座沙丘圓頂上，設著祭壇，燃著一堆篝火。篝火前供著果品、面人、香火、全羊。鮮麗的紅血從羊的咽喉處往桌上滴灑，再從桌上往地下滴灑，頃刻間在乾涸的沙土上板結凝固，呈出黑褐色。蒼蠅們嚶嚶嗡嗡，飛來飛去。乾硬的杏樹疙瘩在火裏劈啪燃燒，濃煙直沖霄空，在天的上頭聚集浮騰，無奈又被旱天的風吹散。

引唱的巫神，男的稱爲「孛」，女的稱爲「列欽」，均屬薩滿教的法師，喇嘛教流入草地沙鄉之前，薩滿教是該地至高無上的神權的象徵。那個「孛」左手揮動驅旱魃的黑皮鞭，右手晃動搖鈴，在火堆前舞躍奔突，指天畫地，口吐咒語。怵人的引歌一聲比一聲粗野，不時從案桌上割下鮮羊肉往火裏扔。女巫「列欽」則披頭散髮，塗脂抹粉，手裏揮動五色幡巾，步履輕捷悠然，「安代」舞姿倒頗能迷人。

「孛」跟「列欽」雖屬同教，但是屬於互相排斥的兩個門派，一般不在同一祭奠上做法事。可空前的旱災使農民懵了頭，顧不得許多忌諱，出大錢一同請來了。

「孛」和「列欽」的兩個「沙比」——徒弟，在一旁下跪觀看各自的師傅大顯神通。「列欽」的「沙比」，那個十五六歲的姑娘，不時瞟一眼「孛」的男沙比。男沙比的神情木然，由於饑餓面黃肌瘦，只是一雙眼睛像兩塊黑炭吸引人。扔進火裏的一塊烤熟的羊肉團，滾到女沙比膝前。她悄悄伸手撿起，遞扔到男沙比膝前。饑腸轆轆的男沙比，艱難地咽一下口水，看一眼女沙比，眼裏有個東西一閃即逝。

祭奠漸漸進入高潮。

「孛」和「列欽」各顯神靈，高唱狂舞，如瘋如癲。他們各自拜的主神開始附體了。這時鼓樂一陣猛奏，猶如疾風驟雨，江潮海浪。那些個圍在沙丘周圍的幾百號人也隨他們倆瘋狂起來。一片片襤褸的衣衫飄忽，一陣陣粗野的光腳踩踏，霎時間，呼號連天，塵沙滾滾，整個沙丘被一團灰黃色的帷幕籠罩住了。

這是個混沌、雜亂、沙土和人攪和在一起的氣流，不斷地旋轉、奔突，從中傳出陣陣吶喊嚎唱：這是鬧門裏鬱壓已久的濁流的沖瀉，表達著對天的祈訴、對鬼神的憤慨、對命運的呼號。

幾個老弱者支持不住，猝然倒在塵土裏，在無數的狂亂的腿的樹林中掙扎著往外爬，想脫離這昏黑可怕的漩渦。但苦海無邊，瘋狂的群體無暇顧及他們。只見麻稈似的手臂從腿的縫隙伸出來亂抓幾下，不見了。

入夜。宗教的狂熱，暫被極度的疲憊所代替，沙丘周圍東倒西歪地躺滿了半死的僵軀。偶爾，有個黑影睡夢中狂叫著一躍而起，狂奔一陣，接著又撲倒後昏睡過去。

昏黑中，女巫「列欽」從一旁灌木叢裏拽出她的「沙比」，一邊拿根錐子亂扎著她瑟瑟抖動的小軀體，一邊怒斥著：「小母狗，給你放放太熱的血！『列欽』跟一百個男人相好，就不許沾半個『孛』徒！」那根錐子每扎一次，引來一聲慘叫，拔出來的錐子尖沾著鮮潤的血。

樹叢裏，老「孛」怒目圓睜，黑炭眼睛「沙比」正嘴裏咬刀起誓：「弟子雙陽對天起誓，終生尊承『孛』旨，絕不沾『列欽』女，若違戒律，甘受萬箭穿身！」

這是民國二十九年，發生在哈爾沙村的規模較大的一次祭沙祈天求雨活動。這些個由蒙古人、契丹人、靺鞨人、滿人和漢人的血統融合發展起來的成分複雜的後裔們，虔誠地相信經過他們七天七夜狂熱的祭拜和奔舞，旱魃定會驅走，老天定會降雨，大漠定能阻住。然而，那年罕見的旱災中，村裏有五十一人餓死，二百多人逃荒，剩餘的十五戶人家和整個村落被沙埋進了地下。原來的哈爾沙村消失了。

外出逃荒的人轉年回來，在白茫茫大漠裏找不到自己的村落，淒淒慘慘，只好往東三十里的一片坨子裏重建了哈爾沙村。這些人中就有那個黑炭眼睛「沙比」——雙陽，後來又來了「列欽」之徒荷葉。

一　安代王

他搓了三天三夜的繩。搓得掌心裂出血。騎坐在一個粗樹墩上，屁股下壓著那根麻繩，雙手在褲襠前不停地搓兩股麻繩。搓成一節，抬抬屁股，後邊便長出一節尾巴。再把這樣的三根長尾巴，套進一個形如狗頭的三稜木架上，後邊用木製滑輪一搖，三稜狗頭便絞擰出一根鋤杠粗的犁杖繩套。這繩套能力挽千斤。去拱坨子，牛使死勁，沒有這樣的繩套是耍不開的。

他一直低頭幹活。赤裸的腰身往上拱著，活如彎曲的犁杖架，油黑油黑，上邊落下幾隻蒼蠅，一丁點兒也看不出來。偶爾抬起頭時，那蒼蠅們才吃驚地飛起來，繞一圈復又落下，跟那脊背融成一色。那脊背上有一道劃破後新近結成的血疤痢。

他不時抬頭望一眼西邊的沙坨。

那沙坨神秘地靜默著，不可捉摸地茫茫蒼蒼。起伏如駝峰，連著西天的莽古斯大漠。陽光下閃射出耀眼刺目的光。「邪乎喲」，他兀自低語，眉頭上凝著一顆汗珠，欲滴不滴，「老天準是瘋了，都曬乾了，乾了……別又像民國二十九年那會兒……唉。」他的刀刻般的額紋裏深凝著沉重的憂慮，瞇起的老沙眼變得幽深幽深。

他又低頭搓麻繩。骨節很粗的手指，像是風乾了的樹根，不能伸直，手指頭都被腐蝕後變得短而禿，像小鼓槌。這是長年在沙坨裏奔營生的結果。那裏凡是有生命的活物都要變形。他站起來捶了捶變僵的腰身，把搓好的麻繩套進牛軛架上，放在地上抻了抻。又從牆上取下彎把犁杖，按上鐵鏵子。打春天種完地歇犁杖起，就沒動過它，現在……唉，他搖了搖頭。

這時已近晌午了。

日頭毒辣地下著火，院牆根的幾根狗尾巴草上，聒噪著蟈蟈，於是更覺得燥熱難耐了。他拿起旁邊那件汗濕濕的褂子，往臉脖上抹了幾把，蹲下來歇氣兒。同時默默矚望著沙坨子。那裏有他的十多畝苞米地，現在都枯死了。打種子落土起，一春沒下滴雨，那天空乾淨得像被狗舔過的孩子屁股一樣，從未飄來過巴掌大的雨雲。苞米、穀子、高粱苗拱出土後沒長一拃高，就蔫巴乾了。全指望沙坨裏廣種薄收的哈爾沙村，今年將顆粒無收。

農民們沒有啥勝天的絕招，也沒有具備以往那個年頭的「天大旱、人大幹；越大旱，越豐收」的氣概和本事，而只是抱著膀子一天一天地等甘雨，早起看東南有無火燒雲，晚看西方有無老雲接，長吁短嘆，愁眉不展。旱象越發嚴重，農民們徹底絕望了，恐慌了，各奔生計。有路子的，到城鎮打短工掙錢；有腦子的，串鄉走村跑買賣；沒有路子也沒有腦子的，待在家裏跟老婆吵架，眼睛盯住幾隻下蛋的雞屁股。既沒有路子沒有腦子，又沒有雞屁眼可盼，乾脆兩眼一閉：「社會主義餓不死人，國家哪有不管自己百姓的！」其實，一九六〇年那會兒，這村就抬出過十幾具餓殍，孩子太多，母親哪裡管得過來喲。只是這麼說說而已，要不一點安慰都沒有，叫他們往下更怎活喲。

三天前，這一帶突然下了一場雨。可農民們撇撇嘴罵天：死人嘴裏灌人參湯，晚了三秋！枯死的莊稼還能再抽芽？重新播種吧，霜降前又來不及成熟了。

「這雨，娘的，老寡婦亮天才來勁！」

「這叫，兒馬踩騾驢，老碰不到那個點兒。」

有幾個老農站在雨裏淋著，拉呱著。他也蹲在一邊，默默地望著那沙坨。細密的雨絲順他脖頸上的深紋往下滴。布褂子濕漉漉地貼在旱了一百多天的身板上，透心的舒服。還有一種作物！他突然想，現在種下土，還能來得及成熟。那作物叫紅糜子，小時候跟師傅孛到東大荒做法事時見識過。這一帶沒有種子。於是下雨的第二天，他趕著小膠輪車去趕百里外的東大荒河套鎮大集。昨天才回來，小膠輪車上載著一口袋紅糜種子，用一口克郎豬換的。

「狗蛋！」他衝家門口的窪灘喊。

不多時，從窪灘邊上冒露出一個草蓬蓬的黃腦瓜，身後牽著一頭黑犍牛，旁邊跟著一條懶散的老狗。這是個十一二歲的小泥猴，黑得像一塊剛燒出來的木炭。一條大人舊褲衩改製的黃褲子，掛在他瘦小的屁股上，自由地晃蕩著。赤裸著的上身，幾根肋巴骨都能數得清，黑皮貼著小骨架，中間沒有長肉，可奇了，那沾著沙子的小肚子卻鼓鼓的，神氣地向前挺凸著，就如塞滿草汁的蟈蟈肚子。尤爲引人注目的是，腦瓜頂上有一條長疤痢，光亮光亮，就如青西瓜皮上誰用指甲劃了條長道道。說這是小時候長瘡，叫土醫用烙鐵烙的。

「乾爹，怎著？」

「誰是你乾爹？老子可沒應你當俺乾兒子！聽明白了！套車，咱們走。」

「這是撒的哪門子邪火？不是說好明兒個動身嗎？」

「少囉嗦，俺改主意了。」他從狗蛋手裏牽過黑犍牛，拴在牆根柱子上。昨天回村路上，他遇見一個搭車的年輕人，穿著一條屁股蛋上有銅牌牌的緊巴巴兜屁股褲子，頭髮遮住後脖頸，惟有眼鏡片後邊不時眨巴的一雙眼睛，才叫人不誤認爲是劫道的。既然是去他們村辦事，管他銅牌鐵牌拉上吧，可誰知上車後一拉呱，才知來者是考察「安代」的，口稱要搶救這一寶貴的民族文化遺產，還要尋訪那位「安代王」……當即他的眉頭擰成黑疙瘩，藉口要拐彎到鄰村辦事，硬是把銅牌牌褲子給甩下了車。

他推出膠輪車，吆喝著黑犍牛掉過屁股，捎進車轅裏，套軛架，架背鞍，繫肚帶，把牽繩盤繞在牛的兩個犄角上。然後往車上裝犁杖、點葫蘆、種子、乾糧、搭小馬架子用的籬笆木料等物。小狗蛋抱來了兩條舊毯子、些許蘿蔔條鹹菜。

「沒落下啥吧？」他問。

狗蛋「噔噔噔」跑回去，抱來了一個五斤裝塑膠桶，裏邊裝滿了劣質地瓜酒。

「走吧。」他說。

「等等！」狗蛋又一聲驚呼，慌慌張張跑過去，一邊往下吐擼褲子，一邊蹲在牆根，隨即劈哩啪啦下來了一灘稀物。

「剛才逮了幾個大螞蚱吃，肉挺肥的。」他歉意地笑了笑。

「你這臭屎蛋！」他無可奈何地看著那堆綠瑩瑩的稀物，「一早給你的那塊大餅子呢？」

「留著晚上吃。你的糧也不多了。」

這小子還仁義，老漢心想。

「吃了吧，明日起下力氣幹活兒了，頂不住。叫你留在村裏又不幹。」

狗蛋提著褲子站起來，看他一眼，便從大褲子內側的兜裏掏出一個拳頭大的苞米麵餅子，大口吞咽起來。

他看著他吃，心裏酸酸的。這小崽子，遇上我以前，怎熬過來的呢？

「走吧。」他說。

車正要起動，院外便傳來了喊叫聲。

「老雙陽——！」

來人是村長孟克。後邊跟著的陌生人。正是那個銅牌牌褲子。再後邊，是那些個哪個村子都少不了的一群無所事事又事事拉不下的、好湊熱鬧的閒散爺們。他拉住牛，等著村長發話。

「介紹一下，娘的腿，唏——！」村長四十歲上下，正鬧著牙疼，腮幫腫得像紅薯，每說一句吸一口涼氣。「這是縣文化館雨時同志，唏——這就是你要找的那位『安代王』老雙陽老漢，唏——你這老東西，娘的腿，狗尿苔又要上金鑾殿了！」

雨時驚怔了。「原來您就是……」

他沒搭腔，又不好走脫，掏出煙袋鍋蹲在地上。

「……您老就是『安代王』！」雨時繼續驚嘆著。

「喂，還少說了一個字兒——」閒散爺們中，不知誰插話道，「『王』後邊還有個『八』哩！」

人們哄地樂了。

他依舊不言語。吧嗒著煙袋。半天，才衝雨時鹹不鹹淡不淡地吐出一句話：「你鬧錯了，現下俺不是。」

「嗨，這啥話，你這倔巴頭，唏——人家是大老遠專門來找你的！娘的腿，唏——」孟克村長忍著牙疼呼叫起來，「人家雨時同志說了，咱們村是『安代』之鄉，有傳統，要好好搜集整理、拍照錄音、寫文章！唏——還要組織全村人跳『安代』，發誤工補貼金，回縣後，雨時同志還要給咱們村爭取一筆文化事業費！唏——」

老雙陽淡漠地望一眼村長，並不動心。依舊默默地叭噠著煙袋，矚望西邊的沙坨子。

「你倒是放個屁呀！娘的腿！」村長嚷起來。

「俺沒工夫。」

「啥？」村長感到意外，「你沒工夫？」

「哈，人家繡花、做鞋，扎耳朵眼，正忙著嫁漢哩！」閒散爺們又在一邊起鬨。

村長朝老雙陽俯下身，盯著那張平淡無表情的臉，追問：「沒工夫？」

「俺說了沒工夫。」

「你可思謀好了。」村長的語氣毫不含糊地提起來，一字一板，「這可是全村的大事，爲全村謀利益的事。你可思謀好了。唏——」

「俺要進坨子。」

人們「喔」地一下拉長了嗓門，隨即笑開了。

「進坨子？找老伴還是上吊？」有人問。

「種紅糜子。」

村長和眾人又是一陣唏噓。

「你老漢吃錯藥了吧？啥時節了，娘的腿，種紅糜子，收草還是收糧？」孟克奚落道。

「紅糜子，從種到收，六十天就成熟開鐮。現在離霜降還有七十二天哩。」

「聽我話，」孟克村長緩和下口氣，「算了吧，一把年紀了，還到沙坨裏折騰幹啥？到時候，給你的報酬，絕不會比你收的紅糜子收入少！唏——」

「俺不圖稀錢，圖稀糧。」

「有了錢，還愁買不到糧食？你這腦子，怎就轉不過彎來呢。娘的腿！」

「買不到坨子裏自個兒種的糧食。」老雙陽把煙袋鍋往鞋幫子磕了幾下，不慌不忙地站起來，偏過頭看一眼日頭。「俺得走了，落日頭前得趕到地方搭馬架子。」說著走過去，操起鞭子。

「駕！」他揮動一下鞭子，「狗蛋，上車！」

「當真走？」孟克村長走上前，抓住車轅，儘量壓著火，但聲音明顯在抖。

「當心牛犄角牴你。」他走過去，伸手輕輕掰開村長的手，「駕！」一聲吆喝，黑犍牛往前一伸脖，三號膠輪車就輕快地滾動了。狗蛋從一邊跑了過去。

「小兔崽子，你給我站住！你也來湊熱鬧！給我滾出哈爾沙村！」村長顧不得牙疼，衝小狗蛋發洩起心中的火。他知道這孤兒從外村流浪來，在老雙陽這兒待半個月了，有人說老雙陽準備收留他，當乾兒子。

老雙陽停下步，無聲地盯了一眼孟克村長。

「天當被，地當床，山川野坨當熱炕！你——管——不——著——爺——！」狗蛋一字一頓有節奏地說著，用手指伸拉著下眼皮衝村長做個鬼臉，像一個黑色的精靈閃過去，爬上了車。老狗「克二龍」像影子似的跟在他的後邊。

「莽古斯沙坨的冤鬼等著你們！走著瞧吧，用不了兩天，娘的腿，你們會滾回來的！」孟克村長捂著腮幫，在遠去的車後邊悻悻地喊。

作爲村長，他一直犯愁著全村百姓今年購買返銷糧的錢款問題。雨時的出現天賜良機，弄好了，真能搞到一筆款子度過這災荒年，誰知卻叫這死老漢給攪和了，他怎能不躥火！

「孟村長，怎麼辦？『安代王』走了，還能搞起來嗎？」雨時茫然不解地望著那個古怪老漢的背影，焦慮地問。

「哼，死了張屠夫，不吃帶毛豬！咱們去找『安代娘』荷葉嬸！娘的腿！咱村還有個安代娘哩！」

二 荷葉嬸

村裏老一輩的男人都說，荷葉嬸年輕時是個俊妞。年輕一輩的男人信了這一點。因爲荷葉嬸五十好幾的人了，還用「多爾素」抿抹頭髮。那「多爾素」是把榆樹根皮泡水裏後，形成的黏液體，梳頭髮時抹在髮辮上，既光亮又滑潤。這是沙村女人的唯一奢侈品。

荷葉嬸的頭髮的確漂亮，五十多歲的人了，無一絲白髮，密厚而蓬鬆，盤繞在後腦勺上，再用黑絲罩網住，周圍用「多爾素」抿抹得烏黑發亮，顯得整齊又漂亮。

「女人乾淨整齊了，才招男人疼。」她常這樣感嘆。

別人傳說她一生疼過不少男人，也被不少男人疼過，年輕時當「列欽」，走鄉串村，引起過多少個風流男人的豔羨啊！土改時，取締了她賴以混飯吃的「列欽」行當，打成搞迷信的巫婆，相依爲命的師傅也棄她而死。她無處投奔時，想起了那雙黑炭眼睛，便尋到哈爾沙村來。誰曾想，黑炭眼睛已成婚，她進退兩難，茫茫不知去向。這時村支書關懷她，把她嫁給了自己的瘸子弟弟。她雖不大情願，但除此也別無他路，只好認命，瘸子跟她睡了五年就死了，村裏人議論他這是經不起「列欽」的折騰的結果。從此，她被認爲是男人的「剋星」。說是這麼說，可一見這風騷的婦人，這些個男子都流口水。

奇怪的是，瘸子死後，她拒絕所有死纏的男人，沒有再嫁。當「列欽」時，師傅給她用過藥，不能生育，至今孤獨一人。

可是她從不孤獨，打她守寡起，她的兩間土房裏是全村的一個「熱鬧點兒」，一個中心。待娶的、待嫁的、已娶已嫁後過不順心的、中老年鰥寡孤獨的、家裏待的悶得慌的，以及愛玩耍而天黑以後又無處可去的孩子們，每天晚飯後，從四面八方不約而同地彙集到她的兩間土房裏來。這裏有撲克、象棋，也有胡琴、笛簫、三弦，還供茶水、「毛子嗑」、沙果，有時甚至撒一把糖塊。

當然，這樣下去免不了蜚短流長。如：哪個待娶的跟哪個待嫁的換手絹了；或者哪個已嫁的跟哪個已娶的那個那個了；再或者哪個小孩偷家裏的炒米、香瓜往這邊送了……諸如此類。於是，在體面的村人眼裏，這兩間土房成了邪性的不祥之地。「四清」時重點搞清的「黑點」，「文革」時，火燒猛轟的牛鬼蛇神「堡壘」，現在也有了新的名詞兒，婚姻介紹所、賭場、茶館、教唆場……等等。

每個年代按每個年代的方式禁過、取締過、控制過；荷葉嬸也一次又一次地用不同形式檢查過、請罪過、說清楚過。然而，一旦風頭過去，這裏自然又恢復了以往的繁榮，荷葉嬸自然又成爲那個笑呵呵的熱情好客的女主人。

孟克村長領著雨時來找她時，她剛剛起床梳頭。

昨晚，北炕有一桌牌局：六位姑娘小夥「拱豬」、「釣魚」；南炕有一桌老人棋局；有三四個吹拉彈唱者在一旁合奏「安代」調和《八譜》、《萬年花》等古曲；地下和外屋有一幫孩童捉迷藏。她叫一個既不打牌又不參加合奏的閒逛者，給大夥燒水泡茶，她自己就在南炕頭坐下來，給兩個有心事的姑娘擺開八卦。她要從八卦裏找出折磨兩個姑娘的情哥哥。她不時朝門口張望，大夥也知道她張望誰。村裏原地主寶山的兒子鐵柱，一個四十好幾的老光棍。那些年因爲成分說不上媳婦，又六情難耐，就經常上荷葉嬸家走動，幫助幹這幹那，隨叫隨到，關係也就密切了。現在，地主不是地主了，都是國家的公民，鐵柱也定了對象，給人家當倒插門女婿。

門開了，他來了，手裏拎著一包果子，油透出包裝紙。

荷葉嬸乜斜著眼瞟他一下，往炕裏挪了挪屁股，繼續擺著撲克。鐵柱在炕沿上搭了點屁股，把果子放在荷葉嬸旁邊的茶盤裏。

「今日過彩禮了。」鐵柱說，不敢看荷葉嬸的臉。

荷葉嬸沒有搭話，手拉住起身要走的兩位姑娘。

「今日頭一回瞅見她的臉，是個麻子。」

「哼，還嫌人家是麻子！你這地主兔崽子能說上個麻子，給你老爹下一窩孫子，是你們家先人燒了高香！」

「那你同意這樁子事了？」

她不語了。良久，才開口：「不同意怎著？俺能留你一輩子？你是你爹的兒子喲……」

「下邊還有三個弟弟等著，俺不娶，他們也娶不上，老爹怕斷了俺家的根……」

荷葉嬸忽然覺得人生好沒趣，年輕時來投奔黑炭眼睛，陰錯陽差，失之交臂；而這個出於無奈將就的多年相好，現在又要棄她而去了。她的命好像是哪個仇家替她捏鼓的。她一把收攏住擺開的牌，眼睛紅紅的，打了個哈欠。

「你走吧。」她對鐵柱說。

鐵柱膽怯地看她一眼。他清楚，當自己人非人、不如一條狗的時候，是這位比他大十多歲的女人向他敞開了女人那迷人的被窩，讓他咀嚼了生活。那時候，他真想爲這個老女人去死去殺人。現在，他還得離開她。這是沒辦法的事情。

當最後一個夜遊者離去後，她昏昏沉沉地睡過去了。一覺睡到今天中午。睡得眼睛腫腫的，頭木木的，心沉沉的。幾次噩夢中魘住，掙扎著醒不來。

見是村長孟克，荷葉嬸著實吃了一驚。此人從不輕易登她的門檻。

她遞過煙笸籮，倒上兩杯茶，還有一小碟就茶的乾巴餅乾。爾後，她自個兒端起長煙袋，如端著一杆槍，在一邊吞雲吐霧。

孟克介紹了雨時，熱情地說明了來意。

「『安代』？」荷葉嬸一聽「安代」，眼睛發亮了。

「對，『安代』。這回咱們又要熱鬧幾天！」

「『安代』，哦，『安代』……」她的兩頰透出紅暈，端煙袋的手微微抖動。孟克沒想到她一聽「安代」竟如此興奮、激動，覺得這回有門兒。

「『安代』，哦，『安代』……，可有十多年了，『安代』死了十多年了，俺也跟著死了十多年……」她低語。

「這回復活！娘的腿，雨時同志說了，這是民族的寶貴文化遺產。你這回重抖當年的風姿，再震它一下！連年底買返銷糧的錢都掙下了。」

「跳『安代』就跳『安代』，怎又跟買返銷糧扯上了？」

孟克解釋一遍。這倒沒怎麼引起她的興趣。對她來說，只要跳「安代」就夠了。「安代」是她的魂。是那位「列欽」師傅注進她軀體的魂。那時她十三四歲，患了不知啥病，成天萎靡不振，魔魔怔怔，瘦弱得像顆小草。爹媽請來了赫赫有名的「查干伊列（白鶬鷹）列欽」。這位「列欽」把爹媽趕出屋，用被子擋上門窗，然後開始給她治病。乍起輕聲哼唱著一種聽著讓人血液沸騰、心靈熱顫歌曲，慢慢站起身，手腳飄飄然舞動起來圍她轉悠。

漸漸，「列欽」千方百計地引誘挑逗著她。隨著舞動，不時按摩一下她身上各個器官。每次接觸到「列欽」的那雙火燙的手，她身上不由得激靈一顫，心血往上湧。後來不知怎麼弄的，她也站起來，模仿著「列欽」的動作舞起來。這個舞，一跳起來就入迷，渾身激蕩起一種按捺不住的衝動。幾個時辰過去了，她跳著，唱著，發洩著，渾身大汗淋漓，水洗了一樣。她身上所有器官變得異常地暢快舒適，似乎是流通著火和電。最後，她在暢快淋漓的疲憊中倒下去了。下身被鮮紅的黏液體染遍了。

這是她第一次來的經血——滯堵在體內使她萎靡已久的病根。從此她迷上「安代」了。一聽到那勾魂銷魄的曲子，渾身就發顫，難以自控。她拋開爹媽，跟隨了「查干伊列．列欽」。「安代」伴隨了她一生，也左右了她整個命運。

土改時被取締，不准她再像吉卜賽人似的四處流浪行巫。五十年代末，有人把「安代」當寶貝挖掘了出來，她紅了一陣，可惜「文革」中又遭厄運。現在又有人來敲「安代」的門了。不管是取締，還是張揚，那都是別人橫加的事情。對她來說，她的生命離不開「安代」。她在「安代」中沉醉超脫，並在「安代」中尋求……

「怎樣？大嬸，沒有問題吧？我們決定，請您擔任這次『安代』演唱活動的主帥！」孟克的話又把荷葉嬸拽回現實中。

「俺？叫俺領頭？」她遲疑起來，「『安代王』呢？『安代王』老雙陽怎了？挺屍了？」

「他不在家。」孟克沒說出老雙陽拒絕的真情。

「昨日傍晚，俺還看見他趕著驢車趕集回來，怎就不在呢？」

「我們去找過他，進坨子了。」

「進坨子？嘖嘖嘖。」她的眼睛朝窗外遠處的坨子投去。心裏嘀咕著。她覺得這老東西真是魔症了，啥時節還進坨子，幹啥去了？這沙坨子迷了他一輩子，他簡直把魂丟在那兒了。她不無遺憾地搖了搖頭。跳「安代」，沒有「安代王」參加，這有多掃興多沒趣兒？剛才她眼裏燃起的火光，頓時失去了光彩，變得黯然了。

「大嬸，沒有他，你也能行。你可知道，對你來說，這次跳『安代』，可能是最後一次機會嘍！」孟克像獵人一樣敏銳地捕捉著對方的心理，溫和地擊了一槍。

「最後一次……最後一次……」她低語著，眼睛凝視著窗外，臉色變得十分慘然。

「好吧，俺就跳這最後一次吧……」她說。

孟克和雨時長出了一口氣。但聽著這句話，覺得不是滋味，耳朵裏似乎灌進了從墳墓裏吹出來的陰風，含滿入骨的淒涼。

三 征服

一踏上鬆軟的沙坨子路，他心裏就踏實了。連綿起伏的坨子迎接著他，就如等候已久的娘兒們展開了臂懷。他豪邁地走著，率領著他的牛車、小孩、老狗，去征服這刁鑽狂烈的娘兒們。

「幹得好，老頭兒，甩開了村長，甩開了銅牌牌，甩開了『安代』和她……」他心裏嘀咕著。那張臉刀削般的乾瘦有稜角，卻又被粗硬的鬍子和肆行的紋絡網住。顯得黑銅般的蒼勁。他用彎把犁杖拱了一輩子坨子，大漠的烈日風沙也在他這張臉上和身上耕耘了幾十年，弄得他像一株刀砍斧鑿、傷痕累累的老榆樹。

他停下步。路，從這兒拐彎了，他向村莊投去最後一眼。

很快看到了那兩間土房。房山頭上歪著一柱煙囪，白淡淡的煙柱直往上拔，拔到天的心臟。早飯還是午飯？昨兒黑夜又折騰了一夜吧？他想，爲啥老這樣瞎折騰呢？這個老瘋婆子，人老了，心還是不收一收。

他有時就像不理解這神秘的沙漠一樣不理解她。她會答應孟克的，她這個人，爲跳一次「安代」，搭上老命也會去幹的。看不見她跳「安代」了，真有些可惜。要不是爲這沙坨子，爲種紅糜子，他不會離開村莊的，興許，抵不住誘惑，抵不住老瘋婆的勾引，也會去跳「安代」吧。畢竟他曾是名噪一時的「安代王」嘛。

現在不能了，他要去對付沙坨。這個充滿迷人風采、引誘著你不懈地追求她的娘兒們。這回他要踩住她的寬厚的胸脯，摟住她的頭額，用鐵的尖犁犁開她的脊背，把紅糜種子撒進她的軀體裏去。他不能錯過這次機會。這一年的最後一次了，最後一次收穫的機會。她性情暴烈，反覆無常，曾無數次懲罰和打倒過他與村裏的農民們。這次更嚴重，連一粒糧食也不供給他們了。他無法接受這一現實，他要進行最後一次的征服，不能太縱容了這個娘兒們。

他吆喝著牛繼續趕路。等待他的是拼搏、碰撞、滾打，以血和汗去闖蕩和獲取。自古以來，生活在沙鄉的族類都是如此。不管老天和沙坨的給予是多麼吝嗇，他們一代一代不屈不撓地去耕種、收穫、收穫、耕種，以此構成了這裏生命的本色，生命的含意，以及生命的全部。

他低聲哼起一支古老的歌，沒有歌詞，只用鼻子哼哼，古樸渾厚的調子跟黑犍牛的步子一樣緩慢拖長。

「莽古斯沙坨子到底是啥樣呢？」狗蛋沒有進過沙坨子，童心極濃。

「爬上前邊的那道高沙梁子就能看見了。」

「哦，好高的沙梁呵！」狗蛋驚呼。那是一道猛地從斜岔裏橫過來的沙梁，坡度急陡拔高，猶如橫臥的巨龍，驕橫地擋住進沙坨子的小路。

小路匍匐著從斜面攀上去，又惟恐留下太深的痕跡因而變得若有若無，一翻過沙梁頂就逃之夭夭，不見了。這邊的小沙包、小矮坨子，一律都謙恭地向這道高沙梁子折腰傾倒。像一群忠順的臣民向高傲的君主頂禮膜拜一樣。這是春季的東南風猛烈掃蕩的結果。

「這是莽古斯沙坨的門檻。」老頭兒說。狗蛋吐了吐舌頭。

黑牛拉著車，吃力地從斜面爬坡。

老雙陽把一杆短鞭揮舞在牛的上空，「咻咻」作響，但不輕易落下來，只是威嚇一下罷了。狗蛋從後邊幫著推車。老狗「克二龍」早跑上沙梁頂，衝著西北那莽古斯大漠和坨子威風凜凜地吠叫了兩聲，隨即受不住酷熱，伸出舌頭呼哧帶喘起來。

莽古斯大漠整個展現在他們眼前。

一股灼熱的氣浪，從那裏徐徐吹來，撲在臉上、手臂上，直覺得有一股發燙窒悶的壓抑。狗蛋驚駭地望著眼前這無邊無際的荒漠莽坨，受不住沙漠反射的強光，眼睛瞇縫起來。

「這大漠怎這樣晃眼呢？把爺的眼睛都刺疼了！」他叫起來。

那日頭竭盡全部光熱，武裝和滿足大漠這妖婆。那沙坨盡情地溶浸在這白色的熾熱中，閃閃耀耀，反射出刺目的強光。近處的坨子，顯得凝重，沉默，白得灼人，白得刺目。遠一點的坨子，顏色稍爲淡了些，但仍能感覺到那灼燙，那確實是一團團淡淡白色的光環的浮動、閃射，白得透明而淡遠；而遠處，那就完全溶入白色的朦朧了，淡淡的雲霧若隱若現，那些個連綿起伏的坨丘就如簇擁的羊群，而又全部變成了白色的幻覺，白色的潮湧，茫茫無際。天地在那個白茫中彌合融匯。

這是個方圓四十里的荒野沙坨，屬於莽古斯大漠的邊緣地帶，保留著稀疏的植被，只有少數地帶能播種。前兩年，哈爾沙村的農民把近處的能耕種的坨地分了，遠處的就沒有管它，誰有本事誰去開墾好了。那裏的沙土地無人問津。

老雙陽把舊草帽往上推了推，微瞇起眼睛搜尋起遠處的坨包，心裏說：哦，能撒下紅糜子的坨子在何處呢？我一定要找到你！一隻老鷹在空中盤旋，陽光在鷹翅上閃耀。他要耕種的那塊聖地，也肯定藏在那些坨子的某個角落裏。成敗在此一舉。幾十年闖坨子的經驗告訴他，倘若找不到那塊能播種的聖土，你辛苦的勞動和付出的一切代價有可能被一分鐘的龍捲風、一條線的冰雹、或一窩風的沙斑雞毀個徹底。沙坨中存在著人類不可知的、超越人類智慧的神秘力量。他為了那神秘的力量，幾十年來一次次去闖蕩、探索、追尋，他內心始終鼓蕩著一個迷人的希冀：駕馭那神秘的力量，就能征服這沙坨子。

這魔症般的念頭，一直苦惱著他。這個念頭還是在他孩童時，沙坨裏遇見一次奇特的旋風後萌生的。這麼多年了，他始終忘不掉那股神秘的旋風，忘不掉由此萌生的這個念頭。那時他才十一歲，給關疤癩眼家放牛犢。有一次，他把牛群趕進了別的牧童不敢涉足的莽古斯沙坨，中午時分，一股黑色的小旋風從坨子後邊冒出來，旋轉著，漸漸向他這邊移動。沙坨子裏旋風很多，裏捲著沙粒、樹葉、枯草等物，打著旋，「嗚嗚」吼響著，衝過坨根，衝過樹叢，衝過窪灘。

孩子們中間有個說法：每個旋風中都藏有幾個鬼魂。一遇見旋風，膽小的孩子們都唾著避邪的唾沫，躲得遠遠的。當時他盯著那團旋風，心想，活人哪能給死鬼讓路！俺這回倒要看看那傳說的鬼魂是啥樣子。於是他迎住旋風站住不動。儘管他脊梁骨發麻，頭髮根發忧，仍舊硬挺著未挪步，水有水路，風有風道。那股旋風沙沙響著，貼著地皮旋轉著，毫不在乎攔路的少年，按它的行路飛速衝捲過來。

他舉起放牛鞭，揮打起正好裏捲了自己的旋風，一邊嘴裏嚷嚷：「鬼魂你在哪兒呵？爺不怕你！你出來吧！」旋風中昏天黑地，飛沙走石，冷嗖嗖的，沙粒啦、草根爛葉啦，沒頭沒腦地撲打在他身上。

旋風捲過去了。當混沌的塵沙落下來，周圍又變清時，這孩子昏倒在地上。嘴裏吐著白沫，人事不知。走散的牛犢圍著他哞哞叫著。當時正好有一位巫神——「孛」，打這兒路過，發現了這狂妄而可憐的頑童。「孛」望著那股轉過坨子而去的旋風，念叨道：「好霸道的無頭鬼，連路過的孩子都不放過，作孽，作孽。可憐，你這敢打鬼的孩子，俺救你一遭吧！」

只見這「孛」左捏右掐，口念咒語圍著孩子又跳又唱，鬧騰一陣，孩子終於活了過來。從此，他丟下放牛鞭，跟隨了「孛」，希冀著能學會治服沙妖風魔、駕馭那神秘力量的本事。至今，他想起那股「無頭鬼」旋風，心裏就打顫，搞不清自己當時怎麼會昏倒在地。

從那次起，每遇旋風他都站在一邊仔細辨認，可是除了渾黃的沙土捲動外，什麼也看不見。

「其實，俺當時是中風了，中邪風了。」後來他這樣想。

可師傅「孛」卻說：「錯了，孩子，那是統領莽古斯沙坨一千五百個冤鬼的鬼頭兒——無頭鬼旱魃。你闖進它的領地不給它燒紙不算，還要擋路鞭打，當然要遭到報復了。」

他半信半疑，但確實覺得那個神秘力量的無處不在。土改那年，老「孛」因給人治病袪邪時出了人命，政府逮住他槍斃了。他被送回村裏。他至今記得很清楚，那是個多麼悽惶的日子喲。當他回到故鄉時，自己出生的那個村落卻找不見了，已被沙子埋了。他的父母是逃出來了，可老奶奶捨不得故土，又逃回舊村，跟房屋家園一起埋進流沙底下。

他瘋狂地尋找過奶奶的遺骨。奶奶是他最親的人，她給予的慈愛和溫暖是他防備人間風寒的最好屏障。當時他沒找到奶奶的屍骨，只好想像著找，認了一座長綠草的坨子作爲奶奶的墳墓，燒紙拜了一番。爾後，他參加了重建哈爾沙村的創業勞動。

進了新社會，他也娶過老婆，可這老婆生頭一胎孩子時沒生出來，死掉了。他至今孤零零一人生活在這蒼莽的世界上。

「狗蛋，快跟上。」他選擇了那座被認做奶奶墳墓的老鷹坨子。那裏有一片窪地較適宜耕種作物。他趕著車下沙梁了。

「跟著哪，落不下。」狗蛋光著腳跑下沙梁子，屁股後邊揚起一溜沙塵。

望著眼前歡蹦亂跳的狗蛋，老雙陽的眼角溢滿了慈愛的笑紋。

狗蛋是他撿來的，那天他從坨子裏回來，發現路邊躺著一個野孩子，圍著的人說是外村來的要飯孩子，吃了有毒的蛇盤蘑。他當即像提捆草似的，把他提到家裏，灌了一碗泔水。孩子立刻嘔吐不止，幾乎把五臟六腑都要吐出來。他又把惟一的下蛋母雞宰了，給孩子灌了一肚子雞血。

「誰叫你救爺的！」野孩子一醒來就罵。

「奶奶的，救你一條小狗命，倒救出錯了！」他火了，回罵道。

「你還有沒有毒蘑菇？」

「幹啥？」

「俺還要吃。」

「啊哈，原來你是有意吃的毒蘑！奶奶的，有種！這是練的啥功夫？」

「尋死唄！」

「小小年紀，還知道尋死，不簡單。怎回事？講講。」

「不講，等俺死完了再給你講。」

後來還是講了，條件是不送他回家，留在老頭兒這裏。狗蛋的媽媽生了七個兒子，他是老五，四個哥哥只有大哥娶上了媳婦，花了幾千元，家裏幾乎傾家蕩產。爹媽生他時盼著生個姑娘，將來好給哥哥們換個媳婦，誰知又是個禿小子。從生那天起，他就受白眼挨巴掌，長得像個狗崽子。

「活得沒勁透了。」他說。

「你後邊到底生出丫頭片子沒有？」

「生個蛋！又生了兩個禿小子，給人了。別人說了，俺媽的那片是鹼土，只適合種高粱，不適合種穀子。」

「哈哈哈，你這壞精猴子！別找蛇盤蘑了，跟老子種紅糜子去吧！」

坨子裏的路，像游動的蛇向前伸展。路面的沙子燙腳，小狗蛋把雙腳深插進濕土層裏走路，像熊瞎了走過一樣。黑犍牛一邊拉車，一邊拉著尿前行。狗蛋受啓發，從那肥褲衩裏掏出小雞子，往前撒著尿走。沙地上，留下了兩道曲曲彎彎的人和牲畜的尿印子，很快曬乾板結，形成兩條幾米長的小圓點子。

「哎，老爺子，村裏人說鐵柱子去倒插門……」

「那又怎？」他說。

「那不把荷葉嬸給閒下了！」狗蛋說。

「那又怎？」他說。

「那俺不是有個乾老娘了！」狗蛋嘻嘻笑。

「叭！」一個巴掌拍在狗蛋後脖頸上，他一個狗啃屎，灌了一嘴砂子，他機靈爬起來，「呸！呸！」吐著砂子，委屈地喊道：「誰叫你一喝醉酒，就哭天抹淚地喊荷葉長荷葉短的……」

「真那麼喊過？」老雙陽站住了，驚疑地望著狗蛋。

「真真真喊過，喊得甜著呢！」狗蛋越發來勁，撅起了小嘴唇。

「唉。」老雙陽稍有尷尬，滿腹心事，「你不懂呵，小精猴子！」

「怎又不懂？俺都懂，你天天想她，她夜夜惦著你。」狗蛋膽子大起來，朗聲說道。

「俺當過『孛』，她當過『列欽』，你知道嗎，那時候『孛』不准娶老婆，更不准沾當『列欽』的女人，師傅有遺訓哦。」老雙陽望著天，有些悲涼地感嘆。

「你們的師傅不是都死了嗎？」

「可話沒死。」

「對嘿，那不是話還是活的嘛！」

老雙陽被說愣了，這句巧妙的辯解，實實在在撞擊了一下他的胸膛。他緘默著，臉上的幾個深紋痛苦地絞扭在一起。

「晚了，都老了，人都土埋半截子了，還有啥蛋球意思？……眼下，只有這進圪子種紅糜子，叫我著迷，哦，俺的紅糜子喲！……」

狗蛋扭過頭來，數著沙丘頂上一溜排坐的野燕子。他們各自想著心事，沉默了。

四　源頭

雨時被那雙異樣的目光震撼了。那目光似含有某種訣別的悲涼。又顯得神秘，他捉摸不透。這位「安代娘」跟「安代王」一樣神秘。

這個只有百十多戶的哈爾沙村，處處瀰漫著一種神秘的氣氛。什麼呢？是大漠的亙古的寂靜給這裏投下的暗影？是空前的天旱斷了農民的生路而產生的絕望氣息？還是那個代代相傳的神秘的歌舞「安代」所造成的特殊氛圍？而這一神奇古老的民族文化的源又是什麼呢？

雨時思索著。

那個「安代王」是一位多麼古怪的老頭！爲了種那個沒多少希望的紅糜子，卻拒絕參加跳「安代」！而這位「安代娘」對「安代」卻又表現出了如此的以死相求的訣別情緒，爲什麼？他朦朧意識到，要想揭開這些個奧秘，就得從「安代」著手，去認真地觸摸「安代」這古老歌舞的脈搏，探尋它的源頭。

孟克村長安排他吃派飯。就是從村的一頭吃起，一戶也不錯過。住呢，在村長家。前兩年分的時候，把隊部房子也分掉了，上邊來個人什麼的，都住村長家，他再從村基金裏提取招待費。他有五間「三面青」石磚房，沙窩子裏很夠氣派的。

「家家戶戶會把好吃的拿出來招待你的，派飯習慣吧？」孟克問。

「下鄉來就是吃百家飯的，無所謂。別讓老鄉們爲難就成。」雨時整理著旅行包。

「你這是幹啥？」

「我想不在你這兒住了，有個更合適的地方。」

「哪兒？」

「那個『安代娘』——荷葉嬸家，有個北炕。」

「她家——？」孟克的聲音拖得很長。

「怎麼樣？」

「嗯，有些事也不必瞞你，荷葉嬸這人，嗯，這麼說吧，她當過『列欽』，一生行爲隨便，作風嘛——那個，有點影響。她家門前是非多，就怕有人說三道四。」

「哈，這個呀，無所謂。我是現代型的，不計較外界議論如何，我有我的行爲準則，從不被輿論左右。」雨時笑著說，提起旅行包。

孟克覺得這個人好牛性。一想，荷葉嬸已經五十多歲年紀了，這小夥頂多二十七八，料想也不會發生啥風流事。於是他笑呵呵地幫著雨時提包，說「去那兒也好，守著『安代娘』，工作起來也方便。」他惦記著雨時能帶來那筆款子，也不計較自己提不出招待費了。

荷葉嬸頗感意外。她把北炕的炕席用笤帚仔仔細細地掃幾遍，上邊鋪上塑膠布，炕角地邊，又撒了白白一層「六六粉」，壓壓跳蚤。沙坨子裏的村戶，最適宜繁殖這類精明的寄生蟲。她的老皮老肉不怕那火辣辣的疼癢了，也擠不出多少血來，可別咬壞了這位細皮嫩肉的城裏小夥子。

雨時這回才發現荷葉嬸的房子老得像個烏鴉窩。他擔心哪天黑夜，房子塌下來活埋了他和荷葉嬸。不過這種擔憂是多餘的，因爲房子的結構和材料極簡單：牆是葦箔外邊抹了幾層泥巴，房蓋是柳條笆上邊壓了一層高粱秫秸和蒲草，再用鹼土抹了一下，房梁和檩子也沒有碗粗，這些東西即便是壓下來也不至於出人命，這種簡陋的房子，在哈爾沙村十分普遍。當然也有高等的，像孟克村長那樣不知幹啥先富起來的大戶。

荷葉嬸家吃水很困難。原先屋前邊的窪溝裏有一眼小沙溪，現在乾了，跟村裏好多沒深井的人家一樣，必須到南邊五里外的哈爾沙河裏去挑。那哈爾沙河是條沙漠河，從一片褐黃色的乾沙溝裏淌過，幾乎被兩岸乾旱的沙漠吸乾了，若斷若續，水渾黃而發澀。雨時幾次早起想給荷葉嬸去挑水，結果幾次都發現水缸是滿的。有人比他早起先挑過了。

誰呢？今天一早，窗戶紙上還沒落亮。一聽外屋有水桶碰撞聲，他就悄悄起身，跟隨那個人奔哈爾沙河去。

那個人走得好利索，微躬著上身，腳步如風。當那人裝滿水桶時，他出現在那裏。

「原來是你——你叫鐵柱吧？」雨時聽說過此人。

「嗯哪。」鐵柱神態委瑣，躲躲閃閃。

「幹嘛一大早挑水？磕磕碰碰的白天挑多好？」

「白天？……嘿嘿嘿，村裏人愛嚼舌頭根，犯不上。」

「坐一會兒，抽根菸吧。」雨時遞給他一支菸，坐在河邊。鐵柱猶豫了一下，接過菸，蹲在離他稍遠一點的土坎上。

「你跟荷葉嬸好了幾年？」雨時問。

「這——」

「沒關係，隨便聊聊，荷葉嬸都跟我講了。」

「沒幾年，有個十來年了吧。」鐵柱舔了一下發乾的嘴巴，偷偷瞅一眼雨時。

「那你爲啥不娶她？」

「娶她？嘿嘿嘿……」鐵柱翻動了一下白眼珠咽下話。

「怎的呀？」

「不怎的，嘿嘿嘿，」鐵柱遲疑著，後來還是說道：「誰敢娶她呀，大了好多不算，當過『列欽』！嘿嘿嘿……」

「當過『列欽』又怎的了？」

「你這文化人還不知呀，」鐵柱放低了聲音，「那時的『列欽』女，跟窯子娘們兒差不離……」他又嘿嘿笑了兩聲，像夜貓子叫。

雨時頓時像被馬蜂蜇了一樣，從地上猛地站起來。對方的話如此赤裸而坦率，倒使他一時無言以對。他真想一巴掌扇在那張委瑣的黃臉上。但他強抑制住自己。

「原來你把她當成窯子娘們兒睡了十來年！」雨時的眼睛刀子般盯住對方，冷冷地說：「不過你別忘了，是這位『列欽』荷葉，叫你這具半死的殭屍知道了自己還是個有雞巴的男人！要我是荷葉嬸，早把你那褲襠裏的寶貝割下來餵狗了！」

鐵柱頓時大驚失色。

「求求你，別跟她講！剛才俺是狗帶嚼子——胡勒……」他一臉討好求饒的笑容。當初，他也是用這種笑容討好荷葉嬸的吧！

雨時當然不會把這話傳過去使荷葉嬸氣惱。他心裏深爲荷葉嬸悲哀。

鐵柱挑著水搖搖晃晃地走了。

雨時仍然坐在河岸上，凝視著腳下的哈爾沙河。叫它爲河，實在是誇大了點，你看它，在黎明時的曙色中，似若一根細細的帶子，朦朦朧朧閃爍出一條銀灰色的光，靜而無聲。它的源頭就在上游五十里外的一座土山下邊。

它是一條由許許多多被大漠擠壓出來的小沙溪匯成的河。可它就是那條頗有些名氣的西遼河的源流。因孕育了遼代契丹族的古文明而馳名。真令人難以置信，就這點蛤蟆尿似的水，就有那麼大神氣嗎？而且，何止一個契丹族，細究起來，比契丹族還早的東胡、鮮卑，後來的蒙古、靺鞨、女真、滿人以及闖關東過來的漢人，都曾在這裏融會、發展，形成了這一帶的有聲有色的獨特的歷史文明。「安代」之所以那麼源遠流長，內蘊豐富，深沉悠遠，大概都跟這條河——被大漠擠出來的河，有關係吧。

天的黯黑色的帷幕被光的利刃無情地劃開了，於是，哈爾沙河的輪廓變得更清晰了。這時，他才發現，這條一根細帶子似的河，畢竟有它的不凡的驚人之處：它簡直像刀砍斧鑿般的硬是在沙坨子裏衝開一條河床寬溝，把自己不多的生命之水帶了出去！兩岸的流沙不斷地侵襲，河底的乾沙不斷地吸吮，而沖過這莽莽無際的沙坨世界，它是需要多麼堅韌不拔的努力和永不消沉的熱情呵！

這是一條固執的河，熱烈的河，他想。用一部分的水去浸潤兩岸乾沙，再用一部分的水去衝擊阻路的坨野，剩餘的當然似若一條線了，但它是一柄銀色的長劍，所向無敵。它是河的精靈。「安代」呢？他想，「安代」也是這一帶傳統文化的精靈吧？跟這條河一樣。「安代娘」是這精靈的化身，他想。

雨時站起來，依戀地看一眼那條河，往回走。對這條河，對這「安代」，他還沒揣摸透，他要在這兒長期紮下來。認識腳下這沙坨、這河，還有那「安代」，可不是一天兩天、一年兩年的事情，而是幾十年甚至幾代人的事情。好在自己是出生在沙鄉的土生子，身上流著沙漠的血。

他加快了腳步，上午要開一個老人座談會。當趕回荷葉嬸家時，正碰見鐵柱從院子裏匆匆往外走。他挑來的那一擔水，叫荷葉嬸全潑在院子裏。鐵柱的樣子顯得很狼狽。荷葉嬸嘴裏罵罵咧咧：「癩狗！俺可真服了你了，給我滾！滾遠點！」她望著鐵柱遠去的委瑣的身影，眼淚汪汪的，不知是憐他還是憐自己。

他沒說話，也不好說什麼。招呼上她，便去村長孟克家開會。

他沒想到村子裏超過八十高齡的老人竟有四五名，七十以上的也有十多位，窮鄉僻壤、貧瘠沙坨竟如此養人。雨時把預備好的幾瓶老白乾、煙捲、糕點，一一拿出，讓老人們邊吃邊喝邊嘮扯。氣氛一下子活躍了，不是繃著臉端坐著座談，而是喝著酒吃著點心紅著臉扯談。雨時的方式，一開始叫孟克著實吃了一驚，後來發現這招極高明。他覺得這小夥子不簡單。輕易地敲開了這些陌生老人們封閉的心胸。

「『安代』這玩藝，蒙古大帝成吉思汗把科爾沁草地分給他弟弟做領地時，就跳開了。小時聽爺爺講過。」一位豁牙露齒的八十多歲的老者首先開口。

「『安代』實際上指一種鬼神精靈。」一位念過舊書的老人慢條斯理地接著講開，「傳說幾百年前，漠北大庫倫的活佛彌勒佛的母親，得了一種鬼怪纏身的病，召集眾喇嘛念經也不頂事，彌勒佛只好請來薩滿教的『孛』驅鬼，並召集四方百姓一起又唱又跳，這才暫時將鬼降服。『孛』告訴彌勒佛爺，要想徹底治好這病，必須到漠南的小庫倫和蒙古鎮休養。這樣佛爺的母親坐車南下，當車子走到達爾罕旗時，車廂的木板裂開一條縫，一小部分『安代』鬼遺露出來留在達爾罕旗；當車子行到小庫倫時，一隻車輪散了架，『安代』鬼的一部分就散落在庫倫旗境內；當車子修好走到蒙古鎮時，又遇到一夥兒強盜，將車子搶走，剩餘的『安代』鬼就全部留在蒙古鎮。從此『安代』就流傳在達爾罕、小庫倫、蒙古鎮一帶了。」

「你這說法太玄乎了，其實『安代』就兩種。」另一個老人咯嘣咯嘣咬著餅子，表示異議，「一種是『敖日戈安代』，也就是說婚姻不幸引起的『安代』，一種是『阿達安代』，意思是鬧鬼『安代』。『敖日戈安代』主要是給女人治病時，大夥兒連唱帶跳；『阿達安代』主要是『孛』和『列欽』驅鬼避邪、消災滅禍時領著大夥兒跳。那會兒跳『安代』，哈，幾個村幾個鄉聯合起來跳，一跳就是七七四十九天，短的三五天！瘋著哪！」

雨時非常興奮，捕捉著老人們的每言每語，一一做著詳細記錄，並不時啓發著大家。

一直沒有發言的荷葉嬸，慢慢呷著一杯極釅的老紅茶，這時開口說道：

「說起『安代』的起頭，有很多說法。這些個說法中，有一種傳得最廣，俺小時候聽師傅講過：說古時，郭爾羅斯旗有一個老人，他的獨苗心肝女兒得了一種病，老不好，聽鄉親們勸告，用牛車拉著女兒去很遠的蒙古鎮去求醫。一天來到小庫倫的白音花草灘，車軸突然折斷不能走了。女兒的病變得越加重了，老人萬般無奈，唱起了抱怨命運的悲歌。他的歌聲感動了當地的老鄉們，大家都來圍著牛車同老人一起合唱跳躍，安慰他痛苦的心靈。沒想到這歌聲和熱烈的場面竟打動了病人的心，也從車上下來跟大夥兒一起又唱又跳，渾身出汗，病真的一天天好起來了。『安代』這名稱就由這兒來的，『安代』，也叫『奧恩代』，意思就是抬頭起身。」

「抬頭起身！啊，太妙了，這故事真有意思，有琢磨頭兒！」雨時感嘆起來，為得到了某種心靈的啓示而激動不已。這就是說，勞動人民在艱難的生活中，不平的命運安排下，創造了「安代」，「安代」跟他們的命運息息相關。從那個黑暗的日子和不平的命運中「抬頭起身」，這就是通過這一歌舞生發出來的強烈的呼聲！

雨時的心中，突然萌動起一念頭：這裏正面臨著大旱，何不組織一次規模大一點的「安代」演唱會，甚至模擬一次祭沙祈天、驅邪求雨活動，並邀來電視臺的同學拍一次錄影？這可是極珍貴的資料，往後荷葉嬸這些個老人一旦去世，「安代」的許多唱法舞姿就失傳了。應該幹一下，這是值得一幹的事情。再說，電視臺經濟上腰桿子粗，他們若能參加，對哈爾沙村無疑是極有益處的。

他給電視臺文藝部的同學，寄去了一封長信。

五 播耕圖

老鷹坨子，活似振翅欲飛的老鷹。那禿頂頭高高昂起，傲視著空的天、曠的野、漠的沙。

他們到達老鷹坨子時，已經是黃昏了。

選一片長有雞爪葦子的窪地卸了車。有雞爪葦，說明挖沙井能出水。倚坨根搭馬架子。他們很是費了點工夫。埋柱子、上橫梁、蓋柳笆，每項活兒都不能馬虎。馬架子要經得起夜裏來光顧的野豬的蹭擠，還有無時不有的風沙的襲擊。不多時，這片空曠多年的沙窪灘上，終於戳起了一座三角形馬架子，顯示了人類原始的創造性智慧。馬架子一頭，老雙陽和狗蛋居住。那一頭，歸黑犍牛和老狗「克二龍」佔有，這是怕牠們夜裏抵擋不住沙狼的進攻，給予了人的待遇。

「狗蛋，去撿些枯根乾柴來！」老雙陽在一邊察看地形，準備挖沙井。

狗蛋蹦蹦噠噠地跑過去，嘴裏吹著口哨。他要好好欣賞一下這一帶迷人的風光。想像中，那裏長滿了老瓜瓢、酸不溜、羊奶子藤，沙坑裏盛滿了鵪鶉蛋、野鴿子蛋，還有野蜂蜜。

「不要走遠，小心張三！」

「張三？」

「狼！」進坨子忌諱直呼這個獸類的尊名，但他還是脫口而出。隨即罵開了，「你這臭王八羔子，囉嗦個屁，還不快去！」

狗蛋野慣了，倒不在乎那位尊獸，提一提往下滑的褲子，顛顛跑過去了。

當他爬上老鷹坨子的禿頭頂時，正趕上西邊那輪回窩的日頭，被大漠吞咽著。看著那壯烈的情景，他驚呆了。他一動不動，挺著黑黢黢的肚子，靜靜地注視著。

他感到了那日頭的痛苦，那掙扎般的微微顫抖，那失去閃亮光色的可憐樣兒，都傳達著切切實實的痛苦。現在那已不是日頭了，簡直是一塊剝去蛋殼和蛋清的雞蛋黃！毛茸茸，溜圓圓，中間呈橙紅色，周圍顯得金黃金黃，被下邊的線條清晰的大漠貪婪地吞吸著，撫弄著，漸漸地剩下小半圓。

大漠真饞，他咽一下口水。

這時，他忽然發現這邊沙坨上遍地流灑起從西邊溢過來的霞暈，白白的沙坡上像是鋪了一層黃金碎末，不，是把那個雞蛋黃薄薄攤灑了一層！他呆呆地站著，不邁步，似乎不忍心踏碎了這美麗無比的黃金碎末和攤灑的蛋黃。霞暉也用它那柔和的線條，包裹著這半赤裸的孩子。不多時，那攤灑的蛋黃在變，開始橙黃、暗黃，漸漸又收縮捲邊，呈現出淡淡的紫紅、又淡淡的紫黑……他驚異地向西方尋視，原來那半圓的蛋黃業已被大漠吞下去了，只殘留了一抹紫霞像是揮灑的淚水！他也眼圈濕濕的。

「狗蛋！站在那兒發傻，丟魂了？」

他戀戀不捨地收回目光。一想起要幹的活兒，他的情緒又振奮起來了。走下坨子時省下了雙腿，抱頭往下一滾，捲起一團塵沙，像一個放倒的木頭一直滾到坡底。爬起來時成了土人，「呸呸」吐著嘴裏的沙子，開始撿乾柴。受風坡上，半埋半露著許多枯根，這是唯一能證明這一帶多少年前還曾是綠色原野的遺物。他連踢帶掘，很快抱來了一大捆。

老雙陽像一隻掘洞的土撥鼠挖著沙井。在那塊長雞爪葦的位置上，用鍬挖出一個土坑，三面堆滿挖出來的濕土，用鍬背拍好，在一面留出了一道出口，修有三四節臺階。坑一米多深，底部用一個沒有底的圓筐坐進去，擋住周圍沙子的塌陷。只見圓筐底部清幽幽汪著一灘水！映著一圓藍空，還有一個草蓬蓬沾滿沙子的小腦袋在那裏晃。

「老爺子哎，你可真行！」狗蛋走下坑底，跪下去，兩手觸地，伸嘴暢飲起那沙井水。水清涼透心，稍有發澀的土腥味，那是沙漠的特有的氣息。狗蛋站起來，用手背擦著嘴邊的水漬沙土，叫著：「真甜！透心的舒服！」

沙坨子裏挖沙井，關鍵是會找水脈。別看沙坨裏乾旱，可水位很高，只要一下雨，一般沙窪地都能挖出水來。老雙陽拎一桶水，給黑牛飲。

「前幾天下了那場雨，沙窪地蓄了不少水，咱們得抓緊撒種，搶墒要緊。」

老雙陽脫去褂子，蹲下去，用雙手抓起那剛挖出來的濕漉漉涼絲絲的沙泥，往他裸露的脊背和胸脯上搓擦，一邊「啊啊」叫著，顯出舒服到骨子裏的感覺。擦完上身擦下身，小腿、大腿、大腿根，都沾了一層濕沙。濕沙擦過的地方，原先那泛著白花花汗鹼的黑皮膚，開始變濕潤，透出黑紅色了。由於發乾而緊繃的皮膚，鬆弛下來，恢復了原先的彈力，恢復了生命的本色。

狗蛋驚奇地發現，老爺子的那個乾瘦的胸脯和門板似的脊背合在一起，簡直是一堵黑色的岩石。看上去那麼堅硬、結實、寬厚。酷熱的沙圪子裏，用這濕沙泥驅趕渾身難耐的燥熱，真是個絕妙的好主意。小狗蛋也效仿他，津津有味地做起濕沙浴來。於是又多了一個嘶嘶哈哈的聲響。

吃完飯，他們早早睡下了。

半夜裏，狗蛋被尿憋醒了，一看旁邊，老爺子的乾草鋪空著。他揉著眼睛走出馬架子，發現老爺子正抱膝坐在門口沙灘上，兩眼凝視著前邊的沙窪地。腳前堆了一堆煙鍋灰。明晃晃的一輪月亮，照著坨坡，照著窪灘，泛著灰色的光。他走過去，不聲不響地坐在老爺子的旁邊。

「怎醒了？」良久，老爺子問。

「叫黑牛的尿臊、老狗的臭屁熏醒了。你呢？」

「不睏。睡了五六十年了，覺沒有了。」

「唔，那這麼坐坐挺好。」

「是啊，聽聽沙坨子嘮嗑兒。」

「沙坨子嘮嗑兒？嘮些啥？」

「光是嘆息。你聽。」

狗蛋屏住呼吸傾聽，聽不見嘆息聲；惟有那不倦的夜風從沙坡上絲絲吹過。月亮灑下了過於濃重的光色。使得沙坨更爲沉靜地酣睡了。

「它嘆息了幾十年，幾百年。人是太沒用了。」老頭兒自顧低語著，過了片刻，「明天就要撒種了，哦，紅糜子……」他掌心裏攥著一小把紅糜種子，輕輕摩挲著。狗蛋拿過幾粒，月光下仔細端詳。哦，你這攪得老爺子無法入睡的紅糜種子喲，比高粱粒小些，比穀粒大些，籽粒飽滿光潔，圓圓的，沉實而晶瑩。

「它能止住沙漠的嘆息嗎？」狗蛋問。

「能的。它是一種喜愛在沙土地裏紮根的作物。」

於是，狗蛋也相信了。

東梁子上剛發白，老雙陽就套起了犁杖。一天裏，只有在這凌晨到小晌午的時間裏較適宜播種。日頭一旦升高，沙坨子裏像蒸籠，人和牲畜都受不了。他們選擇沙窪子的南端那片地，開犁了。

這是一幅美妙的播耕圖。

晨曦中，黑犍牛在前邊伸脖拉犁，粗繩套繃得直直的；老雙陽在後邊光腳扶犁把，那鬆軟的沙土在鐵鏵子兩邊如兩道波浪翻開去；老頭兒後邊，是小狗蛋肩上斜挎著點葫蘆，用木棍「噠、噠、噠」敲著點葫蘆向前伸出的空心木管，那褐黃色的米粒從盛種子的葫蘆頭裏顛撥了出來，經過木管嘴上的草穗子分解後，三三兩兩均勻地撒落進剛翻開的壟溝濕土裏；最後邊是老狗「克二龍」，脖子上套著拉繩，拉繩那頭拴著橢圓形木製壓土滾子，順著坨溝把撒下去的種子壓進土裏去。人和牲畜，同力協作，進行著人類最基本而又原始的生存勞動。

那「噠噠噠」敲打點葫蘆聲，節奏清脆悠揚地傳蕩著，偶爾加進兩聲「叭叭」鞭聲，又由低沉的鐵鏵子翻土的「唰唰」聲和木製滾子壓土的「沙沙」聲做陪襯，合成了這一美妙無比、渾然一體的播耕協奏曲。莊重、和諧、古樸。

播耕三天之後，他們面臨了一個嚴峻的問題。儘管前幾天下了一場雨，沙坨子裏水的蒸發量是驚人的。沙井裏的水，越來越供不應求了。後來每天僅僅滲出五六碗水，還不夠人和牲畜的飲用。老雙陽把沙井往下深挖了幾尺，仍不大見效。只好控制飲用。老狗「克二龍」的活兒，可由狗蛋兼做。老雙陽拿鞭子幾次轟牠回村去，牠轉了幾個沙丘又跑回來，蹲在馬架子門口。不給牠水喝，趁他們去種地，牠自個兒卻潛進沙井，把那點水舔吸個乾淨。

老雙陽狠狠心把牠逮住後吊在木樁上。反正光喝苞米麵糊糊粥，他們也越發頂不住了。

狗蛋淚汪汪地抱住老狗的脖子不放。

可老狗絲毫沒有痛苦的樣子，神情怡然，不叫不挑，睜著的兩眼裏也沒有絲毫哀傷，似乎以此報答一下主人多年餵養的恩德，十分值得。

老雙陽一勒緊那根繩時，狗蛋一聲驚叫逃進馬架子裏。老雙陽眼睛盯著的不是狗，而是南邊的等待他們去播種的土地，還有那連綿的沙坨。他一咬牙，腮幫鼓起來，雙手猛地哆嗦了幾下。老狗「克二龍」如釋重負地「嗚」一聲低鳴，身子便軟了。

狗蛋縮在馬架子一角，眼睛盯著某處一動不動，對噴香的狗肉看都不看一眼。老雙陽如何威逼利誘也不管用，只好由他去。

沒有兩天，黑犍牛也趴窩了。缺水缺草料，加上牠付出的勞動量太大，牠實在拉不動那沉重的犁杖了。老雙陽憤怒地揮動著鞭子，「叭叭」打在黑牛的皮肉上，毛一團團脫落，皮上鼓起一道道血印子，但牠閉上雙眼任主人去打，就是沒力氣從壟溝裏站起來。

老雙陽無奈了，丟下鞭子，抱住黑牛的脖子灑下兩滴濁淚，手撫摸著血印子低語：「老夥計，難爲你了……」

他默默地卸下黑牛的軛架，解開肚帶，站起來，把軛架往自己右肩上一挎，回頭衝狗蛋吼：「扶犁！」

狗蛋看著他那乾瘦的身形，站在原地沒動窩。

「聾了？快扶犁！聽見沒有！」

「不，俺不扶。」狗蛋冷冷地說。

「你！……」老頭兒操起了剛才打牛的那條鞭子。

狗蛋無動於衷地看著他。

「你扶不扶？」

「不扶。」狗蛋黑肚子一挺，脖子一梗。

老雙陽手中的鞭子在空中揮了一圈，將落不落的時候，他丟開了它。隨即，向狗蛋走了幾步。「撲通」一聲向狗蛋跪下了。「小祖宗，求求你了，就剩下一升多種子了，你知道，這紅糜子是咱們倆明年一年的口糧呵！懂嗎，小祖宗！」

「咱們倆？明年你還叫我跟著你？」

「叫你跟俺一輩子，不是乾兒子，是乾爹！」

「哦，你認下俺當乾兒子了？」狗蛋不相信地盯著老頭的臉，然後，他也不去理會老頭，走過去小手扶起犁杖把，同時用髒糊糊的手背狠狠抹了一下眼角。

老雙陽站起來，重新把軛架套在肩上。

「俺恨你，乾爹。」狗蛋從他後邊靜靜地說。

「俺恨這沙漠，乾兒。」老雙陽沉著臉回答。

鐵鏵子插進沙土裏。老雙陽躬著上身繃著腿，向前使勁一拉，身子卻彈簧似的被繩套拉了回來，鐵鏵子一丁點也沒動。狗蛋把鐵鏵子尖稍稍往上抬高了一點。

「照原先深淺！這是種糜子，不是種蘿蔔！」

「好好，你這瘋老頭，你就拉吧，拉得比黑牛還黑牛吧！」

老雙陽把肩膀往前一橫，腮幫上的咬肌擰動著，雙眼往前鼓突起來，額上暴起的青筋如蚯蚓。豆粒大的汗珠從兩鬢往下淌落下來。

「嘿——！」老頭兒一聲怒吼，鐵鏵子終於顫悠悠地吃土行進了。一步、兩步、三步……

十步……五十步……狗蛋沒想到那乾瘦的身軀裏蘊藏著如此巨大的力氣。粗硬的軛架，擠壓著他的肩胛骨，不一會兒，肩上的皮和肉被擠爛，顯出一片血印子，滲出細細的殷紅色的血絲。

狗蛋站下了。不聲不響地脫下身上惟一的衣物——屁股上晃蕩的大人褲衩，走過去塞墊在正埋頭運勁的老頭兒肩上。這一下他赤裸裸一絲不掛了，黑瘦黑瘦的小屁股鬆拉巴嘰，右邊有一塊閃亮閃亮的狗咬的疤痢。那小雞子呢，在麻杆似的兩腿中間微挺著，晌午的日頭在小雞子尖上閃光——原來那裏剛溢過尿。有顆尿珠在那裏顫動。

老雙陽回過頭來，禁不住大笑：「乾兒子，這會兒你頂頂英俊！賽過羅成！」

狗蛋不予理會，扶起犁把。走出二三十米，兩個人又回過頭來，一人操點葫蘆，一人拉壓滾子。

六 狂舞

把你的黑髮放開來，啊，安代
不要坐著發悶啦，啊，安代！

荷葉嬸嘴裏低哼著「安代」，步履悄然地走向那座聖沙——「敖包」（沙丘）。清淡的月光，罩裏著她的身體，那如泉水溢出來的「安代」曲，在夜的靜謐中變濃。

你知道天上的風無常，啊，安代！
就應該披上防寒的長袍，啊，安代！
你知道人間的愁無頭，啊，安代！
就應該把兒女腸斬斷，啊，安代！

她低低地哼唱著，如泣如訴。惟有這般獨白低吟「安代」的時候，她才感到那顆四處遊蕩的魂，有了某種依託，那深深攫住自己的孤獨感也悄然釋去。同時，冥冥中感覺到，那個自己久久尋覓的「安代」的魂——那個神秘的精靈，也正在一片虛無中向她閃出迷人的光環。

這幾天她成了人物。雨時邀來了電視臺的人，縣文化局根據他的報告也派出了人馬，於是小小的哈爾沙村又像當年一樣，開始熱鬧起來了。村裏人們一改平時的態度，都誠心誠意地向她露出笑容，擁戴她。

農民們出於對旱災的恐懼，對沙漠的敬畏，都非常熱心於跳「安代」祭沙祈雨的這種老一套的風俗活動。惟獨她鬱鬱寡歡，情緒提不起來，深深被內心的孤獨控制著。她清楚，村裏人關心的是，通過這次跳「安代」，能得到一筆錢，可以買到返銷糧；雨時他們關心的是，通過重新挖掘「安代」這一古老的民族文化傳統，可向社會奉獻和索取些什麼。誰也沒有真正關心她，體諒她內心的孤寂和淒苦。

說起來，也沒有人真正關心和考慮「安代」的命運、「安代」那個迷人的魂——那個不被人知的神秘的魂。她獨咽著苦澀的水。這次她是完全出於某種使命感，才決定跳「安代」的。企盼著通過這最後一次機會，享受那遨遊「安代」的神奇世界的幸福，尋覓那魂，捕捉那精靈，把自己孤獨的靈魂溶進那超脫的境界。在這最後一次，自己該去的時候，命運對她應該有所報償了吧。

這是一座自然沙丘，圓形頂上平整出一塊較寬敞的祭壇，四角插著四色幡，在夜風中微微揚動。中間堆放著乾柴，還有一面供桌，供桌上放著一隻捆著的活羊，準備明天祭祀時用。

她緩緩登上土丘頂。觀看著這些村裏人精心準備的場面，回想起自己年輕時當「列欽」參加各種祭祀活動的情景。同時也想起了什麼，不由得轉過頭遙望那迷濛的沙漠深處，輕輕嘆口氣。人在哪裡呢？命運為何沒有安排他們倆最後合作一次？紅麼子，那個如此迷住他的紅靡子，到底是什麼神物呢？

她深深惋惜。

他們倆的第一次合作，是在五十年代末那個紅火的年代。那天上午，幾輛草綠色的吉普車揚著沙塵滾進了哈爾沙村。這是破天荒的事情。幾個膽大的光屁股孩子，夾騎著柳條馬追逐在吉普車後邊，在塵土中若隱若現。

晚上，她被叫到生產大隊部，被介紹給一位衣著高貴、頤指氣使的中年女人。後來才知道，這個女人是上頭一位大官的女兒，本人也是大官。

「別害怕，咱們說說話。」中年女人那雙閃動在鏡片後邊的眼睛，倒十分柔和可親，「你當過『列欽』？」

「嗯……嗯……」

「跳過『安代』？」

「……嗯哪。」

「能不能教我？」

「教你？教你跳『安代』？」

「嗯哪。」中年女人學著她的口氣說，「還有他、他們、全村人。」她隨手指了指陪來的隨員和大小隊、公社幹部們。

「長官，那是迷信，騙人的把戲，俺不敢再跳了，土改時受到教育後，俺再也沒有跳過……」她不知所措，結結巴巴。

「哈哈哈，沒關係，咱們不搞迷信，也不去祛邪治病，咱們只是跳跳唱唱，換些新內容。」中年女人大度地微笑著觀看她疑惑不解的臉，「現在要大唱三面紅旗，大唱共產黨好。農民要用農民的方式大唱。具體地說，就是起用『安代』這一民眾的形式大唱，當然要編進新內容，新唱詞。」

她一時不知說什麼好，喃喃低語：「俺不會編新詞兒。」

「有人給你編。」

她緘默了。感到這事很新鮮，這麼多年了，被土改打倒的「安代」，現在又要請回來，這是怎回事？她的心動了。而且，很明顯，無法拒絕這個女人的請求。在這個女人身上有一種無法抵禦的讓人服從的魅力。

「村裏還有個『孛』，他比我跳得好。」她說。

「我請過了。他不幹，真是個倔脾氣。」那女人說話時，以極信賴的目光看著她，「這件事，我還想請你幫個忙。是否你去替我請請他，怎麼樣？」這個女人似乎通曉她和他的關係，而且用心深遠。

「俺？」她有些不好意思。在這樣一個有身分的大人物面前，她有些不自在起來，臉紅了。同時心想，雙陽這個倔巴頭，居然拒絕了這個女人！

「請你別見怪。我是為你們的『安代』這門藝術惋惜。如果，你們用一種新的形式新的內容革新一下，使之繼續往下流傳，你們這才不枉當『孛』和『列欽』一場，也不致使『安代』在你們手上埋沒。我想，任何一種民間藝術，只有在不斷地充實新的社會內容，並具有體現這一社會內容的新形式的條件下，它才會閃出永不熄滅的光彩。」

她極佩服這個女人的說服力。她也被她的親切、和藹、平易近人的態度感動了。為了「安代」，爲了這位如此器重自己的女人，她果真去找了雙陽。

「你走吧，俺不跳。」他卻給她吃了個閉門羹。

「告訴你，現在對『安代』來說，可是絕處逢生的機會，往後怕是過了這村沒那個店了！」

「不幹，那不是『孛』跳的『安代』！」

「『孛』跳的『安代』怎樣？失去這次機會，照樣埋進土裏！傻瓜，關鍵是讓『安代』能傳下去，懂嗎？傳下去！要不，『安代』就絕在咱們的手上了！」她說著，突然覺悟地瞟他一眼，那明亮美麗的雙眸子裏流動著一種異彩，低聲說：「你要是能出馬，俺就嫁給你……」

他驚異地看著她，慢慢說，「可俺有老婆。」

「你老婆？咯咯咯，一個多年的癆病鬼。」

「可她活著。」

「活不了幾天了。」

他無言以對。她知道他，自從她來哈爾沙村起，他一直壓抑著少年時代萌動的感情，回避著她。陰錯陽差，他和她終不能走到一起，冥冥中總有個冰冷的手隔開他們的機運。可她忘不了少女時代的那個夢，儘管隨著歲月的沖洗變得慘澹了，支離破碎了，她始終執拗地幻想著重續那個夢。

「你坑了俺前半輩，還想坑後半輩嗎？當初俺們投奔哈爾沙村，你以爲真的爲了那個癆鬼嗎?你這木頭人，狼心狗肺——」

雙陽默然。心中捲著波瀾。他理解她，可人生的經歷、社會的道德觀已在他心中織成了網，今非昔比。他想到自己的病老婆，想到了師傅的遺訓，想到了她的經歷，她的老支書弟弟遺孀這一身分……但是，心的深處，他深戀著她。

「好吧，俺跟你去跳。」他說。他不能再傷她了。

他們跳出了名。兩人配合默契，珠聯璧合，領著全村人唱了七天七夜。「安代」風靡了哈爾沙村，風靡了公社、全旗、乃至全盟區。農民們晚上唱，白天唱，田間地頭揮舞起斧頭鐮刀唱。有一位老太太聽到廣播裏放「安代」曲子，揮動長煙袋聞聲起舞，跳塌了土炕。這古老的民間的歌舞，果真應和它的名稱「敖恩代」，抬頭起身，復活了。

「安代」的動作由文工團人員幫助改編；唱詞是由秀才們編寫和他們自己即興編唱。圍繞大躍進、人民公社、總路線三面紅旗，歌頌黨和領袖。如：「圍著太陽轉身不冷，跟著黨走肚不饑」，「三面紅旗是燈塔，人民公社是金橋」，偶爾也冒出這樣的詞句：「你色迷迷地坐在我家炕頭幹啥呀，喇嘛?小心打黃羊的丈夫回來剝你的皮!」

他們倆唱紅了。那位有身分的女人，封他爲「安代王」，封她爲「安代娘娘」。

那天夜裏，雞叫三遍，「安代」才收場。農民們從俱樂部扛著鎬頭直接下地，大躍進，深翻土地去了。他們倆奉命回家休息，累得二人快散架了。就近到了她家裏，他本來打算喝口水就走的，但一倒在炕上就昏睡過去了。

她望著死睡過去的這男人，呆呆的，臉上的紅暈還沒有消盡。「安代」使她神魂顛倒，發狂發癡，這個男人卻睡過去了。

她給他解衣，手微微顫抖。

她很快發現，他下身卻穿著一件鹿皮緊身褲衩！兩側用十幾根皮條子繫了死結子，除非刀割剪子鉸，人的手是無法解開的。她怔住了，手被火燙了一樣抽回來。感到這是塊冰冷的石頭，不是血肉之軀。

他昏睡中迷迷糊糊地說：「俺這是怕，怕經不住。」

「這是何苦，」她低下頭，傷心了，期期艾艾地說，「你真的那麼不喜歡我？」

「不，不是，你聽俺說，實際上，俺這一輩子最喜歡的女人就是你……」

「這是真的？」

「真的。」

「那好。」她說著從炕頭拿起一把剪子，伸手就要剪那繫死結子的皮條子。

「這……」他本能地伸手擋。

「你再擋，俺就把這剪刀捅進你的小肚子裏去！」她狂熱地說。

他愕然。相信她會做得出來。

她的握剪子的手，輕輕貼著他的小腹，一下一下剪開那十幾根皮條子。他一動也不敢動，躺在那裏身上卻燥熱起來。血從心窩裏往上走，走過喉嚨，走過臉頰，直沖到腦門子上。最後一根皮帶子被剪掉了，她手中的那把剪子也「噹」地一聲掉在炕上。

她的心一陣狂跳。她的眼前出現了一個強壯的、健康的、赤身裸體的男人身軀，像一株放倒的粗樹。黑褐色的皮膚，發達的胸肌，伸直的雙腿，以及那個神秘的男人武器……這是她少女時期一起想得到的夢，被命運奪去嘗盡人間酸甜後還回來的夢。她輕輕嘆氣，不慌不忙地脫掉身上的衣服，挨著這株放倒的樹躺下去。

她感覺到旁邊那個軀體燃燒了一般，陣陣熱氣漫過來，包裹住了她。她身上顫抖不已。熬過了最初的緊張，她和他小心翼翼地試探著，摟住對方。他們自己也沒想到。經歷了幾天幾夜沒合眼的極度疲勞的身體，現在竟具有如此倒海翻江的活力。

爾後，她送他走了。說：「別怪我吧……」她知道這是第一次也是最後一次。她望著他的搖晃的背影哭了，哭得好傷心。為自己，為他。

往後的歲月中，他和她雖在一個村，卻如陌路，近在咫尺，如隔天涯。轉眼幾十年的日日夜夜無聲地流過去了，他們的心都熬木了。只是在這重新跳「安代」的時候，猶如一隻哀聲尋偶的孤雁，思念起在沙坨裏獨自苦掙的漢子來。惟有「安代」能把他們聯繫起來。她知道，他們二人各有各的追求，各奔各自的歸宿，一切事情強求不得，這是沒辦法的事情。想到此，她的心也平和了許多。

翌日。當太陽還沒升起來，在那座聖沙——「敖包」周圍聚集了哈爾沙村數百名男女老少農民。電視臺的攝影師調試好了鏡頭，錄音師撥好了音量，在稍遠處轟鳴著他們自帶的柴油發電機。

孟克村長從祭壇上向下邊的村民們講話。

「大家聽真切了，上級領導對咱們哈爾沙村百姓是沒說的，咱們也得拿出真格的。哈爾沙村是『安代』之鄉。這歷史嘛，要多久有多久。娘的，五十年代就是全區的文化點了。咱們今天可不能辜負了上級領導的好意！今年咱們遭了大旱，顆粒不收，也正好上級領導來檢查『安代』的老一套表演法，所以現如今設了這麼個祭壇，祭天祭沙驅邪祈雨，大家來跳『安代』，一舉兩得！凡是參加的人，每天發誤工補貼金，等上級撥來款子，就按人頭分。大家盡興跳吧！買返銷糧，就靠這個了！」

村長的動員實在、有力、充滿誘人的蠱惑。幾百號人眼巴巴地望著他的一張一合的大嘴，好像那錢鏰子兒就是從那個黑洞裏蹦出來似的。人們屏住呼吸，暗中運著勁，準備為飯碗裏能有那返銷來的發黴的苞米粒，豁出一切大幹一場！

孟克講完，向旁邊的一位白髮銀鬚的執事老者，揮了一下手。

這位曾在廟上當過「格吾皮」喇嘛的老者，雙手捧起一條雪白色哈達，面向聖沙——「敖包」祭壇鞠躬三拜，然後用洪亮的嗓音念誦道：

當森布林大山還是泥丸的時候，

當蘇恩尼大海還是蛤蟆塘的時候，
我們的祖先就祭天祭地祭「敖包」，
跳起「安代」消災驅邪祈甘雨！
啊，「安代」！
像百靈般的唱吧！
像獅子般的跳吧！

周圍的農民們齊聲應呼：

啊，「安代」！
啊，「安代」！

這時，「安代」的主唱人「列欽」荷葉嬸，身穿黑色綢袍，攙扶著一位頭蒙綠紗巾、身穿白長袍的年輕婦女，步履緩慢地走進眾人圈裏。她讓那位婦女坐在中間的一個木墩上。然後，她站起身，手中的彩巾猛地往上一揚，於是從沙丘的一側便驟然響起一聲長牛角號，接著就是氣勢磅礡的鼓樂齊鳴。

「安代」的序曲《蹦波來》奏響了。曲調悠揚，節奏緩慢，猶如一縷輕柔的春風徐徐吹來。人們的心中不禁蕩起一陣波浪。只見荷葉嬸雙肩一抖，亮出她那有名的「碎肩」，像一片風中飄動的綠葉，舒緩地翩翩起舞了。她手裏揮動著兩條彩巾，如兩隻花蝶上下飄忽翻飛。

她走向那位白袍女人唱道：

把你的黑髮放開啦，啊，「安代」！
不要坐著發悶啦，啊，「安代」！
虔誠的百姓們都到齊啦，啊，「安代」！
該是狂舞瘋唱的時候啦，啊，「安代」！

那些農民們也踏著這「安代」曲子的節奏，跟著「列欽」的動作起舞了。他們應和主唱人，不斷高聲重複著那句：啊，安代！在舞動中漸漸形成一個大圓圈，把「列欽」荷葉嬸和那位患有「安代」病的白袍婦女圍在核心。荷葉嬸那一頭烏黑的長髮披散在後背上，如一匹瀑布；兩隻綠瑩瑩的美麗的耳環在雙肩上擺蕩著；戴在手腕上的銀鐲子隨著彩巾的揮動在陽光下一閃一閃的，上邊的小鈴鐺發出悅耳的叮噹聲；那件漂亮的黑綢袍緊貼著她身軀，袍的下襬輕輕拖著沙地，偶爾露出那光著的雙腿，猶如荷葉下閃露出被覆蓋的兩朵金蓮。她的一雙眼睛，此刻閃射出明亮而熾烈的光澤，迷幻般地望著沙漠，望著藍天。

隨著一聲激越的鼓樂響過，荷葉嬸忽然把雙臂向上一伸，然後左腿一屈，單腿朝祭壇跪下來，頭微微下垂，一動不動地靜待著，臉色莊重而肅穆。似乎祈求念叨著什麼。全場鴉雀無聲，所有的人都好像停止了呼吸，嚴肅地等待著。

短暫的沉靜中，人們的耳邊響起了輕微如泉水的四弦胡琴聲，緩緩奏出了另一支「安代」曲子《傑呵嗚》。只見荷葉嬸緩緩昂起頭，遮蒙在眼瞼上的黑髮甩在腦後，雙腳踩著節奏使勁蹂踏著地，衝著那位仍舊蒙頭坐著一動不動的白袍女人，繼續激昂地唱起：

鋼鐵雖然堅硬，
投進烈火就能燒化；
你的苦難雖然沉重，
走進安代場就能忘卻！
啊，「安代」！
來吧，來吧，啊，「安代」！

白袍病女似乎終於忍不住，慵懶地伸臂舒腰，慢慢伸手扯下蒙頭的綠紗巾，從土墩上哆嗦著站立起來。這是一位十分年輕漂亮的女子。一見她起身，伴樂便奏出另一支抒情的「安代」曲子：《呵吉耶》。

「列欽」荷葉嬸領著眾人環繞著白袍女舞動，輪番探問她心事，啓發她傾吐隱衷：

是對父母懷有哀怨？
是對丈夫抱有憤恨？
還是依戀著孩子？
或者迷戀著舊日的情人？

在「列欽」的誘導和這美妙的「安代」曲催動下，白袍女人開始興奮了，臉放紅光，眼含秋波，跟著「列欽」慢慢手舞足蹈起來。於是，場裏一黑一白兩個鮮明對比的顏色交梭舞動，好比兩隻黑白彩蝶翩翩飄舞。那悠揚柔和的「安代」曲子或高或低，或急或緩，時如風穿山谷，時如溪流林間，使激情舞蹈的人愈加沉醉於那纏綿激越的旋律中。

這是海潮般的、風似的、火似的、充滿鼓動力的歌和舞。

白袍女人終於打開心扉，唱出隱衷：

杏黃哟緞子的坎肩呀，
是我在月光下給他縫的。
早知他離開我的話，
還不如把它一把燒成灰。

哎喲我的你呀，後悔也來不及！
啊，「安代」！
大紅喲緞子的坎肩呀，
是我用心血給他縫的，
早知他要變心的話，
還不如把它一把撕成條！
哎喲我的你呀，後悔也來不及！
啊，「安代」！

「列欽」勸導她：

八卦喲風箏若是斷了線，
你再牽拉繩也沒有用呵，
哎喲我的可憐的妹子！
無情喲哥哥若是變了心，
你再哭乾淚也一場空呵，
哎喲我的可憐的妹妹！

你越是胡思亂想沒著落，
身上的病情越變嚴重，
莫不如立時丟掉心頭的煩惱，
跟大家一起祭天祭沙祈甘雨！
哎喲我的可憐的妹子！

經過「列欽」和眾人反覆詠唱、勸導，白袍女人終於幡然醒悟，跟隨「列欽」投進下邊的祭祀「安代」的舞躍中。

至此，樂隊突然奏出節奏強烈、旋律激昂狂熱的「安代」曲子。「列欽」荷葉嬸的舞姿突然一變，引領著白袍女人，二人隨這激烈的音樂，雙肩搖擺，下身扭動，光腳踩著沙地，熱情奔放地狂舞起來。此時此刻，她完全不像一個年過五十的女人，那步態的輕盈，那身手的敏捷，那舞姿的優美、俐落，十八歲的少女也遠不及她。

這嫺熟狂放的「安代」舞蹈，此刻全然象徵著熱情、歡樂、怒火和願望。迷人的黑色袍裙浮動著，旋轉起來，像一股黑色的浪潮、黑色的旋風，在場地內四處翻飛。而那白色的袍子緊隨著她，十分和諧默契地陪襯著她，相輔相成，看上去猶如海面上翻滾而來的雪浪花。於是這黑色的旋風，白色的雪流，相互咬噬，相互輝映，時而原地對跳，時而分開提著袍裙向兩翼奔舞，表演著一幕幕驚心動魄的「安代」舞。

這已不是那種姿態婀娜、身手靈巧的輕歌曼舞。這是呼號，鼓動，追求，祈禱，和不可遏止的憤怒！人對自然——對沙漠、對蒼天、對旱魃，以及對那不可知的命運發出的莊嚴而神秘、強烈而哀怨的控訴！那響亮的拍手，那急促的跺腳，那大幅度扭擺的腰身，那粗獷的動作，那嘩嘩響動的袍裙，都無不表達著這種控訴。

尤其那高傲的頭顱的頻頻昂起，更是充分體現著「安代」——「敖恩代」——抬頭起身的含義，也就是，以世界上惟獨「安代」才具有的獨特的歌和舞的形式，強烈表達著勞動者——人的驕傲、人的尊嚴、人的不屈服、人的對天地鬼神和對人本身的控訴與抗議！

雨時和電視臺的記者們，觀看著這驚心動魄的表演，他們被震撼了。尤其雨時，受到了強烈的感染。從它那豐富多彩的舞蹈語言、那強烈亢奮的節奏與柔曼舒緩的動作的相結合，那簡明有力而大眾化的風格，都使人不禁想起當今風靡全球的、又起源於拉美民間舞蹈的迪斯可來。雨時想，「安代」之所以經久不衰，如此普及和具有生命力，大概也因爲它產生於民間，又由像荷葉孀、白袍女及還沒見識過的「安代王」老雙陽這樣的天才的民間藝術家們，使之日臻完善和傳播的緣故吧。顯然，這是下里巴人勞動者的歌舞，爲的是發洩他們內心的喜怒哀樂。

攝影機的鏡頭，不停地追蹤著那黑色的旋風和白色的雪浪，還有那擁戴她們奔舞呼號的潮水般的群眾。這是一卷極其珍貴的藝術資料。

這時，那位祭壇上的執事老者，用壓倒所有聲響的拖長的嗓音朗誦道：

從北海牽來雨龍，
從東海舀來甘澤，
從西洋喚來河婆，
從南洋引來雲朵，
驅除旱魃！驅除旱魃！
祭沙！祭沙！啊，「安代」！

村民們跟著他地動山搖地呼喊：

把山梁的水引下來喲，
唱它個一百天！
把旬子上的水引上來喲，
唱它個五十天！
驅除旱魃！驅除旱魃！
祭沙！祭沙！啊，「安代」！

「安代」以一種特殊的魅力，征服了這些農民，都像著了魔，鬼魂附體了一樣狂歌瘋舞。

「敖包」頂端的祭壇上，聖火燃燒起來了。那位祭司老人合掌誦經，不時往火裏祭灑著酒和供品，念念有詞地祈禱著。

荷葉嬸的兩頰上，呈現出落霞般粉紅的暈圈，那雙眼睛異常可怕地閃射出兩道光束，似乎她已捲進不能自已的瘋狂的漩渦中，旋轉著，舞躍著……

完全瘋狂了的農民們，簇擁著這兩個黑白袍女人，猶如一股股澎湃奔瀉的濁流。荷葉嬸像一顆陀螺，在這股濁流的漩渦裏轉動著，轉動著，那一聲聲激越的「安代」曲子和周圍簇擁的農民們像一根根揮動的皮鞭，催動抽打著這只全不知停下的陀螺……

突然，一聲長長的仰天長嘆，一聲碎肝裂膽的狂笑，「列欽」荷葉嬸終於昏厥過去，仰面倒在渾濁的塵土中。她的下身被浸出的黏性血液染紅了……

七　流沙

播種完了。

老雙陽捶打著腰，倒在乾草鋪上，躺著喝乾了一瓶老白乾。爾後，昏天黑地睡了一天一夜。乾兒子狗蛋守在他的頭旁，拿兩根苦艾蒿子轟趕落在他肩頭傷處的蒼蠅。那裏血和膿被繩套勒擠後正形成色澤鮮明的痂疤。狗蛋不時把手背放在他嘴邊，試他有無鼻息。他擔心乾爹就這麼睡著，不聲不響地過去了。

老雙陽終於呻吟著睜開了眼睛。

「乾爹，你還活著嗎？」狗蛋問。

「到閻王爺的門口轉了一圈，他不收咱。」

狗蛋從火堆裏翻出一塊烤熟的狗肉，遞給他。

「哪來的狗肉？」

「你給俺的那份，俺都埋在馬架後邊的沙子裏，還沒有臭。沙子裏真是保存東西的好地方。」

「你自個兒吃吧。」

「俺不吃，咽不下，你吃下它吧，養好身子，明天咱們好回家。」

「明天？乾兒子，咱們還得待些日子。」

「等死？」

「等紅糜子抽芽。落土三四天就能抽出芽，苗不壯時得趕野鳥，餵了牠們，咱不是白遭罪了？」

狗蛋不吱聲了。

「怎？洩氣了？」

「不是。可沒有水，怎熬吧？土鱉也得找潮氣呢，咱們兩個大活人就靠那點蛤蟆尿似的水，你說怎挺吧？」

「一會兒再去找找水脈，挖幾眼新的沙井看看。興許哪塊兒的沙窪子裏還給咱存著水呢！」

老雙陽幾口吞了那塊狗肉，頓時精神了許多。他吃狗肉時，狗蛋一直背對著他坐著。老雙陽從後邊久久端詳著那瘦小的身軀。各部位只剩下骨架支撐著，黑褐色的精光赤裸的皮膚上，塗滿淡黃色的細沙塵，汗水通過這片漠野流向屁股溝時，淌出了一道道清晰可辨的印跡。他突然想這小崽子是真的不願吃狗肉，還是有意留給他吃的？他的心不禁一熱。

「狗蛋，過來。」

「怎呀？」

「你……」

他本想詢問他真不吃狗肉還是……可又覺得多餘，他已經摸透了這位乾兒子的脾氣。那黑乎乎沒有肉的皮骨裏，藏著一顆熱呼呼的心。他感到，在這沒有人煙的荒漠野坨裏，雖然只有他們一老一少兩個人，可這裏卻充滿了人間的溫暖、心靈的奉獻。

他乾咳了一下，用嘻啞的嗓子這樣說：「你也得找點肉吃，這沙坨子有一種小動物的肉比狗肉還香。好吧，一會兒我給你逮幾個去。」

「啥玩意？」

「跳兔。沙坨上有一種野鼠，前兩條腿短，後兩條腿長，脊背灰黃色，肚皮白細，肉也乾淨。本來我是捨不得殺沙坨裏生靈的，今天爲了乾兒子，開戒了。」

老雙陽和狗蛋，扛著鐵鍬上坨子了。

果真，在坨坡上有好多個揚灑成一條線的濕土，形成一個一米來長的沙線。一頭上有個被拱出的土堵死的小洞口。老雙陽往那洞口上挖了幾鍬，很快，那裏露出一個黑乎乎的小圓洞，深不可測地伸向地底。

「這麼深的洞，能挖出來嗎？」狗蛋蹲在一旁歪著頭問。

「外行才順著洞挖呢，瞧著乾爹的。」

老雙陽放下鍬，在離洞中一二米遠的上方，用腳後跟來回踩踏著。很快踩著了一個封著一層薄土的洞口。

「看，這就是跳兔的窗口，專門爲逃跑用的。小東西，鬼著哩，要是人從正面洞口挖過來，牠就從窗口破土而逃。你看，啥物有啥招。」

老雙陽說著，脫下上衣，把衣袖口套放在那個窗洞上，周圍壓上土，然後把袖子這邊口用根繩子紮牢。接著，他削了一根長柳條，從正面洞口往裏捅進去，並使勁來回攪動著，朝洞裏大聲喊了幾聲。

「乾兒子，看住那窗洞！」

話音剛落，突然「撲」地一聲，那個驚慌的跳兔從窗洞裏蹦出來。狗蛋迅速撲過去，抓緊了袖子口，高興地叫嚷起來：「逮住了！逮住了！」

「哈哈哈，頭一個獵物！剝皮掏去內臟，足有三兩肉！」老雙陽從跳兔的長尾巴上拎提著，掂量著。

如法炮製，很快逮了十多隻跳兔，用柳條棍串了一溜。回住處一一剝皮掏內臟，胸腔裏塞上濕沙，上邊敷撒點鹽巴扔進火堆裏燒起來。頃刻間，誘人的烤肉香飄散出來，充滿了小馬架子裏。小狗蛋饞涎欲滴，伸手拿出一隻跳兔，半生不熟地咯吱咯吱咬啃起來。

狗蛋自己也會逮跳兔了，居然從一塊黑沙坡上逮著一隻比一般跳兔高大、脊背上有黑灰雜毛的奇特的跳兔。

「啊哈，乾兒子哎，你可逮了一隻『黑老總』！不簡單！牠是跳兔裏的大王，優良品種，唔，還是個母的，還揣著崽兒哩！」老雙陽誇讚著。

狗蛋不忍心殺掉這隻將做媽媽的「黑老總」，用根繩子拴住，養起來了。

老雙陽去找水。轉了不少沙窪子，終於從一個形如鍋底的沙窪子裏挖出一眼能出水的沙井，將就著維持些日子。三天後，果然從壟溝裏密密麻麻拱出了紅糜子小苗苗，嫩綠嫩綠，兩片小葉子向上翹著，著實令人喜愛。老雙陽欣喜無比，用乾草和樹枝紮了一個草人插在地裏。

過了幾天，早晨他們去紅糜地轉悠時，發現地裏落著幾隻沙斑雞。跑過去一看，幾棵小苗苗被刨出根啄掉了。老雙陽心疼得叫了起來，撿起土坷垃擊打轟走了那幾隻可惡的鳥。誰知，這天下午，從西邊沙漠深處黑壓壓飛來了一大群沙斑雞，全然不顧人的喊叫轟趕，紛紛落進地裏。老雙陽火了，怒罵著，叫囂著，操起一根棍子趕打著。狗蛋兒也拿著柳條子來回轟趕。可是，這群在乾旱沙漠裏餓急眼的野鳥，這邊轟跑，又在那邊落下來，一點不怕人。

他們兩個來回跑著，疲於奔命，但無濟於事。老雙陽氣瘋了，揮舞著棍子打下幾隻沙斑雞，那些個惡鳥突然咕嘎亂叫著猛地撲向老雙陽，往他臉上頭上亂抓亂叨，爲同伴報復。老頭兒狼狽地躲閃著，抬手臂擋著頭臉，很快，他的臉上、脖子、肩臂上都被啄出了血。

老雙陽絕望地大喊一聲：「蒼天！你絕我的路，俺的紅糜子呵——！」

他撲倒在地，拍著地哭泣，煙袋荷包火柴撒落在地上。狗蛋在一邊嚇呆了，這時一見地上的火柴，他的心一動，衝乾爹大聲呼叫：「火、火、用火燒！用火燒！」

老雙陽驀然醒悟，一躍而起脫下外衣拿火柴點燃，等燒旺後高舉起來揮舞著，衝向那些貪婪凶狠的鳥。狗蛋也點燃了一把乾柴衝過去。

沙斑雞又名叫「傻半斤」，因生性傻憨、暴戾，體重又正好不多不少半斤重而得此名。見了火，這些傻鳥並不逃走，傻頭傻腦地又向老頭兒和他揮舉的火把撲過來。結果，牠們的羽毛被燃著了，很快全身蔓延，同時相互傳開了火，一飛動見風後火勢更旺起來，頃刻間，天上到處竄著火鳥。

沒有一會兒，牠們的翅膀燒焦了，飛不動了，「啪啪」地掉落地上，搧拍著焦糊變黑的翅膀在地上亂跑，霎時間滿地躥動著燃燒的火雞，猶如一團團火球在滾動。牠們驚恐地發出嘰喳咕嘎的亂叫，身上冒著煙火掙扎著，抽搐著，倒斃著，滿田野散放出濃烈的燒焦羽毛皮肉的香味。

「啊哈哈哈，真叫玩意兒！太絕了！該死的傻鳥，這回知道爺們的厲害了吧！乾兒子哎，你真行，可以去當軍師了，火燒連營！哈哈哈，咱們快撿烤雞喲，這一下不缺肉吃了！」

老雙陽暢快地大笑著，揮舞著燃燒的外衣，追趕沒有燃燒的沙斑雞。剩餘的鳥終於紛紛往高飛，遠離火源，驚恐萬狀地逃走了。

燒死燒傷的沙斑雞，他們撿回去足足吃了五六天，頓頓打著肉嗝。嘴巴上油亮油亮，沾著黑灰和細毛，瘦骨上都生出些肉蛋蛋來，撐開了他們那乾巴緊縮的黑皮！有了沙斑雞，狗蛋的「黑老總」就免於一死，而且，毫不客氣地在他被窩裏下了一窩紅肉肉的小崽子。

老雙陽收拾東西，準備回村了。結果，沒想到，這天夜晚發生了一場老雙陽這樣的老沙漠卻未料到的險情。

本來，下晌那西斜的日頭出現一層黃暈時，他心裏就犯嘀咕過。到了傍晚，當西天赤紅一片時，他就確定無疑地相信午夜準有大風了。俗話說：「朝日暮赤，飛沙走石；午後日暈，風勢須防。」不過，他並沒在意。小苗已長高，一般的風都不怕，那地段又處在沙窪地，流沙也埋不著。他和狗蛋放心無慮地睡過去了。

後半夜起風後，果真風勢不小，飛沙走石，星辰暗淡，流沙被風驅趕著重新堆積著。風乍起的時候，老雙陽去地裏轉悠過，覺得問題不大，午夜起風天亮必停，於是，他又回馬架子睡過去了。

他們的馬架子緊靠著坨根戳起來的，三面環沙，當時是從搭馬架子方便考慮的。現在，風傷不著禾苗，卻把流沙從三面趕捲過來，趁他們酣睡時，一點一點掩埋著小馬架子。到天亮時，這間小馬架子完全被流沙埋進地裏，只露出頂部的兩根柱頭。

老雙陽睡夢中微微感到胸口有些憋悶。他掙扎幾次，想從睡夢中醒過來，可是辦不到，好像總有根繩子拉著他，不讓他起來。最後，當他快被窒息時，才大喊了一聲，醒過來了。眼前卻漆黑一團，伸手不見五指，馬架子裏死悶死悶，空氣不流通，有一種完全被封閉的窒悶隔絕感。胸口憋悶得難受，一陣陣壓抑，肺腔裏幾乎要爆炸開來。

他的腦袋「嗡」地一下，驚恐地想：「完啦！馬架子被流沙埋了！」

他伸出手，向四周摸索著，旁邊的狗蛋已昏過去，鼻口稍稍有些微弱的熱氣。他的心一陣冰涼，掙扎著爬向門口。渾身軟弱無力，幾步路似乎爬了幾個世紀。終於爬到門口，搖晃著站起來，拼出渾身的力氣推門，但完全無濟於事，那門紋絲不動。從門縫裏流進來的流沙依著門堆得老高。怎麼辦？沒有空氣，沒有出路，身體極為虛弱，想從這埋進沙底的馬架子裏活著走出去，真是比上天還難了。

老雙陽一聲哀嘆。伸手撫摸著一旁昏迷的小狗蛋，心裏猛地一陣酸楚。不該帶他來的，這麼小的年紀就離開人世，太不公平，全是自己害了他。他同時想起了留在村裏的荷葉。他也不明白自己，為何在這時候，在這生命垂危之際想起了這個女人，而且想得如此強烈，只希望死之前能見她一面。她現在怎樣呢？「安代」跳瘋了吧？那兩間迷了全村男人的土屋喲！

她也是受自己牽累的兩個人之一。這世界上，他只欠這兩個人的賬，也只有這兩個人使他牽腸掛肚。

另外就是紅糜子。這是一個刻骨的缺憾。自己再也不能去侍理、保護那些嫩弱的小苗苗了！不能去鐽蹚，不能去收割，不能打場，不能把那圓鼓鼓沉甸甸的米粒放在掌心摩挲了。唉，謀事在人，成事在天，白幹了。他真不甘心這種結果。

現在惟一值得欣慰的是，他畢竟把那神奇的作物紅糜子種出來了！他相信這些小苗苗能長好，獲豐收。這使他那痛苦的靈魂稍有點慰藉。

想到此，在沉重得令人窒息的黑暗中，他那剛毅的嘴角終於彎出一抹慘澹的笑紋，等待著那最後一刻的到來，等待著走進那不可知的冥冥世界，獲得永恆的休息。這一生，他活得太忙太累了。

他萬念俱滅，靈魂也就獲得了平息。

這時，小馬架的一角，小狗蛋拴養的那隻「黑老總」，似乎也感到了某種危險，驚慌不安地煩躁起來。牠吱吱叫著，拼命咬啃拴住牠的細麻繩。很快咬斷了繩，迅速蹦跳著，按照牠的本能攀上馬架頂，飛快地往外打起洞來。沒有多久，牠挖進了一大節，又蹦回來，把自己的幾隻小崽一一叼咬上去。就這樣，牠搬搬停停，堅持不懈地向外搗著洞。

有兩個小崽子快不能動了，「黑老總」更加拼命地打起洞來。為了把兒女救出這危險地帶，「黑老總」媽媽本能地拼盡氣力掘洞。牠那小小的軀體裏鼓滿了堅韌不拔、無比頑強的力量。

終於，一眼小洞通到了外邊那自由的世界。

八 託付

荷葉嬸子宮大出血。

多虧了雨時，及時把她從眾人腳下不顧性命搶救出來，免於死於亂腳之下。不過她並沒有感謝他，死在「安代」場，倒似乎是她求之不得的歸宿。雨時動員她去醫院治療，她拒絕了，說自己這病從小就落下了，能活到現在是撿的，現在她該去了。還說病根就是跳「安代」跳的。當然，倘若不跳「安代」，不激烈運動，不極度興奮，也不會犯病。這次犯得嚴重了。

她躺在自家的土炕上。身下邊鋪墊了厚厚一層乾軟的細沙土。那些個過去常來常往的男人女人們，這會兒大多避開這髒穢的土房，都很少露面了。照顧病人的事，卻落在雨時這位寄宿的客人身上。也沒什麼太麻煩的，她一不熬藥，二不貪吃（基本不吃東西），只是把鋪在她下身下邊的乾沙土及時給換一下就成。好在這裏乾沙多得很，並不麻煩。

病人倒安詳，沒有什麼痛苦受罪的感覺。她常微笑著勸慰雨時：「血流盡了，就不流了，也就沒事了。」

她身上的血到底有多少呢？她的臉色蒼白如窗戶紙，看來她身上的血果真快流盡了。呼吸若有若無，像一根細髮絲。雨時的心，揪揪的，好像被一隻鐵爪子亂抓亂揉亂揪拉著。

他也為自己的事著急。電視臺和縣文化局的人員都回去了，錄影資料已被同學帶回去剪接配音。他也需要回去把自己搜集到的有關「安代」的資料加以整理，寫出一個像樣的調查報告。他幻想著拿這東西去「爆炸」一下。但他又不忍心丟下荷葉嬸。

有一天，荷葉嬸對他說：「你走吧，你的事要緊，俺一時半會兒死不了。俺還得等他回來，見一面才走咧。」

他現在知道她指的他是誰。

「俺只求你一件事。」她說，眼睜睜地看著他。

「說吧，我一定去辦。」

「你去找一下孟克村長，叫他派人進沙坨子，去尋找一下那個死老頭子。半個多月了，這人死活不明，大夥兒也把他忘了。唉，多半是出了啥事。」她嘆了口氣。

「好，我這就去找村長。」雨時站起來。

「慢著，村長跟他有勁兒，不會輕易派人的，你可用那筆補助款來拿他一下。他現在還求你。」

「明白了。」

雨時從一家殺豬的農民家裏找到了孟克。酒足飯飽，臉脖赤紅。一聽雨時說明來意，果然，他抹著油滋閃閃的嘴巴，沉下臉說他不管。

「不管不好吧，要是出了人命，你村長可有責任喲！」

「有啥雞巴責任？娘的腿，當村長的也不是孫子，天天跟著每個社員的屁股後頭轉去！哈爾沙村兩條腿的人有幾百號，老子跟得過來嗎？」喝了酒，村長的語言更變得粗魯，他一時忘了還有求於眼前的這個人。

雨時不得已，只好亮出荷葉嬸傳授的殺手鐧。

「我說村長同志，老雙陽是有名的『安代王』，我還要找他談談，補充些資料。你不找的話，你們的那筆補助款——文化事業費也不好撥的嘍。」

果然靈。孟克眨巴著醉眼，固定地盯了盯他，這才回醒過來，立刻臉上的那些被酒精浸紅的皺褶子裏泛出笑紋，忙伸手拉住雨時，說：「你別急，剛才我是醉話，請別在意，娘的腿，我這就派人去找那個老兔崽子……」

雨時乘勝前進，得寸進尺：「另外，我還得趕緊回縣裏寫文章，還要給你們跑款子，你得派兩個姑娘媳婦去護理荷葉嬸。她可是你們的五保戶，再說，她這次應該算是因公犯病。」

孟克村長苦笑著臉，一一應允。

九　「安代」之魂

一絲清涼的空氣，透進老雙陽窒息的肺胸間。他漸漸醒過來。旁邊的狗蛋也正在伸胳膊伸腿。小馬架子裏，有一股新鮮的空氣源源不斷地流進來。

「乾爹，我做了個長長的噩夢，魘住了，怎也醒不了。屋裏怎這麼黑呀？還沒亮天嗎？」狗蛋在黑暗中叫嚷。

「傻小子，咱們的馬架子叫流沙埋了！你他媽死了一回了！不知怎搞的，現在又通風了。」老雙陽一骨碌爬起，摸索著劃著了油燈。

「我的姥姥，敢情是我們在地底下！這可好，省了棺材了！」狗蛋驚恐不已。

「閻王爺叫不去了，不用怕。不知啥玩意救了咱爺兒倆的命？真是天不絕活人之路哩。」老雙陽舉著油燈，察看小馬架裏的通風處。很快發現了那個小圓洞，風從外邊呼呼地吹進來。

「乾爹，我的『黑老總』！『黑老總』跟牠的崽子都不見了！」狗蛋在一邊兒說。

老雙陽一拍腿，恍然大悟：「阿彌陀佛，多虧了你的『黑老總』，咱們爺兒倆才沒有玩完！往後咱們不供佛爺，就供你的『黑老總』！」

老雙陽身上恢復了力氣，開始盤算如何走出這墓穴。唯一的辦法是先破門，用鐵鍬挖開沙子打通道路。他開始行動起來。門一破，堵住門口的沙堆往裏塌進來很多，老雙陽揮揪扔著沙子。經過一個鐘頭奮力挖掘，終於清理乾淨堵門口的流沙，他們爬出馬架，來到了外邊那個燦爛的世界。

兩個人好半天睜不開眼睛。明晃晃的陽光下，像兩隻傻狍子閉目呆立，大口大口呼吸著沙坨裏的新鮮空氣。他們渾身上下全是沙土，真成了出土人物。老雙陽惦記著紅糜子，飛步向田地走去。還算僥倖，情況並不嚴重，地勢高處的小苗被刮出來點根，窪處的則稍爲被流沙埋了點。老雙陽拍著腦門，長噓一口氣。

「乾兒子哎，咱們又不能回家了，有事幹了。要給露根的苗培土，把沙子埋掉的苗兒扒出來，得緊幹幾天哪！」

「幹幾天就幹幾天吧，哪兒不一樣，有個窩就是家。我倒捨不得離開這兒了，乾爹，咱們乾脆待到收完紅糜子再回村吧！」

「好小子，高！咱們就把紅糜子護到收割爲止！頂多再住四十多天，不過，得回村拉一下吃的。」老雙陽也興奮了，伸出手臂攬這乾兒子的肩頭，往自己身上貼了貼，寬手掌輕輕撫摩著那帶疤痢的小黃頭。乾爹第一次跟乾兒子親熱起來。

不走可以，可住哪兒呵？沒有東西再支馬架子了。老雙陽想了一下，很快有了主意，清理起堵在門外的流沙，打出二米寬的進出口，再把兩面牆壁固定好。這樣，被沙子埋住的這間小馬架子，又成了一所穩固的地窨子，又涼爽，又牢固，一關門不用擔心野狼鑽進來。

「乾兒哎，咱們像『張三』一樣住洞穴了。」

「這樣好，俺當人當膩了，正想換換牌子。」狗蛋光著屁股挺著肚子，極喜歡這不見陽光的洞穴般的地窨子。他那條褲子給乾爹墊爛了之後，他一直光著屁股。老雙陽沒有褲衩可給他改製，只好把布褂子改製了一下給遮屁股，可是狗蛋又捨不得穿。好在沙坨裏沒有其他人，就是在窮苦的哈爾沙村子裏，十一二歲的男孩兒光腚走屬於正常現象。

他們接著在紅糜地裏忙活。培土扒沙子，整整折騰了四五天。

一天，被派去照看荷葉嬸的姑娘跟孟克村長說：「荷葉嬸怕是不行了！」孟克村長才忽然想到還沒派人去找老雙陽。他急忙派兩個農民到沙坨裏去告信。

得知荷葉嬸快不行的消息後，老雙陽心急火燎的喊：

「狗蛋！套車。」

「幹啥？」

「回村！」

當老雙陽帶著狗蛋急如流星地撲進荷葉嬸土房時，那個苦命的女人快咽氣了。不過，她還是認出了老雙陽。臉上露出微笑，朝他點了點頭。

「我回來了，老瘋婆，你怎樣？沒事吧？我是回來接你的，接你到我家去過日子！」老雙陽俯下身子，靠近她說。

「啊，啊，這……好，俺等了四十年了……」她艱難地啓動嘴唇。

「是晚了點，可來得及……」老雙陽揪著胸口。

「還不晚，我還沒咽氣吶，反正都一樣……」荷葉嬸的喉嚨裏呼嚕呼嚕響動了一下，有一塊痰在裏邊滾動。

「那咱們走吧，上我家去住，我侍候你的病。咱們還有個乾兒子。狗蛋，過來，叫乾媽！」老雙陽衝門口喊。

狗蛋應聲走進來，穿著乾爹的單布褂子，恭恭敬敬地叫了一聲：「乾媽。」

荷葉嬸一輩子沒有養過孩子，眼裏閃動了一下火花，抓住狗蛋的手，想說什麼，然而又輕嘆了口氣，似乎在說這一切來得太晚了。臉色淒然。她轉向老雙陽，無力地說：

「俺……不去你家，俺倒是想看看你那紅糜子，迷住你的紅糜子……這回跳『安代』，俺老看見你的紅糜子，『安代』跟紅糜子攪和到一起去了，我真想見見那紅糜子呵……你把我帶到那兒去吧……」

說著，她咳嗽起來，卻沒有力氣把痰咳出來。

「好好，咱們這就走，帶你去看看紅糜子……。」老雙陽慘然地說。

老雙陽一把抱上荷葉嬸。感到輕飄飄的，瘦得皮包骨，像是一捆乾草般沒重量。他心裏幾多哀傷，當年那個豐滿漂亮結實的荷葉不見了，歲月和生活抽乾了她，只剩下這一把乾草。

他把她安頓在車上，儘量舒服些。又裝了些乾糧、水、用品、小狗蛋前邊牽黑牛，老雙陽旁邊扶荷葉嬸。

一行三人一輛車，向沙坨深處出發了。

沙坨上還活著的鴿子花和沙日倫花迎接他們。那馬蛇子呵，金龜子呵，小白鼠呵。也在路兩邊躥來飛去。太陽柔和地斜掛在西沙梁上。它寬厚地注望著這奇特的牛車。

越是接近目的地，荷葉嬸的情緒似乎越是亢奮，兩個臉蛋更加顯得粉紅粉紅。老雙陽正相反，越是接近目的地，神色愈加沮喪、不安，心頭蒙著一層陰影，不時悄悄發出兩聲哀嘆。

他們趕到老鷹坨子時，日頭正往下落。

老雙陽把車停在門口，想把荷葉嬸抱進馬架子裏歇一歇。荷葉嬸拒絕了，她朝地裏努嘴。老雙陽無言地雙手輕輕抱著她，向南邊的紅糜地走去。

他抱著她坐在紅糜地裏。

荷葉嬸的眼睛頓放光澤，似乎生命又回到了她身上。她吃力而久久觀看著周圍紅糜子苗苗，嘴裏訥訥著，似乎被這沙坨裏的神奇的作物深深吸引住了。小苗苗儘管還嫩弱，卻在這荒漠莽坨裏顯示出生命的綠色，顯示出生命的威力，也顯示出了人類創造性勞動的輝煌業績。

「老頭子……俺服了……是這樣的，綠瑩瑩的紅糜子……俺尋找的『安代』的魂，原來卻是個綠色的精靈……綠色的魂，啥能擋住綠色呢？……沙漠？……」荷葉嬸氣喘吁吁，最後拚盡氣力吐出一句，「呵，呵，好了，這回你親一下我吧……」

老雙陽鄭重地俯下頭，把鬍子拉碴、塵土滿面的臉輕輕貼在那張蒼白的臉上。那臉熱得發燙。他的眼睛模糊了。

荷葉嬸長吁一口氣，合上雙眼，臉上呈出安然的笑紋。漸漸，這笑紋僵在那張臉上。臉蛋上的粉紅色暈塊急遽地消失，變成毫無生氣的蠟黃了。她停止了呼吸。

蒼勁的漠風吹來了，沙粒在地上沙沙地捲動。遠處沙梁上，盤旋著尋歸宿的野燕子。黃昏時的落日在西邊燃燒著，那天上的流雲也燃燒著，大漠也隨著燃燒起來，於是這世界變得火紅。那些個燃燒的野燕，像一隻隻通紅的精靈，一圈圈盤旋繞飛，爾後向高天飛去，轉瞬又與那火紅的天穹融爲一色，消失了。

老雙陽把臉從那張已變冷的臉頰上移開，兩滴大顆的淚珠卻渾渾沉沉地掉落在那臉上面。他懷裏抱著她木然僵坐著，如一尊岩石。

不知過了多久，他才想起什麼，站起來，把她抱回到他們的地窨子裏，讓她平躺在地鋪上。他吩咐狗蛋去撿乾柴，越多越好。按照習俗，像荷葉嬸這樣病死的女人要當即燒化，不能過夜。這是對死者的尊敬，爲的是使她早些超脫苦難，走進極樂世界。

他去把那幾眼沙井裏滲出來的水全部提來，脫去她衣服，給她淨身。

狗蛋抱來了一堆堆枯樹根和乾柴。

老雙陽選一塊平坦的沙地，把乾柴一層層堆積摞起來。他把荷葉嬸抱出來，輕輕安放在摞好的乾柴上面。這時，他的雙肩瑟瑟顫抖起來。他領著狗蛋默默站在她的遺體前，鞠躬行禮，嘴裏念叨著什麼。然後，他佝僂著身子去劃火柴。他的手劇烈地哆嗦著，幾次劃不著火柴。狗蛋幫了他的忙。

一塊藍色的火苗慢慢燃起來，漸漸變成杏紅色，白色的煙縷從杏紅色的火苗上邊升騰起來。火苗蔓延著，熾烈起來，劈啪作響。那銳利而敏捷的火舌閃跳著，竄動著，開始觸到荷葉嬸的衣角，試探著舔舐她那安詳的軀體，繼而那熱烈而血紅色的火從四面撲上來了，以熊熊不可阻擋的氣勢團團圍住她，裹捲起她，頃刻間吞沒了她，使她也變成了火的一部分。於是，人和柴一起和諧地燃燒起來，用那永恆的顏色，映紅了這黑的夜、黑的天、黑的漠。在蒼天和黑漠之間，惟剩下了這人體和乾柴一起燃燒的永恆的火焰。

老雙陽手裏捧起一碗酒，往火裏祭酒，同時，從他喉嚨裏流出了那古老永恆的旋律：

天上的風無常，啊，「安代」！
地上的路不平，啊，「安代」！
我把這泉水般的酒祭酒給你喲，
你好走過那不平的路，無常的風！
啊，「安代」！
人間的愁無頭，啊，「安代」！
女人的命無好，啊，「安代」！
我把這滿腔的「安代」唱給你喲，
你好打發那無頭的愁無好的命！

啊，「安代」！

蒼涼幽怨的「安代」旋律，低低地迴旋著。

只見老雙陽嘴裏哼唱著「安代」，他的上身輕輕搖晃起來，雙腿也有節奏地踏動。他開始圍著這堆通紅燃燒的聖火，緩緩起舞了，活似一頭負重奔躍的駱駝。手和腳的舞動，和諧而連貫，頭顱微微擺動，整體動作並不狂熱，絕無虛張，像是一座冰山在大海裏浮動，隨著無盡的潮水向陸岸奔湧。他左手擎酒碗，右手隨節奏從酒碗裏沾些酒，吟唱一句便隨柔和的動作往火裏祭酒。

他邊舞，邊唱，邊祭酒，用酒和「安代」祭奠著死者。此時的這個古老的「安代」歌舞，讓人強烈地感覺出一種凝重，一種歷史的、無邊無際的、讓人不可忘卻的凝重。這是只有歌舞者壓進他對整個自然、沙漠、命運的強烈愛憎和不屈的抗爭之後才能產生的凝重。

此時此刻，離烈火不遠處的沙坨角，默默佇立著一個年輕人。

他迅速如饑似渴地記錄著這歌這舞，不時模仿習練一下那新奇的舞姿。到這會兒他才悟出了「安代」的精髓、「安代」的魂、「安代」的超越時空的流傳基因。它，只有同這漠野、綠苗、烈火、生和死、愛和恨、勞動和果實聯繫起來，才顯示出了它全部的內蘊、全部的意義、全部的光彩，才構成了「安代」的魂。

這個人是雨時。

他回縣寫完調查報告，弄到了一筆補助款後又來了。他執著地尋找著什麼。結果，在這沙梁上他目睹了這莊嚴的一幕。

他感謝上蒼創造了這樣的「安代」，創造了這樣的「安代王」和這樣的「安代娘娘」。

十 收割

六十天頭上，開鐮收割了。

紅糜子這作物，神就神在它不多不少正好六十天成熟，而且必須在六十天頭起三日之內收割完畢。誤過三天，熟透的米粒一碰就會「嘩嘩」往下掉落，那損失就大了。

老雙陽在地頭用磨石把兩把鐮刀磨得晶亮賊快，然後往掌心吐了吐唾沫，甩開膀子趕兩壟割開了。乾兒子狗蛋跟在後邊，順一壟手撥。

哈爾沙村的農民當中，今年在坨子裏能開鐮收割的，只有老雙陽和他的乾兒子……

第六卷　霜天苦蕎紅

只見老「孛」一邊唱，一邊緩緩跳起安代舞，他的腿微跛，但他圍著那堆正熊熊燃起的七星篝火邊舞邊轉，不時把奶酒果品祭灑在火堆上，接著又把帶血的羊肉割下一塊一塊祭丟在火堆中。此時，黑夜中的蕎麥地周圍，那七七四十十九座柴草堆都按七星方位燃燒起來，火光沖天，濃煙漫延，從高沙坨上望下去，甚是壯觀而神秘。

一　那片沙坨子地

希熱頭鑽出窩棚迷迷糊糊地撒尿，一邊伸長了脖子看天。天上乾淨得如狗舔過的娃兒屁股，不見巴掌大的雲彩。

「娘的，還是沒雨。」他狠狠地罵了一句。很快，它下的那點「雨」就被乾透的沙地吸收後板結起來，形狀像有凹坑的淺碗，只是不能端起來使。

農民希熱頭一籌莫展。沙坨子的坡下坡上是他一春辛辛苦苦侍弄出來的苞米，如今長到兩尺高都已枯黃，放一把火能乾柴般燃燒。希熱頭像狼一般望著天，目光血紅，恨不得跳上去咬天一口。

「天啊，你怎不撒尿哎，你跟王母娘娘多喝點兒啤酒，像城裏人一樣，不就有尿了？」他如一頭孤狼般哀嚎。

遠近窩棚上的人都走光了，回村謀其他生計。希熱頭仍舊死守著這片毫無希望的莊稼地，天天望天，夜夜觀象，期盼著老天撒點兒尿給他，哪怕是一口口，那他的苞米就有救了，一家老少這一年就有塡肚子的了。

這裏是八百里瀚海科爾沁沙地的西南部，蒼蒼莽莽沙坨沙包連綿起伏。老者講早先這裏是一望無際的綠草原，如一面無垠的綠毯鋪在天地間。如今那是童話，如潮的移民早翻開了綠色植被，放出了千年惡魔黃沙子，不可挽回地頹敗了大好草地。那如潮的移民又如潮的蝗蟲般撲向更北方更好的草地去了，丟下的這片沙地如狗啃過的癩痢頭，苟延殘喘著稀稀落落不多的村莊和村民。

沙坨頂有習習涼風。希熱頭尿完，索性不收回那玩意兒，亮在這天地風之間，涼一涼，爽快爽快，反正這裏兩條腿的人都已走光，那些旱季氾濫的黃鼠也不欣賞他那玩意兒。他心中有些發狠。

「好不知羞哎，那東西是掏出來晾的嗎？咯咯咯咯……」沙坨坡下冒出一人頭，正好撞見了他的那物兒。

「娘的，原來是你，換了別人我還收錢哩！」希熱頭咧歪著皸裂的厚嘴呵呵樂，當著自己女人蓮娃兒，他大大方方收回玩意兒胡亂塞進褲襠裏，說怎這會兒才送飯來？

「村裏人都回去了，俺當是你也回去呢。」

蓮娃兒從籃子裏拿出苞米麵餅子蘿蔔條兒鹹菜和一罐兒菜湯，就手放在沙坨頂上，看著自己男人狼吞虎嚥風捲殘雲。

然後，兩口子望著旱透的地、枯黃的苞米棵子發呆。

眼前的沙坨子猙獰起來。空氣也神秘地凝止不動。生活很是跟他們過不去。這一年吃啥呢，家還有偏癱的老爹，正上學的小女嗷嗷待哺，他們還計畫著蓋一座一面青磚房子。苞米價看漲，村長說，他們種的苞米都賣到美國餵牲口當飼料，今年本是很有希望實現他們蓋房理想的一半兒，可這下全完了。老天不給他們撒尿。老天不撒尿，他們一點兒轍也沒有。

「爹叫你回去呢。別守這兒了，就是等來雨，那苞米棵子也不能結棒子了。」晃晃的陽光下，蓮娃兒的臉白裏透紅，更顯嬌美。村裏人都說，希熱頭的女人像掛曆人兒似的，那臉是白雪花膏堆成的，日頭怎曬也曬不透。希熱頭此刻無心欣賞老婆的雪花膏臉，依舊呆呆地盯著乾涸的地枯萎的莊稼。他霍地站起，操起一旁的鐮刀噔噔噔衝進苞米地，亂砍起來。刷刷地，劈哩叭啦地倒著那些被砍下的苞米棵子，希熱頭的鼻孔噴著熱氣，嘴巴罵著髒話：「我操！我操……」

踐踏夠了自己辛辛苦苦幾個月的勞動果實，希熱頭才咬牙切齒地解恨般地按住自己女人蓮娃兒，在那乾苞米棵子上做了事，然後夫妻雙雙回家。沙坨子頂上留著那個小窩棚，顯得孤立無援的樣子戳在那裏。

他們回到村子就聽到了那個激動人心的消息。

離鄉政府門口不遠處矗著一堵水泥牆，原本是廣告語錄牆，依稀可見書寫的標語：晚生晚育，優生優育；植樹造林，防火防盜等等。如今不同了，原先的口號語錄全被五花八門的尋人啓事、稅務通告、酒肆資訊、祖傳秘方包治淋病等亂七八糟紙張給鋪天蓋地遮住了，而且層出不窮，新舊交替，尋驢啓事掩著哪個傻女失蹤條目，令人望而生畏，畏而心動，目不暇接消磨時間，五花八門，不一而足，於是，這堵牆便成為沙鄉一個風景，招攬往來人等，有時引發成寂寞沙鄉很長時間的熱門話題。近日，牆上又出現告示，說通遼市娛樂城來此沙鄉招工，只要是女性，十八歲以上二十五歲以下均可報名，唯一條件是相貌端正（漂亮更好），身體健康豐滿（不豐滿也可）。

消息牆上的這條誘人消息，如荒草地的秋火，乾沙灘上的白毛風般捲亂了沙鄉幾村所有娘們兒的心。女人的一半兒是男人，男人們自然更是被埋在其中，如一頭頭闖入風火中的駱駝般，傻頭傻腦東奔西竄南探北問消息的真假虛實，以及自己女人或女兒的可能性。

鄉府旁的那所小旅店這回熱鬧得不亞於縣城騾馬市場。通過娛樂城的兩個招工者，男的像電影上黑社會老大的保鏢，女的像電影上腰纏萬貫的富婆兒，渾身珠光寶氣，不管真假，很是令人眼暈，倒大方地坐在爬著臭蟲的炕沿上，伏在小髒桌上，匆忙登記那些擠破門檻的報名者。管吃管住月薪八十元，這對窮苦的沙鄉農民是多麼大的誘惑喲。競爭極其慘烈。有鄉派出所警察維持秩序，鄉裏的頭頭腦腦們也參與行動，當然免不了塞些條子給那二人。

年輕美貌的村姑們被一網打盡。眼斜鼻歪嘴巴大的，也使出大本事，報上名的據說也有幾個。唯苦了二十五歲以上的已嫁少婦，其中有幾分姿色的，磨破嘴皮擦破腦袋，拿出渾身解數。鄉長出面幹部套關係，全面圍攻兩個招工者，據說有兩個也很有希望擠進「組織」的隊伍。

躺在土炕上，蓮娃兒推了推就要睡過去的希熱頭。

「不成，養兩天再說，成天啃貼餅子。」

「去，誰指那個了。人家有話說。」

「有屁快放，老子睏死了，明兒一早還上河灘地種蘿蔔呢。」

「你陪我去、去呀……」蓮娃兒鼓足了勇氣。

「去幹啥？」

「報名……」

「報名？報啥名？」希熱頭一頭霧水。

「你這死鬼！」蓮娃兒氣得差點哭出來。

希熱頭這才當真，也明白了愛妻所指的報名的含意。嗡聲嗡氣地說：「你都二十九，養了孩子啦！」

「東院三喇嘛的芹菜都二十七了，還報上了名，也養過孩子。」

「她養的孩子一個也沒活，還比你小兩歲。」

「可看著我比她水靈多了，是不是？」

「那倒是。她真成了？」

「騙你是小羊羔子。」

第二天，他們提一籃子雞蛋去報名。

那位黑社會老大保鏢似的男人用粗手摸索著大紅雞蛋，喀嚓一聲磕破蛋殼兒，一揚脖兒生吞了那蛋青和蛋黃。口稱鄉下雞的蛋，真他娘的鮮。說罷，很是那個地看著「富婆兒」嘎嘎嘎樂。那位「富婆兒」皺著眉頭，倒沒樂。

蓮娃兒心裏極不舒服。希熱頭如盯一頭野豬般盯著那個男人。心想城裏人怎變得都像野物兒似的。

身分似是老闆的那位「富婆兒」最後收購了他們的一籃子大紅雞蛋，卻拒絕了蓮娃兒報名。她說，三十個名額三百人報名，她都多收了十名，回去還不知怎安排呢。婉言謝絕，一連串地感謝大紅雞蛋。弄得蓮娃兒、希熱頭都有些不好意思。

蓮娃兒如一只泄氣兒的皮球兒，嘴巴撅得可吊油瓶，回家的路上一聲不吭。希熱頭卻心中竊喜，這麼好的女人遠離身邊，他可捨不得，在一起吃糠咽菜也幸福。蓮娃兒嗔怪：「那新房呢，啥時候蓋成？今年這麼旱，吃啥，吃返銷糧，錢呢？」希熱頭說天無絕人之路，麵包會有的。

送走女工隊伍那天，鄉府門口的長途車站好不熱鬧，大大超過了以往爲當兵入伍者送行的場面。母送女，哥送妹，夫送妻，提包攜兜，塞雞蛋，遞手帕，吵吵嚷嚷，擠擠搡搡，眼淚與笑聲齊下，囑咐與要求並提，當那輛滿載女人和希望的長途汽車嗚嗚吼著，終於消失在揚起的塵埃之中時，這邊的一切喧嘩才戛然而止。人的心一下子變得空落落，悵悵然，老母提衣襟拭淚，男人瞪著天邊發呆，小夥子們心裏尤爲酸酸的醋醋的，沒著沒落。

村裏年輕漂亮的女孩子們走光了，都被那對狗男女捲走了，往後的日子可怎打發喲！爲啥不招男工呢，小夥子們仰天長嘆，爲自己不是女孩而懊惱。逃離沙鄉進城，是這裏每個年輕人的夢。

女孩子們走後，村裏很是寂寥悲涼了一陣兒。後來有訊息回來了，有的姑娘給家裏寄來了百八拾元，有的把帶去的衣物全揹回來，說娛樂城的行頭不同於鄉下衣裝，當然，也有個別被辭回家裏來的，但閉口不談娛樂城的事情。

那天，希熱頭的女人蓮娃兒沒什麼不正常，只是晚上串了一趟鄰居三喇嘛家的門兒，希熱頭問幹啥去了，她答隨便問問芹菜的情況，希熱頭問，芹菜在通遼怎樣，蓮娃兒說，芹菜在那邊幹得不賴，三喇嘛開始張羅著蓋磚房了，希熱頭說，不就是月薪八十元嘛，蓮娃說還有獎金紅包啥的，不止八十。

翌日，蓮娃兒就失蹤了。

希熱頭急得如吃了辣椒的猴子。這時，那位躺在西屋炕上偏癱的老父親說話了：「不用急，不用急。」

「趕上不是你媳婦，能不急嗎。」

緘默片刻後，老父親說：「我知道她去了哪兒。」

「哪兒？」

「通遼。」

果然，放學回來的女兒遞給爸爸一張條子，說是媽媽路經學校留給她的。內容大致就是爲了新房子，去通遼找芹菜試試命運，讓他別著急云云。

希熱頭罵娘跳腳，可也無奈。又一想，你一個半大娘們兒，人家哪能用你，肯定沒幾天就會滾回來的。

可蓮娃兒過了一個月也沒見回來。

二 白色的蕎麥花

天撒「尿」了。旱了一春的老天終於憋不住，撒「尿」了。滿天雨幕，傾盆而瀉，大地被這「尿」泡得如一隻落湯雞。

可農民們望著雨中的沙坨地無動於衷，重新播種吧，霜降前來不及成熟，長不成糧食，老天撒的這「尿」等於沒撒一樣。

希熱頭偏癱在炕的老父親卻不這麼看。他咯兒咯兒咳嗽著，把兒子叫到炕前說話：「還有一種晚田作物能種！趕得上霜降前成熟！」

「啥？」

「蕎麥。」

「蕎麥？咱這兒沙坨地從來沒種過，那是庫倫南邊丘陵地種的作物。」

「你懂個屁！早先我當『孛巴』那會兒去過庫倫南丘陵地，也是這會兒撒種，我們這兒沙坨地不種是嫌蕎麥產量低，需肥大，好土地好雨水才成，怕沙坨子裏長不旺。依我看，完全可以種旺了！」

「怎說？」

「這麼大的雨水，現在沙坨子裏種啥長啥，再上足了肥，都能長瘋嘍。」

「那種子呢？」

一說種子，被村人稱之爲老「孛」（孛：北方蒙、滿等少數民族曾信奉過的薩滿教的巫師，現已消亡，有些習俗仍在民間流傳。）的老父親閉嘴了。這沙窩子村從來沒種過蕎麥，哪兒來的種子喲，說了半天等於白說白熱呼了。

歪靠著枕頭癱著半拉身子，老「孛」冥思苦想，嘴裏嘀咕蕎麥一斤賣一塊八能頂三斤苞米，庫倫南的人都靠蕎麥發了，聽說全出口到小日本賣大錢。

「那咱們種吧，爹。」希熱頭來勁兒了。

「那種子呢？」這回輪著老「孛」反問。

「當年你走南闖北去過庫倫南，想想轍呀！」

一句話提醒了老「孛」那偏癱的腦袋。

「著，娘的腿，明天套車，不，現在就套！」

「套車幹啥？」

「拉我去庫倫南。」老「孛」歪在枕頭上眯縫起眼睛，似乎馳入遙遠的回想，不好意思地笑笑說：「當年我在那兒相過一個小相好兒，興許她還活著，找她去！」

希熱頭下炕去套車，按照老爹指示，車上裝了兩麻袋苞米，又怕不夠種子錢，把一口吱哇亂叫的克郎豬也綁在車上。然後，車上拉著老父、克郎豬、苞米，希熱頭向庫倫南二百里外的黑河套村進發了。

風餐露宿不停奔走，第二天傍晚，他們終於摸進了那個黑河套村。一個十多歲小孩領著穿過一幢幢磚房間狹道兒，停在門口，有一棵老榆樹的五間亮瓦紅磚房前說：

「這家就是你們找的齊奶奶家。」

門口拴狗，門洞停摩托，顯然殷實。院裏很熱鬧，砌著兩個明灶，幾個年輕女人正在壓蕎麵，有一白髮紅額身板兒硬實的六十多歲老太太在一旁指揮，笑聲朗朗。

「你是五十多年前跳『安代』的小齊爾瑪嗎？」老「孛」從門外衝院裏喊。門口的狗汪汪起來。

「哪個小子這麼沒大沒小的！」

「呵呵呵呵。」

「你是……」見是陌生人，齊老太疑惑地走出來。

「我是跳『孛』的『石禿樂哥哥』（石禿樂哥哥：流傳在科爾沁草原地沙鄉的一首情歌中的主人公。）呵呵呵……」

「哦?!」齊老太湊近著端詳。「你老鬼還沒死哪?」

「快哩，快哩，趕在死前來看你一眼，咱們倆躲雨的那黑窯洞沒塌吧?」

「你這缺德鬼……」齊老太臉頰飛過紅暈，回頭喊兒子。「二虎子哎，快出來，咱們家來貴切（切：方言，客人。）了！」

齊老太又回頭嗔道：「到家了，你倒是下車呀！」

「下不動，除非你抱我下去。」

「老不死的，不害臊，沒正經。」

「真的，不誆你。」

「怎了?」

「癱了。瞅我這輩子太累了，老天叫我癱著歇歇。」

齊爾瑪老太眼角微紅，神色黯然。

這會兒，二虎子揚著酒氣走出屋。「媽，誰來了?哪兒的切呀?」

「媽小時的乾哥，遠道來的，快叫大伯。快去呀，去背一下大伯，他腿腳不利索！」齊老太訓斥起發愣的兒子二虎子。

「別、別，讓我自己的兒子背著吧，知道我來串門是怎的，辦著酒席！」

「俺小孫子今日滿月，你趕上了……」齊老太占了便宜呵呵樂。

「有酒喝，我給你當孫子也行啊。」

當年的一對小冤家就這麼逗笑著，老「孛」被背進堂屋安頓好，忙得齊爾瑪老太前後照應，一一叫喚兒孫媳婦人等過來相見。老頭兒早死，她一手拉拔大孩子們，弄成如今家業，很是令「石禿樂哥哥」嘆服。心說幸虧你爹沒讓你跟我。

閒話說完，酒足飯飽，「石禿樂哥哥」就說明了來意。指著車上的豬和苞米：「嫌少，我把自個兒先押在這兒。」

「豬和苞米全拉回去，你也值不上兩個銅板兒。二虎子，快去倉庫裝蕎麥種，你大伯的事兒耽誤不得，節氣不等人。」

豬和苞米留不留的問題，他們爭執了很長時間，急得當年的小齊爾瑪姑娘差點掉下老淚，說：「當年黑虎山行『孛』時，我路遇狼群，你趕走狼群救過小妹一命，今天你求著小妹，我哪能收你東西，這不罵我一樣！」

最後商定齊老太派兒子虎子去哈爾沙村幫著搶種蕎麥做技術指導，東西全數拉回，秋日收穫後還回蕎麥種。另外一條是「石禿樂哥哥」留在這裏住幾天，村裏有一針灸大夫專治偏癱，治一治試試，讓當年的小乾妹子侍奉幾日好生活，反正他回去也幫不上什麼忙。儘管爲難，盛情難卻，老「孛」還是依了齊爾瑪乾妹的安排。

三日後，哈爾沙村北十里外的那片撂荒的沙坨地上，出現了兩位播種者。犁鏵頭翻開波浪般的濕軟的土地，黑褐色的蕎麥粒兒均勻地撒在壟溝裏，經木頭滾子一壓，蕎麥種便被埋在兩寸厚的濕土層中。嫌自家地少，希熱頭又播種了鄰近別人撂荒的坨地，面積達到十幾畝，很是一大片。

希熱頭和二虎子勞動中結成友誼，如若親兄弟，一同吃住在那座沙坨頂上的窩棚，晚上收工後，喝酒聽收音機，白天一邊播種，一邊唱亂七八糟的歌解悶兒，要不講各自女人的事兒。一說到蓮娃兒，希熱頭很是有些淒涼，嘆氣說：「窮啊，沒辦法。」二虎說：「沒關係，往後讓兄弟幫你一把，有事說話，早點讓嫂子回家操持，讓女人外邊瞎折騰啥呀。」希熱頭說：「是，是，這回你幫了大忙了，我哪能老麻煩你，你也過日子。」等等。

閒得慌的村人出來看稀罕，「你們種啥呢？蕎麥。蕎麥？數數就秋天了，你們收草還是收糧？」「管你屁事，我就想收草。」於是村裏傳開了希熱頭種草籽收草的傳言，有人便打聽是不是今秋哪兒高價收乾草，弄得希熱頭哭笑不得。

種完蕎麥，二虎子就回去了，走前詳細交代了蕎麥出苗後的鏟膛除草追肥等事宜。又過了些時日，當綠油油的蕎麥苗托著兩片小圓葉子拱出土，佈滿這片沙坨地時，希熱頭就像一個醉漢般站在沙坨頂呵呵呵地瘋笑不停。

「哇哇哇蕎麥！蕎麥！我種出了蕎麥！我種出了蕎麥！嘔——嗚——哇！」

嗥得像狼，驚飛了野坨的鳥兒，嚇得沙地的鼠找不著北亂竄。這時希熱頭的爹老「孛」，那位當年的「石禿樂哥哥」回來了，奇蹟般地拄著拐棍站在屋外。是二虎子開著三輪摩托送回來的，外帶一袋化肥。

「是你乾姑請的大夫給了我腿。」

希熱頭撲通一聲給二虎子跪下了，哽咽著說：「這是我跪給乾姑的，我希熱頭終身不忘她老人家的恩德……」說著泣不成聲，語不成語。

苦難中的希熱頭，哪兒遇到過這種好事，這種接濟喲，爲了支撐這家，他顧老提少，夫妻散離，心中的苦，浩如東海，他豈能不受感動，五味湧心頭！

幾天後，希熱頭突然收到了一封匯款單。鄉郵員喊著他的名字，把一封綠色信封交給他，「你老婆寄錢來了，二百元，這兒簽字。」

希熱頭嚇了一跳，以爲聽錯了。他長這麼大，頭一次見綠色信封式的匯款單，嘴裏嘀咕著，「這就是兩百塊呀，信封裏哪有錢啊！」粗手指費勁地掏著扯指著，就是找不出那兩百塊錢。鄉郵員哈哈笑著告訴他，得拿這信封到縣郵局才能兌換現金時，他才一知半解，一頭霧水地呵呵笑著說「原來這樣，真夠麻煩」等等。

這兩百塊刺激得希熱頭炕上烙餡餅般，翻來覆去想媳婦蓮娃兒。弄得炕頭的老「孛」發話了。

「樂個啥，你當那是啥錢。」

一句話把希熱頭擊蒙了。

「這是啥話？」希熱頭沒好氣。

「你沒聽村人說？」

「說啥？」

「去通遼娛樂城上班的姑娘們，上著啥班。」

「上著啥班？」

「三陪。」

「啥叫三陪？」

「陪酒、陪舞、陪……」

「陪啥？」

「陪睡！」

「我不信！蓮娃兒不是那種人！」

希熱頭從炕上一躍而起，像吃人似的，怒視著親老子。

老「孛」嘆了口氣，深深嘆了口氣。「兒子，我也不信啊，但願不是……啥陪……」

一石擊起千層浪，希熱頭種出蕎麥有望收穫的好心情，被這事沖得無影無蹤，成天悶悶不樂。他幾次決定去通遼看個究竟，可家和蕎麥地離不開人，莊稼耽誤不得，只好拖下來，半信半疑中熬日頭。

這一天，他上沙坨地看蕎麥，一下子被眼前的奇景吸引住了。前兩天還綠油油的蕎麥地，現在一片雪白！茫茫一片的雪白！蕎麥開花了，每株綠色的蕎麥棵子上承托著四五簇白燦燦的小花朵，連成一片雪白色，似一夜間天女散下的花兒般鋪蓋住了遼闊的沙坨地，滿目雪白，隨風起伏，壯麗無比。

希熱頭驚呆了。呵呵傻樂。老「孛」頭聞訊而來，拄著拐棍站在蕎麥地中間，也傻樂。縈繞在他們中間的那絲鬱悶和不快，一下子被這美麗被這勞動的成果所帶來的喜悅給沖淡了，沖走了。他們的心情登時好起來了。

十歲小女在蕎麥花中追逐蝴蝶，急得爺爺大呼小叫，「別碰掉花，別碰掉花，那花朵到秋天就結成黑沉沉的蕎麥粒兒！」

「爺爺，白色的花兒怎能變成黑色的麥粒？」

爺爺無言以對。心裏說：我上哪兒知道去，又喊：「你問那蜜蜂，牠們天天叮咬，肯定知道！」

祖孫三代守著美麗的雪白的蕎麥地，都醉了，像一幅油畫，遠遠看去，在無際的雪白色海洋中人也如蜜蜂般星星點點，神奇而充滿詩情畫意。

啊，雪白色的蕎麥花。

三　養蜂人的出現

堅守著希望的田野——蕎麥地，希熱頭在低暗的坨頂窩棚中夜夜被蚊子和噩夢纏繞。蚊子可以身上的鮮血抵禦，而噩夢卻無法排遣。他拼命幹活，鏟膛蕎麥，黑天白日地幹活兒。此時已入夏季，沙坨子裏格外的酷熱，植物稀少，強烈的三伏陽光全被光裸的沙土吸收，再被散發出來，整個沙坨裏悶熱、乾燥、低壓，一絲兒風都沒有，令人窒息得好似在蒸鍋裏。

他全然不顧這些，拱著脊梁鏟地，裸露著黑黝黝的肉皮，汗水和泥沙在脊背上畫圖，蒼蠅叮著肩胛上的傷疤，落在那裏顯不出是蒼蠅，與皮膚共色，待他直起腰來喘口氣兒，那蒼蠅才慢悠悠而深沉地起飛，等候人重新哈腰亮出他的脊背。

希熱頭對叮咬自己舊疤的蒼蠅麻木不仁，可對那些追逐蕎麥花嗡嗡嚶嚶、群起群落往來繁忙的蜜蜂們卻警覺了。哪裡來的這麼多蜜蜂，啥時候出現的？

他暗暗奇怪。那些跟牛蠅差不多大小的蜜蜂們頻繁地叮吸著白色的蕎麥花，從這一簇飛到那一簇，忙忙碌碌，勤勤懇懇，可比那些閒懶地只叮臭汗舊疤的蒼蠅們緊張而有序多了。

他順蜜蜂飛往的方向矚望，於是看見了戴草帽的兩個人正朝他的蕎麥地走來。一個是村長，一個是草帽邊上搭拉著紗布罩的養蜂人。

「希熱頭，你這蔫巴頭，不賴嘛！」

「嘿嘿嘿嘿。」

「別人都跑出去逃荒、打工、跑買賣，你守著這沙坨子倒種出了這大片蕎麥，你這龜孫子！在咱這沙坨上種出蕎麥的，你第一號！」

「蔫巴頭有蔫巴主意啊！村長的罵是表揚。」希熱頭仍以嘿嘿嘿的笑應付。

「這位是南邊來的養蜂人，楊師傅。他放出的蜂子全往你這兒飛，他就從公路東的果園那邊挪過來，想在你的蕎麥花上放幾天蜂子。」

「這……那蜂子全吸光了蕎麥花，我還收啥蕎麥？」

「哈哈哈……」村長和養蜂人一起笑。

「真的，我說的是實話。」希熱頭不明白他們爲何笑。

「你這小子真不懂假不懂？蜜蜂不會害你蕎麥花，牠們還幫著你授粉哩！蕎麥結粒兒更旺更多！」

「授粉？啥授粉？」

「授粉就是、就是，等於你小子往你老婆的褲襠裏撒種，哈哈哈……」村長淫邪地大笑。

「敢情是那蜜蜂在幹我的蕎麥花呀！」

「也不完全那麼講……」養蜂人又講授一番道理。希熱頭仍是似懂非懂，但勉強答應了。

中午，三人就窩棚裏喝了一通養蜂人帶來的老白乾就著罐頭和香腸。喝得臉通紅後，希熱頭拍著胸脯對養蜂人說：「放出你的蜂子們幹吧，只要是不幹壞了我的蕎麥花，怎幹都行！」

村長紅透了脖子，拍著希熱頭肩膀說：「你小子，娘的屁，行啊，派出老婆子外邊兒掙錢，自個兒種出蕎麥也能賣錢，裏外都有收入啊。咱們村出去的姑娘媳婦都不賴，都在爲咱窮沙鄉的小康做著貢獻。管它啥陪的，能掙錢就行，如今這年代笑貧不笑娼啊，黑狗白狗逮住兔子就好狗，哈哈哈……」

希熱頭「霍」地站起來，一把揪住村長脖領，猶如薅著小雞脖子般撲通一聲扔在窩棚外，怒罵：「放你媽的臭屁，你怎麼不叫你媽去陪？我老婆沒去陪，誰再胡說我就割了他舌頭！不割，我是你孫子！」

村長灰頭喪臉悻悻而走。看著希熱頭吃人似的架勢，他也不敢擺往日的威風了，只好灰溜溜地閉緊了嘴巴。

養蜂人留下來陪笑臉，安撫希熱頭，並在坨下沙柳條叢中搭起帳篷，與他依鄰而居。孤寂中，會說話的養蜂人弄順了希熱頭的脾氣，兩個人常常在窩棚裏一起飲酒聊天，打發那繁忙的白日後的漫長黑夜。

免不了講女人，講葷故事。

「家裏有女人嗎？」希熱頭瞇縫著眼睛問。油燈下，養蜂人的黑瘦臉被酒熏後更顯黑紅。

「能沒有嘛，沒有女人我跑出來受這份洋罪幹啥，男人有了女人有了家，才像一頭駕上套的牛一樣，玩命拉車！」

「離開家多久了？」

「告訴你吧，一年三百六十五天，我在家守老婆的日子還不足五十天！」

「不想你的女人？」

「能不想嘛，管屁用！」養蜂人忿忿說著，摸索出一張照片。「瞧，這就是我老婆孩子！」

邊角黑髒的那張照片上，一個穿裙子的女人抱著一個三四歲的男孩兒正衝他咧開大嘴笑，鼓突著滿嘴大馬牙。

「我老婆漂亮著呢，嘿嘿嘿……」希熱頭心想：比我的蓮娃兒可差遠了。

兩個男人一陣沉默。各自想著各自的女人。

「長年在外，你，不……想那個事啊？」

「什麼事啊？」養蜂人明知故問。

「那個……幹女人的事唄，嘿嘿。」

「能不想嘛，媽媽的，自個兒想轍唱。」

「有啥轍？」希熱頭來了興趣。

「這回我路過通遼時就辦了一次。」

「辦了啥？」希熱頭沒聽懂。

「辦了女人唄！真費勁，跟你說話。」

「嘿嘿嘿，咱們沒經歷過，不懂嘛，你是說幹了一個，聽說現在城裏遍地都是的雞婆兒？」

「當然是雞了，好女人能讓你辦嗎？真是的。」養蜂人撇了撇嘴，大有瞧不起沒見過世面的希熱頭的樣子，兒地抿一口老白乾兒燒刀子。

「你真是花錢幹雞婆兒啊……」農民希熱頭有些不以為然地搖搖頭，心裏說：他們這些走南闖北的人真是啥事都敢做，有了錢還糟蹋在那事上。希熱頭的心裏對養蜂人有了幾分鄙夷。

他是喜愛自己女人蓮娃兒的，就是再想女人，漫長的黑夜裏熬得如憋窩的狗，即便手頭有了足夠的錢，他也不會去沾其他的女人的。養蜂人又說了一通授粉的硬道理，爲自己的蜜蜂開脫罪名，接著又蹲下來查看蕎麥花，說這八成是沙土地的事兒，跟蜜蜂絕沒關係。

「你胡說，蕎麥長成這麼高，跟土地扯得上嗎？」兩人爭執不下。

這時，希熱頭的老爹由孫女牛攙著來看蕎麥地。見蕎麥地邊兒狼煙四起，奇怪地問兒子這是幹啥呢，熏蚊子哪還是熏狐狸呢？

聽了兒子訴說後罵了一句：「瞎整！庫倫南養麥地邊兒年年住滿了南方來的養蜂人，沒聽說那邊的人趕過蜂子。」老頭兒說著，下到地裏細細查看，顫悠悠地走著，回頭跟兒子說：「這是地力的事兒！沙質土缺養分，要追肥才成哪，傻祖宗！」

希熱頭這才瞪一眼楊師傅，不大情願地滅了煙火。顯然他是在小題大做，以此發洩心中之氣。

「那怎整？咱家冬春漚的大糞全廢在種苞米那會兒，這會兒上哪兒拉糞肥去！」

「只有上化肥了。」

「錢呢？」

「是啊，錢呢，嗯，那兩百塊……」

「不花那錢。」

「爲啥？」

「不爲啥。」

老「孛」看著兒子鋼鐵般的臉色，也不再吭氣兒了。

「我回村想輸去。」

希熱頭撂下鋤頭，揀起地頭的褂子搭在肩上，大踏步向村子走去。腳步砸夯似的，肩頭一聳一聳的。走了幾個好不錯的家，都沒有借到錢，大荒年的，就是有錢誰也捨得借給他呀。

希熱頭犯愁了。不追肥，蕎麥結不了穗粒兒，到秋天一切都白搭了，這可怎整。

邁過村中那條小溪時，他心中靈光一閃。他沿著這條從村北沙坨根兒滲淌出來的小沙溪，很快來到它匯入村南哈爾沙河的口子處。小沙溪在這裏形成一個小灣子，常年豬啊、羊啊、牛啊在這裏拱、抱、站，拉屎撒尿，形成一片臭哄哄亂髒髒的黑爛泥灘，上邊漂著一層濃綠濃綠的菌藻類。小沙溪又從沙坨根那兒常年帶下來百草根枝葉各類腐爛植物，全漚積在這爛泥灘中，散發出一陣陣多種複雜的惡臭氣味。

「有了！」希熱頭狠狠拍大腿。

他大步流星回到家，套上膠輪車。家裏所有能裝的容器：木桶啦，大盆啦，餵豬的木槽子啦，甚至破碎了一半兒的水缸也裝在了車上。

「你鬧騰個啥呀，祖宗！」老爹滿臉狐疑。

「拉爛泥。」

希熱頭撂下這句話，「駕」的一聲，趕起牛驢雙套的膠輪車，奔向哈爾沙河邊的那個爛泥灘。後邊歪歪扭扭跟著想搞清楚的老爹，嘴裏嘟囔著瞎整、瞎整，不知道要瞎鼓搗啥。

站在那片惡臭的爛泥灘岸邊，老「孛」也蹦出一句話：「好肥！」

希熱頭挽起褲子，光著腳，手提木桶慢慢走進那爛泥灘。攪動了泥漿，更是一陣濃烈的惡臭沖鼻而起，嗆得他咳嗽起來。他想嘔吐，胃裏翻動著七葷八素。他強忍著。甩動木桶狠狠舀一桶稀稀的爛泥漿，提到車前，再倒進其他能裝的容器中。一趟又一趟。不小心用力過猛，腳下一滑，他便摔倒在爛泥灘中。

再站起來時，成了泥猴。耳朵上掛著綠藻，嘴巴上沾著污泥，從脖頸到腳，全是髒兮兮黑綠綠的臭泥漿，幾隻蝌蚪鑽進褲兜裏出不來，幾隻恐慌的泥蛭直往他脖下懷裏鑽。

「好看，好看，爸真好看！」十歲小女拍手誇獎。

「整個是滾泥漿的豬，快去河裏沖一沖。」老「孛」搖頭慨嘆。

希熱頭自個兒伸長了鼻子嗅嗅手嗅嗅腳，呵呵呵樂了，道：「我聞不到臭味兒哩！我聞不到臭味兒哩！」

這真是久居蘭室，不聞其香矣。他有了某種獲得解脫的感覺，失去了臭味對胃腸的騷擾，他幹得更是無拘無束更歡實了。

裝滿車上五花八門的容器，他操起鞭子「叭」地一甩，地上抖落下一陣泥雨的同時，套車的黃牛黑驢便伸長了脖子拉車了。一家老少護著特殊的肥車奔向沙坨路時，很是引起了一村中的騷動。一路鞭聲，撒下一路惡臭，村中的土道上，星星點點灑濺出若干條臭泥線，惹得戶戶閉戶家家關窗，路過者，掩面捂鼻而閃避，雞飛狗跳的也有之，都云：「老『孛』一家全瘋了，水缸裏裝著臭泥進坨子！」

「人各有志嘛，別說水缸，就往嘴裏含著臭泥進坨子，你個閒漢懶人管得著嗎。」希熱頭照舊鞭花砸得脆響，灑一路笑聲泥點走進蕎麥地。

接著，就是順蕎麥地壟溝澆爛泥肥料。前日鏟膛過，蕎麥行間有淺溝，正好澆進泥肥流淌。希熱頭領著小女一壟一壟澆，老爹看車。一車爛泥很快澆完，卻僅僅澆夠兩壟半蕎麥。可這是一片十幾畝數百壟地喲。

「哎喲媽喲爸呀，咱們哪輩子澆完這麼多壟呀？」女兒產生畏懼情緒，犯愁地望著那大片的無際的蕎麥地。

希熱頭用愚公移山教育她。

「女兒啊，語文課學過愚公移山吧。」

「學過。」

「那爸爸就是那位老愚公，你是……那個子子孫孫。」

「可我是就一個呀。」女兒笑說。

「沒關係，咱們家孩兒一個頂它三五個。再說，這片地再大，也大不過那什麼五大山太大山吧。」

「是王屋山，太行山。」女兒糾正。

「對嘍，就那兩個山。咱們就天天拉泥，夜夜澆泥，黑天白日澆泥不止，肯定沒多少日就能澆完，咱們蒙古人的祖先成吉思汗也說過，不要因路遠而不走，只要走就能走得到；不要因石頭重就不搬，只要搬就能搬得動。」

「啊呀，爸爸，你從哪兒學來的？這話真對。」

「是我教他的。」爺爺不甘寂寞，參加進來這場「哲學」討論。

「真的？爺爺你真有學問。」

「爺爺當年可是唱『安代』跳『孛』的薩滿師，你爸爸叨的那兩句，全是我安代的唱詞兒，還真叫他記住了。」

祖孫三代就這樣在蒙漢祖先「哲學」啓智和引導下，天天澆泥不止，拉泥不停。

唯有一到晚上做飯時犯愁。那水桶水缸怎麼洗，也洗不掉那個爛泥殘留的氣味，做出來的飯菜，總帶著一股爛泥灘的特色。好在他們習慣了那個氣味，甚至胃腸也適應了，沒什麼拉肚子鬧腸胃反應。

夜裏又下了一場細雨。這一下，綠肥黑瘦的爛泥肥料全數被吸進那貪婪的沙土地裏。第二天希熱頭一家到地裏一看，那捲邊兒的蕎麥花又美麗無比地堅挺起來了，上邊的斑點也已消遁。於是，一家人更沒日沒夜地拉起泥來。

幾天下來，累癱了老的，也累癱了小的，唯有中間的希熱頭咬牙挺著，一趟一趟把泥肥送進地裏。後來老牛與老驢也趴窩了，於是希熱頭自己把自己套進車裡拉泥。兩肩頭被繩套擠爛，血肉模糊。墊塊棉衣套接著拉，血水滲出那棉衣套，小女拽著爸爸的臭胳膊哭著腔勸：

「別拉了爸爸，別拉了，再拉就拉垮了。」

他笑說：「爸爸是愚公。」

「不，你不是愚公，你身上長著血肉骨頭，可現在血肉快沒了，就剩骨頭了。」女兒指著爸爸血肉模糊的那爛肩頭哽咽。

「快裝泥，別嬌性。」希熱頭衝站在爛泥灘中的小女吼，繃起臉。

女兒雙手顫抖著不動，站在爛泥中，似是風中搖曳的一棵小泥草。小辮上的蝴蝶結兒也成了泥蝴蝶一隻，臉上更是泥一道淚一道成花臉。

希熱頭撂下車套，噔噔走進泥灘，搶過女兒手中木桶，舀泥再往車上裝。然後，再把該屬牛驢的粗繩套套進自己那分不清血肉的肩頭。

希熱頭拉車。車只發出一聲吱吱嘎嘎，紋絲不動。

希熱頭肩頭所墊的棉套邊兒又滲出若干條變黃的血水線，鑽心的疼痛使得他雙眉擠成疙瘩，嘴巴咧歪一邊兒，牙咬得嘎嘣嘎嘣發響。

緊了緊繩套，希熱頭又使出吃奶的勁。青筋在額頭上暴出，伸出的頭脖因血沖後變粗變紅，身體全向前傾斜著，那繩索深深嵌進他肩頭肉骨中咯吱咯吱響。泥車終於沉重地滾動。

不知當年的愚公有沒有如此拉車。

村人倒真說他愚了，傻了。說他是愚漢、傻公。

老「孛」一黯然垂淚，心中知道兒子在跟什麼叫勁，跟天？跟地？跟人？搞不大清楚，不過不把蕎麥收進家裏來，兒子是決不甘休的，這點老頭兒心裏清楚。

正這時節，鄰居三喇嘛的媳婦芹菜「衣錦還鄉」了，並帶來了希熱頭媳婦蓮娃兒的消息。

四　歸來的不是舊燕子

匆匆忙忙扒了兩口飯他就去了。

三喇嘛家的外屋正瀰漫著水蒸氣，白色的，霧靄騰騰的水蒸氣，從板門的上方嫋嫋飄逸而出，消散在房檐一帶。

三喇嘛撅著屁股往灶口裏添柴火，灶上大鍋裏沸騰著滿滿一大鍋水。三喇嘛汗流浹背。

「要殺豬呀？」

希熱頭從迷濛霧氣中辨認著三喇嘛的禿頭，北方農家過年殺豬退毛時，才燒這麼大一鍋水。

「不殺豬，嘿嘿。」三喇嘛摸了一把禿頭上的汗。

「招待大夥兒沏茶？」

「也不地，嘿嘿。」三喇嘛又摸了一把禿頭，這回不是摸汗。

「那燒這麼多水幹啥呀？」好奇的希熱頭窮追不捨，打破砂鍋問到底，端著不大利索的肩頭。

「她、我老婆她、芹菜她……」三喇嘛木訥著。

「她幹啥呀，喝茶也不可能喝這麼多呀？」

「不——地。」三喇嘛的不字拉得很長才落在地上。「嘿嘿嘿，芹菜她、她在洗澡，嘿嘿嘿。」

「洗澡？」希熱頭的眼睛瞪得比玻璃球還鼓圓，如同聽到天上生出了一隻葫蘆大的跳蚤般驚訝。又說：「村前幾步路有河水，怎不上河裏洗？」

「芹菜說，城裏人都用熱水洗澡，嫌河水埋汰又涼。」

希熱頭的腦袋晃起來，像是撥浪鼓。

通向裏屋的門上掛著新換的雪白色紗布簾兒，擋著外邊的光明，也隔著裏邊的風景。從屋裏不時傳出嘩啦唏哩潑水聲以及水與肌膚摩擦的咕嘰咕嘰奇妙聲響。

「我的親愛的，喇嘛哎，給咱再換一桶熱水哎！」從裏屋傳出一聲嗲嗲的膩膩的聲腔來，很是陌生，聽著皮膚上不舒服，發麻。

「來哩！」

三喇嘛輕快地舀一桶熱水，風一樣捲進那白色的門簾後，嘩啦啦倒進某一容器中，又風一樣提著另一桶用過的舊水從白門簾後捲出來。

希熱頭又發現了新問題。

「她在哪裡洗澡？你給她買了城裏人的澡盆？」

「沒有啊。」

「那……？」

「嘿嘿嘿……」三喇嘛的沾著灰和水的手向門後指了指說，活人哪能叫尿憋死！

「能幹多了！」三喇嘛由衷地誇獎著女人又說：「你瞧我門口堆的那些磚瓦石頭木料，全是我老婆掙來的，入秋我就起新房子。」

希熱頭不由嘆口氣，不知心中啥滋味。人他媽爲了錢啥都幹，這叫啥事兒呢，爲了錢，讓自己女人陪啥都不管，這叫啥人兒呢，他心中又堵上一口氣，悶得慌，想趕緊逃離三喇嘛的屋子，可自己是來打聽老婆蓮娃兒情況的，只好忍著又蹲下去，等候那位具有了蔥白「豬蹄子」的芹菜姑奶奶沐浴完畢走出屋來。

「喲，西院大哥來啦，真新鮮。」

沒你新鮮，都換了個人。希熱頭目瞪口呆地盯著從神秘的白布簾後走出來的芹菜。一條粉紅絲巾挽抱著濕潤長髮在頭頂高高豎起；一條乳白色毛巾被從胳肢窩下到胸部上圍著，裸袒著上邊白花花的雙肩雙臂及胸口，還有下邊粉白色半個大腿；嘴巴肯定又塗抹了啥血色東西，欲滴不滴那血漬；塗描黑炭的眉毛下，那雙黃眼又亮又野性地閃動著勾魂的光澤；唯一沒變化的是那滿口黃牙，依然亮著黃鏽衝人齜著。希熱頭猛然驚恐地想起前一陣夜夜夢中攪擾他的，就是這樣一個女人。

他不敢直視。

「大哥，你怎了，眼睛花了？」

「是，是，花了，這兩天又害眼睛。」

「咯咯咯。」芹菜笑著，鼻子嗅一嗅空氣說：「這是啥氣味兒，這麼難聞，像臭泥坑發的味兒。」

「怪我，怪我，臨出來我還洗了洗，換了衣服，還是帶了那爛泥灘的味兒。」希熱頭歉意地向後閃避多步，臉上擠著笑。

「沒關係啦，大哥，找我肯定是來打聽蓮娃兒姐的吧？」

「對，對，沒錯兒，就想打聽打聽我老婆。」

「蓮娃兒姐挺好的，養得也白白的，跟我差不多，你不用擔心，大哥。」

「她也跟你一樣三陪四陪哪？」

「咯咯咯……說得多難聽啊，大哥，我們是服務小姐，咯咯咯咯。」

「她真的跟你一樣幹著陪……服務小姐活兒嗎？」希熱頭的嗓音提高許多。

「瞧你急的，沒有，大哥，蓮娃兒姐只幹一樣，咯咯咯咯……」

「啥？」

「陪酒。」

「陪酒?她在家從來不喝酒!」

「現在她可厲害了,她的酒量醉倒五桌人沒問題!」

「啊?!不可能!她沾酒就暈!」

「哈哈哈哈,你不信?等她回來試試,這麼說吧,她尿出的尿都帶酒味兒,能熏倒兩條狗!哈哈哈哈……」芹菜張開滿口黃牙,放肆地大笑起來。

希熱頭聽著毛骨悚然。心中半信半疑。

他覺著再待在這兒沒球意思了,便抽身往外走。

「大哥,你走啊?」

「蓮娃兒她好就行,我也放心了,我回去還能拉一趟泥……」

「你不用拉泥了,蓮娃兒姐有東西捎給你。」

「啥?」

「你最想要啥?」

「我最想要啥……」

「你最想要的是這個!給你!」芹菜把一個用花手帕包著的東西放進希熱頭的手裏。

「這是啥?」

「你打開就知道了。」

希熱頭便打開了——

「錢?!」

「對啦，你最想要、眼下又最需要的，不就是錢嘛！五百塊，蓮娃兒姐讓我捎給你的，這可是她的辛苦錢喲，你可點好嘍。能買幾袋化肥呢。」

希熱頭沒點那把錢，如數包好，重新放回芹菜那蔥白似的手中。

「我不要這錢。」

「啊！」這回是三喇嘛跟芹菜一起發出驚嘆，似是聽錯了希熱頭的話。

「你不要這五百塊？」

「對，我不要。」

「當真？」

「當真。」

「為啥？」

「我要她回來！你回去告訴她，我最想要的就是要她回來！你再告訴她，再不回來，就別再回來了！」

希熱頭說完，頭也不回地走出三喇嘛那間散發著異樣氣味的房間，大步往家走，又大口大口呼吸著外邊自由新鮮而習慣了的空氣。

他當然沒聽見芹菜從他身後吐出的眼下十分流行的兩個字：「傻X。」

當希熱頭走進自家院子時，有兩個亮點在傍晚的霞光中閃過，是黑色的亮點，這亮點把大北方暖洋洋初夏之晚的紫紅霞光給穿透了，也給剪零碎了。這兩個黑色亮點圍繞著自家的房檐翻飛，還唧哩哩喳啦啦的唱著，叫著。

是一對舊燕子。

他家屋簷下有兩處泥窩，去年飛出兩窩燕子回了南方。可這對燕子不入那舊窩，只圍著房檐下的其他處繞飛，尋覓新的地方。顯然這是一對新來的客戶。

唉，歸來的不是舊燕子。

希熱頭感嘆。

五　冤有頭，債有主

老「孛」守護著蕎麥地，夕陽下低聲哼唱古老的「安代」歌曲。黃昏時的紅霞，裹罩著他清瘦身體。

小孫女依偎在老人懷中，沉醉在歌聲中，童稚的目光充滿憧憬地凝視著茫茫天際。

「爺爺，天的那邊是啥呀？」

「沙坨子。」

「那過了沙坨子就該是通遼了吧？」

……老「孛」默然。

「我想媽媽……」小孫女雙眼噙著淚珠遙望天外天，又指了指他們所守護的坨下蕎麥地說：「爺爺，蕎麥豐收了，媽媽該回來了吧？」

「該回來了。」

「蕎麥豐收了，咱們也能蓋新房了吧？」

「差不離。」

老「孛」拍拍小孫女，似是安慰，一雙依然深邃的目光凝視著迷濛的遠方。

蕎麥地裏戳立著幾個樹枝乾草紮的「布衣人」，麻雀野鳥啾啾叫著飛來又飛走，個別膽大的試探著落腳在「布衣人」上，可風一吹動了布衣人手中的碎布條子，便嚇得牠拍翅而起，匆忙逃離。

希熱頭躺在地頭鬆軟的沙地上歇息，聞著伴有爛泥灘臭味兒的蕎麥清香，他感覺愜意極了。爛泥救活了蕎麥地，可也差點拉垮了自己，如今普澆了一遍，他不必天天不顧死活拉泥了，隔兩天，哪一塊地力不好，就往那塊兒澆澆便可。耳聽著隨風飄下來的老爺子唱的古歌，他心裏也不是滋味兒，遠望天邊，心中想念著自己的女人蓮娃兒。他決定蓮娃兒再不回來，那他收了蕎麥就自個兒去通遼把她找回來。

離他不遠處的柳林中，養蜂人楊師傅正在忙活。晚霞投過柳林，使得養蜂人的影子和一摞一摞的蜂箱變得支離破碎。養蜂人戴著紗罩草帽，查看蜂箱中的什麼東西，一群群飛動的蜜蜂圍繞著他亂哄哄地嗡嗡嚶嚶鳴叫，可養蜂人並不在乎這些爲他奉獻著所有勞動果實，甚至畢生精力及生命的小小精靈會螫到他，他才是真正的「蜂王」。

希熱頭盯著養蜂人看。他發現了養蜂人一個有趣的習慣性動作。養蜂人儘管雙手忙著揀這舉那，可那手總抽空往褲襠裏抓撓一下，希熱頭替他數過，大約一分鐘裏，他往褲襠裏抓撓過十八次！

希熱頭暗暗竊笑。這狗日的，叫他的蜂子螫了自個兒的老二！

「哈哈哈……」希熱頭笑出聲。

「喂！老楊，楊師傅！」他抬起頭朝養蜂人喊。「老楊，你褲襠裏也長蜂蜜嗎？」

「呵呵呵，褲襠是我自個兒的，褲襠裏的東西也是我自個兒的，我愛抓就抓，你管得著嗎？」

「我倒管不著你抓你的老二玩，可只是你那老二犯事兒太多，不小心叫蜂子螫住了吧！哈哈哈哈……」

「你也小心點，蜂子也會螫住你那寶貝的，嘎嘎嘎嘎。」養蜂人一邊抓撓著褲襠，顧自鑽進帳篷裏去，不再理會希熱頭的取笑。

希熱頭也爬起來，跟窩棚口的老爺子打一聲招呼後，就騎上驢回村取東西。這些日子，他們老少三代基本都野外窩棚裏過日子，守護著蕎麥地，吃喝缺什麼，再回村裏的家中取去。

當希熱頭走近家門時，發現了一個情況。

他家的房頂煙囪正在冒煙！一縷青煙，正從那口冷寂多日的自家煙囪中嫋嫋升騰，形如一根柱子，消入傍晚的濃藍色高空中。他不禁一愣。誰在他們家燒火？

他急匆匆推開院門。

於是，他看見了笑咪咪站在屋門口的媳婦蓮娃兒，懷裏抱著一捆柴禾。

他傻子似地怔怔盯著自己女人，似乎不相信自己眼睛看到的這大活人，疑為幻影。

「不認識了？傻看啥！」蓮娃兒臉上閃過一絲紅暈，微笑著抱柴進屋。

「呵呵呵，蓮娃兒，你真的回來啦？呵呵呵。」希熱頭搓著手，跟在媳婦後頭傻笑。

「你下了最後通牒，敢不回來嘛。」

「老子想你嘛，還有……」

「還有啥？」

「還有，別人說三道四的。」

「腳正不怕鞋歪。」蓮娃兒臉上又閃過一絲紅暈。

希熱頭發現自己女人比原來變得可漂亮多了，臉色白白淨淨，眼睛又大又亮，烏黑的頭髮腦後梳著馬尾巴，顯得年輕而利索，敞領口紅條兒短袖衫儘管普通而不扎眼，可裏邊聳湧的豐胸格外惹目，雖然沒穿裙子，但那灰白色褲子稜是稜線是線，合身又顯出女人體韻，整個是一位美麗動人的城市女人站在自己面前。

「你真漂亮！」

「去。」

「真的，我都不敢認了，說你二十歲也信。」

「拿自個老婆兒開心不是。」

「你怎沒抹上紅嘴唇，人家芹菜可抹得像吃了血耗子，還有眉毛塗得像烏眼兒雞！」

「咯咯咯咯，你真會損人。我可不塗抹那些玩意兒，省得你損我。」

「你要是塗了，我用刀刮下來。你這人，怎回來就抱柴燒火，不歇歇腳，瞎表現。」

「我尋思你們都下地幹活兒回來晚，先給你們做飯嘛，這也錯了？」

「沒錯沒錯，我媳婦看來還是老樣子……」希熱頭猛地抱住媳婦親熱一番，同時他伸鼻子嗅嗅這兒嗅嗅那兒，笑說：「沒有聞著啥酒味兒嘛，芹菜說你尿出的尿都能醉倒兩條狗。」

「這個芹菜，淨瞎勒勒。」蓮娃兒臉又紅了一下，不好意思地掙脫著丈夫。「大亮天的，老爺子快回來了，讓我先做飯。」

「不用做飯了，我們都吃過晚飯了，這些日子我們都住在窩棚、吃在窩棚。你還沒吃飯吧？我給你下碗麵。」

「我不餓，女兒也在窩棚上啊？想死我女兒了，快帶我去窩棚上。」蓮娃兒性急地拽希熱頭的手就要動身。

「先別急，過一會兒，我騎驢回窩棚把女兒帶回來。你要洗澡嗎？」

「你問這幹啥？」蓮娃兒奇怪地看著丈夫。

「你要洗，我給你燒鍋熱水，聽說城裏人都洗熱水澡。」

「明日個我下河洗洗就行了，我也不是城裏人。」蓮娃兒笑一笑。

「人家芹菜回來，三喇嘛可燒了一大鍋熱水，在自家大水缸裏燙了澡，就像殺豬退毛兒似的。」

「哈哈哈哈，」蓮娃兒捂著肚子大樂起來。「這芹菜，真擺譜兒瞎折騰！我可不會，咯咯咯。」

接著，在媳婦催促下，希熱頭又騎驢回窩棚把老爺子和小女全接回家裏，蓮娃兒一一拿出大包小包的好吃的、好穿的、好看的城裏貨物給這祖宗三代瞧，一家人樂融融，好不熱鬧。

只是到了深夜，希熱頭覺得出了麻煩。

等興奮過了，夜也深了，熄燈睡覺了，小女兒也確實在媽媽身旁睡入夢鄉了，希熱頭那隻帶有爛泥味兒的粗手悄悄伸進了媳婦的被窩兒。

媳婦那兒沒反應。

他的粗手繼續摸向那雙豐乳。

媳婦蓮娃兒這回輕輕擋住了他的手。

他心想，怎了?他仍固執地前進。

「喔嗯，別，我累了，別鬧了。」蓮娃兒悄聲說。

「這啥話，他娘的，老子幹了幾個月，你輕巧一句話累了就不讓碰了?」希熱頭賭上氣，粗手更有力地挺進，蓮娃兒似乎也無奈了，任由他愛撫，但她似乎回避或害怕著什麼，不敢放肆縱情。

他的手繼續向最終目的地挺進時，遇到了她堅決的抵抗。

「不，希熱頭，先別這樣。」

「怎?你嫌我這丈夫髒了?配不上你了?」

「不是……」

「那你心中有別的男人了?」

「不是……」

「那老子不懂了，爲啥你不讓?」

「你聽我說，我現在下邊髒……」

「怎了?來例假了?」

「是、是……」

「我不信。」希熱頭從蓮娃兒語氣和神態上有些起疑，以前她可從來沒有這樣過。

「你他媽變心了!」希熱頭生氣地抽回剛還恣意的手。

「沒有啊，真是……髒。」蓮娃兒恐慌地抓住他的手。

這一下，更是激起了希熱頭萬丈欲火。

「我不怕那髒！」希熱頭一側身，一拱腰，雙手按住對方的肩，強力地要霸王硬上弓。蓮娃兒哀傷地抵擋著，又怕驚醒了旁邊的女兒，經幾番折騰，希熱頭終於做成了事。

蓮娃兒低聲嘆口氣。

「你嘆啥氣？」

「沒啥，坐一天長途車，我累得夠嗆。」

翌日。一家人依舊高高興興吃過早飯，男人去坨子上的蕎麥地，輟學幾天的女兒在蓮娃兒催促下去上了學，腿腳不很利索的老公公在兒媳勸阻下，留在村裏看家，蓮娃兒很好奇那蕎麥地，也佩服公公和丈夫在村裏人全撂荒了地的情況下，還種出了蕎麥，非要陪著丈夫下地去看那片蕎麥地。於是兩口子套車從河口拉了一車爛稀泥，上坨子了。

蓮娃兒說這爛泥真臭，難怪你身上家裏哪兒都是這味兒。希熱頭說現在聞著臭，秋天吃蕎麥麵就覺著香了，蕎麥賣了大錢更覺著香了，蕎麥地全指望著這爛泥了。蓮娃兒說，給你捎錢買化肥，你幹嘛不用呢。希熱頭說，我不用那來歷不明的錢。

「啥叫來歷不明？」蓮娃兒登時火了，臉通紅。希熱頭趕緊哄媳婦，接著說：「那你也把真話告訴我，你們這些人在通遼到底上著啥班？」

希熱頭把一直攪擾他心窩子數月的這疑問，現在終於面對面地向蓮娃兒提出來。

「每個人上的班都不同，各幹各的。」

「那你呢？」

「我？我只幹一樣。」

「哪一樣？」

「在娛樂城的一家餐館當女服務員。」

「光這些？」

「你也知道的，實質就是當陪酒女郎，專門陪別人喝酒的那一種。」

「光這些？」

「你以為還有啥？」蓮娃兒又有些火。

「不是那個三陪、四陪的？」

「你胡勒！我蓮娃兒不是那種人，也不丟那人！你竟往那兒尋思我，冤枉我，嗚嗚嗚……」蓮娃兒滿肚子委屈地哭將起來。「要不是你窮，要不是為了咱家蓋新房，我蓮娃兒幹麼撇家捨業跑到通遼當陪酒女郎作踐自己？我沒做過對不起你的事，你淨壞裏想我，嗚嗚嗚。」

希熱頭慌了。連抱帶哄。

「我說錯了，都怪我瞎猜，怪我瞎信別人瞎說，你別生氣，我給你賠不是，你打我兩巴掌吧。」

蓮娃兒又破涕爲笑。

希熱頭又十分信任了自己的女人，放下了心頭的那塊石頭，兩口子和和睦睦、有說有笑地趕車進了沙坨子。

美麗而壯闊的蕎麥地讓蓮娃兒驚呼起來。

「我的男人真偉大。」

「是老爺子的點子，還有他當年的那個……乾妹子，她一家幫了大忙。」

希熱頭細說了一下過程。

「反正我男人偉大能幹，要不是你不要命地澆爛泥，這地也完了。我蓮娃兒嫁你真沒嫁錯。」

「那你還想出去嗎？」

「這……」蓮娃兒一時語塞。

「看來你還想著去當你的陪酒女郎。」

「不，只要咱們種地能掙錢能蓋新房，我哪兒也不去，一生守著你這臭男人。」蓮娃兒嘆口氣說，眼神中閃過一絲不易察覺的愁雲。

「咱們明年還種蕎麥，種蕎麥肯定能發，我去看過老爺子乾妹子那個村子，全是新磚房。用不著你一個女人家出去折騰受罪了。」希熱頭拍著胸脯，在蓮娃兒感動的目光中，走進蕎麥地裏，尋那些地力不夠的地方澆泥肥。

蓮娃兒在地頭看車，把套車的牛和驢卸下車，牽進旁邊的小柳林中吃草。

於是，她發現了養蜂人。

養蜂人楊師傅也發現了她。

兩個人在小柳林中不期而遇。

「咦？你不是那個、那個白城來的女人嗎？」養蜂人瞪大了眼睛，一眼認出當初陪自己喝酒的這個女人。

「原來是你！你這害人的混蛋！」只見蓮娃兒張口就罵，上去就搧了養蜂人一個響亮耳光，怒氣沖天。

「喂喂，你幹嘛打我？」養蜂人捂著臉閃避著。

「打你是輕的，我想扒了你的皮，你這害人的壞蛋！原來你是個走南闖北的養蜂人，難怪……」蓮娃兒越說越來氣，還想上去搧他。見勢不妙，養蜂人扭頭就逃。

希熱頭從遠處的蕎麥地裏喊：「怎了？蓮娃兒！」

「沒怎，我問問這養蜂的大哥賣不賣蜂蜜！」

希熱頭就無話。

養蜂人楊師傅躲在遠處的樹叢中，賊眉鼠眼窺視著蓮娃兒的動靜，摸著額頭驚嘆：「原來白城來的女人就是她，就是希熱頭的媳婦！我的天啊！」

六　又是爛泥灘

發癢是傍晚開始的。

希熱頭往褲襠裏一分鐘也抓撓了十八次。

他奇怪，我的老二沒挨過蜂子螫呀。也沒有不老實幹過壞事啊。

他以爲，成天泡在爛泥灘中攪泥裝泥，叫髒汙東西感染上了。

可又一想，不對呀，養蜂人沒下過爛泥灘，可他也不停地抓撓褲襠處啊。

他下河裏好好洗了洗下身。一看自己的那寶貝，他嚇了一跳。上邊長出了不少星星點點的紅斑，感到自己尿道裏奇癢無比，鑽心的沒著沒落的奇癢。

「天啊，我這是怎了，得了啥怪病啊？」

媳婦蓮娃兒問：「希熱頭，你怎的了？老看你的那個寶貝，咯咯咯。」

「嘿嘿嘿，沒怎地，我看它長個兒沒有。」

「真沒臉皮，那你還老抓撓它幹啥？」

「有點癢，可能沾了爛泥，沒啥事。」

一聽癢，蓮娃娃兒的心格噔一下，臉也變了，低下頭不再說話。粗心的希熱頭並沒有注意媳婦的這微小變化，只顧著掩飾自己寶貝處的變化。晚飯後，說上坨子守蕎麥地爲由，他就去找了那位養蜂人。

養蜂人楊師傅一見他就嚇得直躲。躲進帳篷裏不出來，也不讓希熱頭進去。

「老楊，你躲我幹啥，我問你個事兒！」

一聽問事，養蜂人更不敢從帳篷裏出來。顫抖著向外喊：「你要幹啥？有事明天再說，有事也不管我的事！」

「哪兒跟哪兒啊？我就問你，你的褲襠裏癢癢是怎回事！我的老二也發癢了，跟你的老二學的，我來問問你。」

「就問這個呀？」

「就問這個，還能問啥，你也沒有別的特長。」

「嘻嘻嘻。我當是……什麼呢。」

養蜂人嬉笑著走出帳篷，怪模怪樣地瞅著希熱頭，陰陰地說：「看來你也沾上了。」

「沾上啥了？」

「告訴你吧，我的寶貝患了病。」

「啥病？」

「心病。」

「心病？」

養蜂人的南方口音性、心不分，希熱頭錯當成「心」病。

「不是心臟的心，是男性女性的性。」

「你得的是性病！」

「對嘍，可能你也差不多，你脫褲子叫我瞧一瞧。」

希熱頭就脫了褲子，大大咧咧亮出他的寶貝。

「沒錯啦，就是心病啦。」

「我怎會得這玩意兒呢，也沒像你幹過壞事。」

「你老婆回來了吧？」

「回來了。」

「跟你老婆上床了沒有？」

「我們這兒沒有床，全是土炕。」

「那上炕沒有？」

「睡覺當然是上炕了。」

「咳，幹那事兒沒有？」

「早這麼說不得了，捱了幾個月，能不幹嗎？」

「這就對咧。」

「啥叫這就對咧。」

「回去問你老婆去。」

「你的意思是……啊?!你是說，是我老婆傳染給了我這心、性病？」

「我可沒這麼說。」

「可是這個意思。」

「那你自個兒琢磨去。」

希熱頭扭頭就走。身後傳出養蜂人的嘿嘿怪笑，還有野坨上夜貓子的哭泣般的啼叫聲。有一種不祥的預感襲上他心頭。

當他氣沖沖地回到自家院外時，從院門暗處閃出一個人影，擋住他去路，嚇了他一跳。是自己的媳婦蓮娃兒。

「你回來啦？」

「你知道我回來？」

「嗯。你先吃吃這個。」蓮娃兒手上拿著一小瓶東西。

「啥東西？」

「藥。能管你下邊發癢。」

「你也知道我得了啥病？」

「嗯。是我帶給你的。這藥是一個姐妹給我的，你剛得，可能管用。」

「操你個媽!蓮娃兒，你這騷貨!」

「你罵我、打我吧，我對不起你……嗚嗚嗚……那晚我不讓，你偏要……嗚嗚嗚。」蓮娃兒蹲在院牆根，黑暗中，傷心地哭泣起來。

「操你奶奶的，原來你不光是陪酒，還陪睡，沾了這一身的髒病！你這騷貨，賤貨！」

「別冤枉，希熱頭，我真的是光陪酒不賣身子，我沒騙你……」蓮娃兒縮成一團，可憐巴巴地訴說著。

「那你怎得了髒病？你說！」

「都怪我自己不小心，一個叫我陪酒的混蛋，在酒裏下了安眠藥，趁我不省人事……就這麼一次啊，希熱頭，我說的全是實話，就這麼一次，那混蛋把髒病傳給了我，嗚嗚嗚……」

「天啊，我要殺了那混蛋！你告訴我，那混蛋是誰？在哪兒？在通遼，是吧？我去殺了他，對了，我知道他是誰了，他說過在通遼辦過事，遇到過一個光陪酒不賣身的白城女人，今天還和他吵過的樣子！就是他！我去殺了他！該死的王八蛋！」

希熱頭猜透了一切，霍地從牆上拿起砍柴刀，轉身就走。

蓮娃兒一下子抱住了他的腿，跪在他的腳前，期期艾艾地求起來：「你不能殺了他，你要是殺了人，這一家可完了，老爺子怎辦，女兒怎辦，你不能殺人啊，希熱頭，我惹的禍，你懲罰我吧……」

希熱頭幾經掙脫，蓮娃兒死纏著他雙腿，他走脫不得，一怒之下，大巴掌搧在自己女人臉上，只見蓮娃兒的鼻孔嘴角流出鮮血來。

「你先殺了我吧，都是我的罪孽，嗚嗚嗚，都是爲了這個家，爲了蓋新房，嗚嗚，誰叫咱們窮啊，我也真不想活了，嗚嗚嗚……」

希熱頭的心一顫，停下舉起的巴掌。

他手中的砍刀狠狠往下一砍，砍刀投入土中，然後他也抱頭蹲在地上，狼嚎般地嗷嗷哭吟起來，那充滿悲憤、怒氣、無處發洩的哀怨的狼嚎般哭聲，黑夜的靜謐中顯得瘆人恐怖，傳出老遠，連村狗都嚇得不敢叫出聲。

哭夠了，無奈的希熱頭撓著他發癢的褲襠處，回屋去了。進屋就悶頭睡，明天還要拉爛泥，蕎麥正在上糧食，更須加肥。對他來說，唯有蕎麥，才使他忘掉這人間煩惱。至於發癢的寶貝，由它去吧，爛掉了更省卻了好多事。發狠中他昏睡，也沒管媳婦蓮娃兒回屋沒有。

第二天，他才發現蓮娃兒不見了。他這才慌了神兒。

先知先覺般的老爺子老「孛」對兒子說，人是半夜走的，提著提包。

「那你爲啥不攔住她？」

「攔她幹啥？我想她是出去治病。」

果然，從櫃子上發現了留下的紙條，上邊大意是我不久就回來，還你一個乾淨的媳婦，也給你帶回有效的好藥等等。紙裏還包著一個存摺，說蓋新房用。

希熱頭捶著腦袋喊：「蓮娃兒，你這蠢女人，你爲啥走哇！你這蠢女人！」

「不走怎整，你給她治病啊？」老爺子又冷冷地說。

「我去找她回來。」

「你走蕎麥地怎辦？你的女兒怎辦？我這把老骨頭無所謂，可你不能把這家給攪散了呀。」老爺子依舊冷冷地說話。

希熱頭只好暫時放棄出去尋妻的打算。

他又開始玩命地侍弄起蕎麥地，黑天白日地拉運起爛泥來。也許出於對下身髒病的仇恨，也許想懲罰自己，他成天泡在那爛泥灘中，以前是站在岸上用水桶舀，這回，他直接站在齊腰深的臭烘烘的灶泥中舀裝，整個肚臍以下的下半身全浸泡在泥裏，出來後，也壓根兒不去河裏洗洗，拖著那臭烘烘全是泥漿的下半身，趕著車進出蕎麥地。

一個奇怪的情況出現了。

他的褲襠裏不怎麼癢癢了。他初以爲蝨子多不咬，髒得厲害了就不知道癢癢了。可他一細看他的那物兒，上邊的紅斑點也開始消失脫落了。

希熱頭樂了。這爛泥灘，是個神藥池哩！他乾脆長時間在爛泥灘中泡將起來。像一頭躲避酷暑的豬，趴泡在爛泥中不起來，村人更是搖頭而過：「這小子，這回真的瘋了，媳婦跑了，想不開呀！」也有好心人過來勸解開導：「希熱頭啊，想開點……這個女人跑了，還有其他女人哩！」

希熱頭只是嘿嘿嘿傻樂，嘴說：「你們知道啥呀。」

老爺子站在岸邊說：「差不多就出來吧，藥勁兒大了，反而還有害呢。小溪從坨子根沖下來奇草怪藤，有的還有毒哪！」

希熱頭撲嚕嚕往外跑。

希熱頭心說：「這個傻蓮娃兒，再等兩天走不就好了，守著這麼好的神藥池，還跑到外邊折騰瞎花錢，真是蠢透了。還是傻人有傻福喲。」

「這都是天意。」老「孛」卻這麼說。

七 老「孛」祭天

蕎麥花開始謝了。

一簇簇白花枯萎成褐色的沒了水分的乾縮小團的樣子，很是令人心疼。漸漸，在那褐色乾團下，顯露出五粒此時尚嫩而白色的三稜狀蕎麥粒來。

時節也熬過漫長的酷夏，入秋了。這些每株蕎麥棵子上結出的一簇簇三稜白色麥粒兒，還將經過秋季日曬和繼續從土地吸取養分，最終會變成一簇簇沉甸甸的麥粒兒，那白嫩顏色已經煉成黑褐色的麥殼兒，在殼兒中包裹著白色果實，那就是曬乾後可成爲食物的蕎麵！

庫倫旗南部的苦蕎麥美名遠揚，當年日本人侵華時嘗到了甜頭，養成了嗜好，如今每年從庫倫一帶大批量進購苦蕎麥。精明的日本人早已分析出蕎麥有降血壓、降膽固醇、利尿排毒、健脾胃而美容加延年益壽等等功效，又加工出苦蕎劑、苦蕎飲料、苦蕎烏龍麵、苦蕎益壽膏等等產品，傾銷東南亞與港臺澳獲大利。庫倫人只賣個原料而已。這也已令可憐的農民們很是知足，苞米高粱只賣一斤四五毛的時候，苦蕎麥一斤可賣一元到兩元！

希熱頭走在蕎麥地，查看三稜蕎麥粒上糧情況。滿地褐紅色，經初秋的爽風一催，兩三尺高的蕎麥莖杆也漸漸演變成褐紅色，原先滿目白色，幾天間成爲滿目褐紅色，眼前展現出另一種迷人景色，一種即將豐收的景色，令農民希熱頭感慨而興奮不已。

「啊，苦蕎麥，神奇的作物！」

一旁的柳林中，養蜂人楊師傅忙著收他的蜜。沒有了養蕎花，他也進入了後期的收屋工作，收拾蜂蜜，整理蜂箱，天冷前要撤離此地。

希熱頭幾次想衝過去收拾這混蛋，但豐收的景象和蓮娃兒那夜苦勸的話語，使他終忍住氣。看著那小子一邊兒撓著褲襠，一邊兒忙活著蜂箱，心想活該，爛掉狗日的老二才解恨呢，省得別的女人遭殃！

又過了些時日，秋意愈濃，天氣變涼。

老「孛」天天站在沙坨頂上看天。早看東南，晚看西北，夜裏觀看天象。他臉呈愁容，嘆著氣，腳步蹣跚地圍著蕎麥地走了一圈兒又一圈兒，並在地的周圍四角立了八個土包，上邊還插著芨芨草和香蒿子，然後老「孛」又是磕頭又是嘴裏念念有詞。

這一天，天陰沉著臉，一點兒風都沒有。坨子裏寧靜得壓抑。鳥兒啾啾叫著，早早歸了窩兒。天邊有白色的霧靄隱隱升騰。空氣陰冷而發乾。

「兒子，要出事呢。」老「孛」說得怪怪的。

「是不是變天啊？」

「要降霜！」

「啊?!啥時候？」

「可能就在今夜。今年一直天旱，老天要提前降霜，整整提前了半個多月哪。一降霜，咱們蕎麥就完啦，咱們本來就種晚了日子。唉，這都是天意喲。」

「這可怎整啊，爹？」希熱頭著急了。經寒霜一打，沒上夠糧食的蕎麥將全都是凍蔫巴。就如霜打的草，耷拉下腦袋，葉莖凍傷發黑，那麥粒兒也全是水漿，曬不成糧食了。

希熱頭跑到養蜂人楊師傅那兒搶他的收音機聽天氣預報。又跑回村裏，打開了裝在家裏一直沒怎麼打開過的那個喇叭——旗廣播站的有線廣播。果然，旗氣象臺報出庫倫北部沙坨地帶今夜有寒霜！提醒農民做好防霜準備。

希熱頭更如熱鍋上的螞蟻。

他又跑回沙坨子上的蕎麥地。

他見老爹盤坐在坨頂上，閉目沉思，如一尊石像。

很少見老爺子如此莊重、肅穆、令人生畏的神態以及某種宗教祈禱般的枯坐。

「爹……今夜真有寒霜，廣播了。」

「知道。」

「你這是……咱們可怎辦啊？」

「祭天。」

「祭天？祭天是做啥呀？」

「祭天驅霜。」

「祭天驅霜？這管用嗎？」

「管不管用在天了，這是我唯一能做的事情。你去準備一下吧。」

「準備啥？」希熱頭狐疑。

「準備柴禾乾草，越多越好，再去村裏招呼一些親戚朋友來幫忙。」

希熱頭就去了。心中半信半疑，但知道老父親當年曾是薩滿教「孛」師，行走草原沙地，被人稱爲「科爾沁神孛」，有些本事，備不住真能把寒霜給驅走了呢。

他急急忙忙用車拉來一堆堆乾草柴禾，並照老爹在蕎麥地四周構畫好的圖形堆放乾草，那每堆柴草都是按天上北斗七星的座標形狀擺摞的，共擺出七七四十九座柴草堆。老爹嫌柴草不夠，又叫希熱頭從沙坨子裡拉來一車又一車的沙柳，沙棘叢像小山似地堆放在蕎麥地周圍。

老「孛」則在沙坨頂上平整出一塊主台。仍依照北斗七星的樣子，堆放出一座更爲高大的柴草山，在其前設下香案，上邊放有炒米奶酒果品之類外，還捆放著一隻小羊，以待血祭時所用。

希熱頭跑回村，招呼三親六姑四五好友。

「俺爹老子今晚祭天驅霜，請去幫個忙。」

親戚朋友瞪大了眼睛看他，以確定他是不是在說胡話。後又覺得好奇說：「這家人淨整出些古怪事，走別人不走的路子，幹別人不幹的事。」

畢竟來了幾個好奇的小孬子小夥子們，嘻嘻哈哈圍著怪異神秘的祭台和柴草堆觀看議論。老「孛」覺得人手夠了，便分派他們一人手擎一把火把，去守護那蕎麥地周圍七七四十九座柴草堆，一人管幾座，等候他號令。

然後就是等天黑。

或許受了「孛」神秘舉動感染，今晚的夜也顯得神經兮兮地怪異起來。空氣乾冷不說，夜空顯得很曠很高，而且白白的，那星星呢，可又更顯得亮亮的、晃晃的，迷人地閃爍著；而大地，則被一股無形無覺中漫上來的無邊的冷氣所包圍所浸潤，漸漸生出受擠壓緊縮的感覺來。時至子夜，這種降霜前的徵兆愈加明顯了。

此時，老「孛」披一件五色帶穗兒的早年法袍子，手捧帶銅環的單面法鼓——達瑪如，單膝跪在主祭台前，行下三拜九叩之禮，陡地引吭高誦道：

「鄂其克．騰格爾！（意即：天父）

長生天父！
我們今夜隆重祭奠你！」

然後他轉向蕎麥地周圍守護者們高喊一聲：

「點火！」

坨下凍得發抖的守護者們紛紛點燃了各自管轄的柴草堆。漸漸，暗紅的火，濃濃的煙，在黑暗的蕎麥地周圍燃燒升騰起來了。

同時，老「孛」也點燃了主祭臺上的那堆七星柴草。

老「孛」緩緩敲打著達瑪如，用安代的曲律高唱起來：

「在那太陽升起的高天上
有一座九重金殿，
在那金殿上
有父親般的九重天！
在那月亮升起的高天上
有一座九重銀殿，
在那銀殿上

有父親般的九重天！
燃起了七星祭火喲，
宰殺了血祭的白羊，
我們虔誠地呼喚：
鄂其克．騰格爾！
長生天父！
請降臨吧！
收走你的怒氣所變的寒霜，
把幸福和溫暖賜給我們！
鄂其克．騰格爾！
請降臨吧！
收走你的哈氣所變的冷霜，
把豐收和吉祥留給我們！
…………」

只見老「孛」一邊唱一邊緩緩跳起安代舞，他的腿微跛，但他圍著那堆正熊熊燃起的七星篝火邊舞邊轉，不時把奶酒果品祭灑在火堆上，接著，又把帶血的羊肉割下，一塊一塊祭丟在火堆中。

此時，黑夜中的蕎麥地周圍，那七七四十十九座柴草堆都按七星方位燃燒起來，火光沖天，濃煙漫延，從高沙坨上望下去甚是壯觀而神秘。

靜謐的蕎麥地此時被火光包圍映紅了，紫黑而蔚藍色的天空，也被火光映紅了，那些守護祭火的小夥子們，舉著火把穿梭在各個方位的七星篝火間，不時地往火堆上增添著柴草，使得火光長時續燃而旺盛。漸漸，寒冷的高天被火熱熔暖了，被篝火圍起來的蕎麥地，也被火的熱氣蒸騰著，溫暖了，如白天般挺立著生命的果實、生命的莖杆，等候那東方的太陽升起來。

那四十九座篝火，那童話般神奇迷人的篝火，在莽莽的沙坨子中間如神火般燃燒了整整一夜；那厚重而節奏有力的達瑪如鼓聲，隨著暗夜時辰的更迭，圍著主祭的七星火團，也一直敲到天亮，如是一種召喚、一種呼號、一種抗爭的不屈的天籟！

於是，天和地之間湧動出一股暖流……那寒霜漸漸被熔化、擊退、消遁，無法入侵這塊神秘的土地了。

這歸功於那漫天的濃煙和烈火。

八　霜天苦蕎紅

太陽升起來了。紅紅地掛在沙坨頂。

秋末涼爽的和風又吹起來了，農民打心眼裏喜歡這和風，稱之爲金風。

一連十幾天，金風送爽，和煦融融，那蕎麥地，更是一番迷人的景象。滿地的苦蕎麥躲過了那一夜寒霜襲擊，又經歷了這十幾天寶貴的成熟期，每株蕎麥棵子上沉甸甸地結下了褐黑色的蕎麥粒兒，那圓狀綠葉全數呈金黃色，唯有那火紅色的莖杆，連成一片滿目金紅，好似無邊無際燃燒的火焰。這是一片豐收的蕎麥地，它已經完全成熟。

希熱頭開鐮收割了。

他把割倒的蕎麥一摞兒一摞兒攤在地壟間，等候幾日全曬乾後，再拉回家院，再用木製二杈子拍打收糧。

村人的目光是複雜的。說這家人的生活路數確實不一樣呢。

養蜂人楊師傅雇用的兩掛馬車裝上他的蜂箱和帳篷，準備離開哈爾沙村的沙坨地。過河口那個爛泥旁時，正遇上希熱頭。

他依舊想閃避。低著頭，欲擦肩而過。

「站住。」

「別，希熱頭兄弟……」

「沒有打你的意思。」

「那？」

「你就沒有事兒問我？」希熱頭瞅著養蜂人可笑地不時抓撓褲襠處。養蜂人確實有事問他，可一直因做賊心虛，懼著希熱頭不敢求問。

「有是有，可是……」

「啥可是，你想不想知道我是怎治好的？」

「想啊，好兄弟，你看我這副樣子，沒幾天我還要回家見老婆……」

「想治嗎？」

「想啊……」

「那好。」

希熱頭走過去，一把抱住養蜂人，舉起來，「撲通」一聲扔進了旁邊的那片爛泥灘中。養蜂人楊師傅驚恐也喊叫著在爛泥裏掙扎，秋日變涼的爛泥灘沒過他的腰身，一股砭骨的涼意伴著刺鼻的臭味兒襲上全身，他哎呀媽呀地叫個不停，很快上身和鼻臉頭脖全糊成爛泥，活脫脫成了一隻泥豬。

「告訴你吧，我就在這裏泡好的。」

養蜂人便傻在那裏，停止了往外爬。

「要不是爲了你那可憐的老婆，我才不管你的老二爛不爛呢！」

果然，他下身的癢的感覺漸漸減少。

養蜂人殺豬般地狂嚎起來：「我不癢了，我不癢了，我的寶貝不癢了，哈哈哈，哈哈哈……」

村裏人搖頭感嘆：「又冒出了一個拱爛泥的傻豬，人這是怎的了？」

不幾日，收完了蕎麥，希熱頭告別老爹和女兒，出門了。

他去尋找自己的女人蓮娃兒。

大薩滿

作者：郭雪波
出版者：風雲時代出版股份有限公司
出版所：風雲時代出版股份有限公司
地址：105台北市民生東路五段178號7樓之3
風雲書網：http://www.eastbooks.com.tw
官方部落格：http://eastbooks.pixnet.net/blog
Facebook：http://www.facebook.com/h7560949
信箱：h7560949@ms15.hinet.net
郵撥帳號：12043291
服務專線：(02)27560949
傳真專線：(02)27653799
執行主編：朱墨菲
美術編輯：許芷姍

法律顧問：永然法律事務所 李永然律師
北辰著作權事務所 蕭雄淋律師

版權授權：郭雪波
初版日期：2013年12月

ISBN：978-986-5803-58-2

總經銷：成信文化事業股份有限公司
地　址：新北市新店區中正路四維巷二弄2號4樓
電　話：(02)2219-2080

行政院新聞局局版台業字第3595號 營利事業統一編號22759935

定價：320元

國家圖書館出版品預行編目資料

大薩滿／郭雪波 著. -- 初版. -- 臺北市：
風雲時代，2013.11 -- 面；公分

ISBN 978-986-5803-58-2（平裝）

857.7 102020709